AF617502

Narrativa del Acantilado, 393
ARABESCO

UMBERTO PASTI

ARABESCO

AVENTURAS TANGERINAS DE UN COLECCIONISTA

TRADUCCIÓN DEL ITALIANO
DE LUIS ARIAS

BARCELONA 2026 ACANTILADO

TÍTULO ORIGINAL *Arabesco*

Publicado por
ACANTILADO
Quaderns Crema, S. A.

Muntaner, 462 - 08006 Barcelona
Tel. 934 144 906
correo@acantilado.es
www.acantilado.es

Imagen de cubierta a partir de una ilustración de Umberto Pasti

ISBN: 979-13-87964-11-5
DEPÓSITO LEGAL: B. 1333-2026

AIGUADEVIDRE *Gráfica*
QUADERNS CREMA *Composición*
ROMANYÀ-VALLS *Impresión y encuadernación*

PRIMERA EDICIÓN *febrero de 2026*

CONTENIDO

A Lele y Rai.

Duende, fantasma, espectro sin tamaño
tu casa es una concha vacía
déjame ocuparla como un cangrejo ermitaño.

PRÓLOGO

Todo tiene que pasarme a mí. ¿Cuántos años llevo viviendo con un fantasma? El término me parece demasiado sutil, sólo da una idea de la clase de tío que me está atormentando. Un andaluz pequeñito e invasivo. ¿Desde cuándo vivo con un duende? *Duende*, contracción de «dueño de casa», tiene una rendija entre la *n* y la *d* en la que se encastra un filamento maléfico. Por ella se filtran la luz de una cocinita y el olor a cocido de garbanzos que borbotea en el hornillo. Un duende (sinónimo de encanto y fascinación, ¡ja-ja!) al que, desde la noche que me regaló sus dibujos, no dejo de ver por todas partes. Un mujeriego celoso y chovinista con sus caprichos y sus manías. Un pintor negado. Un pincel apelmazado. Pero ¿qué pasa? ¿Qué es este estrépito que ha interrumpido mi sueño? Enciendo la luz: la mesilla en la que antes estaba el plato de Wedgwood decorado con los menhires de Mzora ahora está vacía. Bajo la mirada al suelo y los ojos se me llenan de lágrimas. ¡Qué desastre! Maldiciéndolo, recojo los añicos. Se está pasando, nunca se había permitido tocar mis cosas. Pero si quiere guerra, la tendrá. Adiós, único superviviente de la vajilla encargada por un viajero erudito que amplió su *Grand Tour* para colarse en nuestra Stonehenge africana; adiós, testimonio del redescubrimiento dieciochesco de la Edad del Bronce en el territorio de los yebalíes. Ah, si se pudiese asesinar a un fantasma, juro que... Por suerte, son sólo cinco trocitos..., seis. Ojalá Soufiane, el cocinero artista, consiga pegarlos.

Más tarde, mientras me ducho, me parece ver su cara triste en el espejo del lavabo: «¡Fuera, canalla, vete!», grito. Pero no, es el reflejo de la foto a la albúmina del hechicero heddawa que colgué la semana pasada. Con una risotada grosera, el bárbaro de poco más de un metro de altura se materializa sentado en el borde de la bañera. A pesar del vapor y las salpicaduras, su chaqueta de paño color antracita está seca. Saca una lengua rosa y larga como una alfombra de escalera y la desenrolla con la destreza de un vendedor de bazar que quiere impresionar al cliente. Me guiña un ojo y se la traga.

«¿Lo entiendes o no?—chilla—. ¿No comprendes que tienes que escribir la historia de esta casa? ¡Mi casa! ¡Entera! ¡Habitación por habitación! ¡Escribe! Si no...». Hace girar las pupilas, hincha los mofletes. Aparto la mirada y sigo enjabonándome la espalda. Por desgracia, ignorarlo no es suficiente para que desaparezca. «Si no... ¡Hasta aquí hemos llegado! ¡Se acabó!». Silba, brinca, ríe. Hago como si nada. Se desvanece en una nubecilla de humo, reaparece. Me desconcierta cuando cambia de tamaño. Antes era un hombrecito, ahora es pequeño como una avutarda.

—¡Manos a la obra!, ¡dedos al teclado!—grita desde dentro de un armario del que estoy sacando un par de pantalones. Me muerde la mano..., ah, no, es la percha del Old Cataract de Asuán, de joven las coleccionaba—. ¿Sobre ese pueblucho de palurdos en medio de la nada has escrito un libro entero y sobre mi villa ni siquiera una línea? ¿Y todo ese rollo de las plantas que hay que salvar? Pobres plantitas, pobres florecillas..., regresa, oh, amor mío, ya están floridos los collados... Pero, ¡ese jardín no habría existido jamás si no fuese porque antes existió éste! ¡El paraíso nació aquí! ¡Aquí! ¡En mi reino!—Y me mira amenazante—. ¡Tienes que escribir sobre mi casa! ¡Cumple con tu deber! ¡Escribe y describe, coño! Y después...—ahora abre los ojos como platos, en las obsidianas de sus pupilas se dibuja un ritual de sangre cartaginés o fenicio—… ¡Después llegará la hora de la fá-bu-la, fá-bu-la, fá-bu-la!

—¿Pero por qué, Diego? ¿Por qué lo has roto?

—A mí qué me cuentas. Las cosas, tarde o temprano, terminan rompiéndose, y cuantas más tienes más se rompen, ¿no lo sabías? Pero si no te das prisa dentro de poco no quedará nada, niente di niente, se acabará todo, todo acabará empeñado, todo acabará en los montes de piedad…

—Los montes de piedad ya no existen.

—Pues por eso. Como yo y como tú, pobrecito…

—¿Por qué no me dejas en paz?

—¡Porque tienes que escribir! Deberías tener un amuleto, un talismán.

Creo que sé por dónde va: se refiere a esos folletitos con escritos coránicos metidos en un cacharro metálico o de cuero que muchos marroquíes llevan colgado del cuello. Seguro que tengo alguno en un cajón. Le dejo plantado, vuelvo al baño, respiro hondo, cojo la maquinilla de afeitar, abro el grifo… y aquí está otra vez. Me salta a un brazo, aprieta sus deditos contra mi nuca como un bebé, como un tití: «Si no escribes, te vomito».

Me baña las mejillas con un líquido cremoso que huele a limón. La espuma de afeitar desaparece, el olor persiste. Se ajusta el cuello abotonado de la camisa. Me enjuago la cara. Los residuos de mi afeitado son del mismo color que sus sienes. Aunque no lo refleja, veo que me mira fijamente a través del espejo, y, con voz sonora y metalúrgica como los chirridos de la primera serrería que hubo en Char Ben Dibbane, la de don Ignacio: «¡Ay!, el señorito se ha ido al campo a oxigenarse… ¡Oh!, le encanta la naturaleza… ¿Crees que no sé que tus bulbos son meros trofeos de coleccionista?».

Es verdad, últimamente reunir la mayor cantidad posible de especies bulbosas se ha convertido en una obsesión. Pero a él qué le importa, tengo derecho a obsesionarme como tengo derecho al verde y los calveros de Rohuna.

—Construyendo esa casa de campo y ese jardín en medio de la nada te has metido en un buen lío, amico.

Me he puesto una camiseta, me siento más seguro.

—Diego, basta ya… Te tenía por una persona razonable. ¿Estás tan celoso de mi finca que arrasas con todo como un vándalo, como un vulgar geniecillo odioso…?

—¿Celos yo?, ¿de los jennun?, ¿de esos gnomos rústicos, de esos paletos insolentes que se han aprovechado de tu ignorancia, de tu imbecilidad?

—¡Esto es el colmo!

—Si no sabes colocar tus platos como Dios manda no es mi culpa. Esta ciudad es tu destino. Esta ciudad, esta casa, este jardín. Tu único sino. ¿Comprendes? Mi casa, la preciosa casa que llegó a tu vida mucho antes que todo lo demás…—Sin darme tiempo a replicar, ya ha abierto a tope sus ojos maquillados y soñadores—: «*Noche de cuatro lunas | y un solo árbol | en la punta de una aguja | está mi amor bailando*»—una canción andaluza popular en los cafés del Tánger de su época. Y empieza a moverse: un pasito hacia delante, uno hacia atrás, otro al lado, el tronco rígido, los brazos levantados. Grotesco e irresistible como Heliogábalo niño al pie de las murallas de Emesa cuando persuadió a los pretorianos de que lo proclamaran emperador—. ¡Al bar Mar y Cielo!, ¡a la tasca de don Rodrigo!, ¡a La Calita!—grita, y siento una punzada de nostalgia—. ¡Al ambigú de Pepe Blanco!, ¡al Camagüey!—. Como cuando canta flamenco, basta que mencione una cosa, una persona, un lugar del pasado, para que yo me ponga a fantasear y me quede embobado.

Arrullado por su voz anticuada, disonante, siderúrgica,

me imagino en el puerto de Tánger, una noche de hace unos ochenta años: los sapos apareándose en el cañaveral junto a los desmontes del recién trazado y pomposamente bautizado bulevar Pasteur, el frufrú de las faldas de Amparo y Consuelo que se recogen tras la tertulia del Opus Dei arrebujándose en los echarpes, los dos chulos al acecho que se levantan, se contonean y, elevando los codos, bailan en la arena bajo los rayos de la luna que se balancea como una cuna... Fandangos, bulerías, cante jondo... Pero ¿por qué, por qué, después de tantos años, la historia de esta tierra, de esta protuberancia del continente negro, me sigue embrujando? ¿Tal vez porque es aquí, delante de mis ojos, a donde llegan los migrantes? ¿Porque en este momento, delante de mi lavabo, me parece oír resonar las plegarias desgarradas por el viento del Este que barre las áridas costas? ¿Porque entro en el burdel de Madame Lola que huele a talco con perfume de rosas mientras en mis manos se seca la sangre de la matanza de los atunes? ¿Por qué yo, que me he retirado al campo, lejos de todo, y me estoy poniendo un jersey, tengo que seguir a esta monja con halitosis que se inclina sobre los enfermos terminales en el pasillo de un hospital? ¿Todo por culpa de un duende?, ¿del fantasma de un caricaturista? ¡Maldito seas!, ¿por qué te habré conocido, Diego?

—¡Tú y yo no nos habíamos visto nunca!, ¡nunca!—protesta pérfido—. ¿Sabes por qué?—Se responde a sí mismo, claro—: ¡Porque yo bailo ligero en la fá-bu-la, fá-bu-la! —Y mueve las manos como Caterina Caselli cantando *Nessuno mi può giudicare*—. ¡Y tú eres una bú-fa-la, bú-fa-la! Y te hundes en la nostalgia, abrumado por tus cosas, sin un duro...

Ha levantado un brazo, chasquea los dedos. Me escapo al despacho sin darle tiempo a que comience a imitar a la

Carmen de la cajetilla de Gitanes y lance la habitual ráfaga de «¡Pzetas!, ¡pzetas!» con la que suele acribillarme, cachondeándose, encima, de un pobre sordomudo. No necesito que me recuerde que corren malos tiempos y estamos en época de vacas flacas. Me siento en el escritorio siciliano que me regaló mi madre. Pero ya está aquí otra vez, me guiña un ojo, se acaricia el bigote embreado y, apostado en la estantería yebalí colgada encima del gran espejo holandés, se acomoda el tiro de los demasiado ceñidos pantalones y cruza las piernas como un viejo *bon vivant*. La suela gastada tapa la cenefa de narcisos pintados y roza el marco dorado con cintas labradas.

—¡Escribe!, ¡escribe si quieres salvar tu alma!, ¡escribe para salvar nuestra casa!

—¿Me prometes que no romperás nada más?

—Tú estás loco. Ese platito horrendo se cayó solo.

—¿Me prometes que cuando haya terminado me dejarás en paz? ¿Del todo?

Sonríe.

—Luego… Luego ya me encargaré yo de que pase algo.

Frunce los labios y me manda un beso. El dibujo de su boquita rojo cereza revolotea un instante en el aire y aterriza en mi frente. Aborrezco sus estúpidos efectos especiales de dibujos animados.

—Fabulaaaa, mi fabulaaaa—se pone a canturrear con la melodía de *Deborah*—. Escúchame…, escúchameeee. —Se sienta en el taburete en el que he puesto la pila de diccionarios. Al menos, ha recuperado dimensiones humanas—.Te quiero mucho—dice. En un susurro, pero lo dice.

—Yo también te quiero, Diego—miento. ¿Miento? Este hombrecillo de rostro céreo y ropa raída parece un refugiado que ha pasado por incontables sufrimientos.

Abro el cuaderno, agarro el bolígrafo. Tengo la sensación de que algo se acerca, siento sus dedos estrechando los míos.

—Venga, hombre, escribe más rápido... Escribiendo lo encontrarás, está escondido en casa...—Cuando me mira así, desde muy muy cerca, veo sus ojos cansados de niño viejo—: No es un amuleto, es una varita mágica y está delante de tus narices. ¿Te fías de mí o no?

PRIMERA PARTE

1. LA LLEGADA

¿Que por qué Tánger? Porque tomamos la carretera equivocada. Un diciembre de hace muchos años. Era la primera vez que Stephan y yo, en un R4 reventado, subimos a la cima del Reino Encantado, en el laberinto de aquel viejo norte español que brillaba como una corona de hojalata con culos de botella engastados. Poco después del cruce, nos encontramos en una pista que se adentraba en un océano de un azul aún más intenso que el de la cuchilla que marcaba el horizonte. Nos tumbamos entre los miles de iris en flor que el viento mecía como un flautín a una cobra.

Se oyó un sonido lúgubre. Por encima de la cresta de las flores asomaban unas plumas de pavo real. Largas, rígidas, algunas quebradas, un hombrecillo las llevaba prendidas en la gorra. Bajó de su bicicleta, cogió a los dos halcones encapuchados que llevaba posados en el manillar y se aupó uno a cada hombro. El hombre se dirigía a ellos con glugluteos de pavo real. Quizá por la disposición de las plumas, similar a la aureola que rodea las máscaras esquimales, tal vez por la intimidad con las rapaces que denotaba el desparpajo de sus gestos, o por la naturaleza de sus chillidos, tuve la sensación de que el hombre era un chamán sin género ni edad.

—Que Alá os proteja—dijo—. Seguro que sois amigos de la señora Marguerite.

—¿Quién?

—Una judía que viene todos los años a hacerse la cura de las flores. Una mujer iluminada.

Nos estrechamos las manos. Estaba muy pálido. Uno de

los halcones batió las alas y luego recuperó el equilibrio. El hombrecillo repitió su cantinela.

—Tranquilo, *Gadamés*, tranquiiiilo...—Nos contó que adiestraba rapaces para vendérselas a los saudíes.

—¿Y esto?, ¿dónde las has ganado?—le preguntó Stephan.

—Son las lágrimas del tiempo—sonrió tocando las medallas que colgaban de la pechera de su chaqueta y, mientras su rostro ajado adoptaba una expresión de recato femíneo, me di cuenta de que lo llevaba empolvado y que un trazo de lápiz negro realzaba sus cejas—. Esta estrellita estaba en el tesoro de Astarte. Era una diosa, abuela de Gengis Khan. La cruz la gané en la feria que montaron por la Ashura, el luis de oro es de los hamadcha. Pero por familia pertenezco a los heddawa, soy descendiente de Sidi Heddi, el protector de los gatos, Alá tenga en la gloria su santo nombre. Y ustedes, ¿de qué parte de la geografía vienen?

—Él es francés y yo italiano—respondí.

—Pero hemos decidido venirnos a vivir aquí—añadió Stephan. Lo miré atónito.

—Sabia decisión—dijo, mientras uno de los halcones se frotaba contra su mejilla—. Aquí tenemos de todo. Trigo, flores guerreras... Las ballenas se enamoran de nuestras playas y vienen a morir a ellas. Los chiquillos tocan la flauta y el gobierno nos ha prometido agua corriente en todos los hammam.

La mirada de Stephan se perdía en la extensión de iris y, entre las dunas de arena, alcanzaba y sobrepasaba una cúpula pintada de verde.

—Es la tumba del príncipe Sidi Kacem, el hijo de Idris el Grande. Como no le gustaba gobernar, se vino aquí a mirar el mar. Vais a estar muy bien, habéis llegado a vuestra casa.

Si de cada mil habitantes uno era así, pensé, había encontrado mi pueblo elegido.

—Sí, aquí estaremos bien—dijo Stephan—. Ésta será nuestra casa.

La primera, que alquilamos unas semanas después, había pertenecido a Jim Ede en los años treinta: otro presagio. Después de haber dejado la dirección de la Tate Gallery, el coleccionista inglés, convencido de los poderes terapéuticos de la belleza, se había trasladado aquí y había construido Whitestone, rebautizada Casa Azul por los siguientes propietarios. Solía hospedar a soldados británicos destacados en Gibraltar y los consolaba de la morriña mostrándoles sus Ben Nicholson, conchas marinas y muñecas hopi. Después, él y su mujer se mudaron a un par de *cottages* en Cambridge y los convirtieron en una suerte de museo en el que cualquier estudiante podía tomar en préstamo un escudo asmat o una raíz retorcida y colgarlos sobre la cama para que su influjo benéfico le ayudase a superar el examen que había suspendido en primera convocatoria.

Justo debajo de Casa Azul, en el mismo lado de la carretera que baja desde el bosque de Rmilat, está Villa Tebarek Allah. La compramos tras seis años viniendo a Tánger en todas las épocas del año. Viejo burgo cartaginés y fenicio, árabe y portugués, de la ciudad blanca nos gustaban mucho las veladas invernales en las que, con el azote de los temporales, se iba la luz y nuestros amigos ingleses jugaban a quién había conocido a más víctimas de asesinato («¿Jimmy? Nunca encontraron la cabeza, ¿o me equivoco?») mientras el resplandor de las velas transformaba sus caras, marinadas en vodka y resecas por el sol, en semblantes de reptiles carnívoros. Nos encantaba en primavera, cuando, tumbados en un prado, leyendo, nos saludaba un pastor que canturreaba siguiendo a sus ovejas. En verano…

kilómetros de playas atlánticas custodiadas por soldaditos que dormían en chozas hechas con ramas y perseguían con desgana el tráfico de hachís: nadábamos juntos y compartían con nosotros sardinas a la parrilla y té a la menta pasado de azúcar. Uno de ellos nos llamaba, al azar, Chéri o Bibi, las únicas palabras que sabía en francés. Las hicimos su apodo aquel agosto y, todavía hoy, llamamos así a la playa en la que transcurrieron aquellos días radiantes, aunque el cemento se haya tragado ya las dunas de Chéri Bibi.

Con la casa tuvimos un flechazo. *Tebarek Allah* significa 'Que Alá nos proteja' y también es una fórmula para alejar a los espíritus. ¡Ojalá! Se dice mucho acariciando la tibia cabeza de un bebé, si encuentras un arcón yebalí pintado con motivos extraños o cuando empiezas a escribir tus memorias. Es un escudo contra *l'ain*, el mal de ojo, que por aquí hace estragos desde antes de los fenicios.

Tebarek Allah... eran dos pequeños edificios de estilo morisco en un jardín sediento orientado al sur; no tenía vistas al mar, pero sí, y muchas, a los campos y bosques que, después de tres décadas de su anexión a Marruecos, circundaban el olvidado municipio que había llegado a ser Ciudad Internacional. Pertenecían a un profesor americano jubilado que los había heredado de una compatriota. Nos pidió una suma demasiado alta e, inflexible, rechazó nuestra contraoferta. George era un asceta. Te ofrecía un vaso de agua presumiendo de que era del grifo con la misma actitud que alguien, más espléndido, te informaba de la añada del coñac que estaba a punto de servirte.

Un par de semanas después, ya en Italia, no conseguíamos quitárnosla de la cabeza. Esperé a que Stephan saliera una noche a cenar con unos amigos. Yo tenía el dinero guardado. Llamé a George. Después abrí una botella de tinto (el champán no me gusta) y telefoneé a Stephan. Regresó jadeando, temía que se hubiera enfadado. «¿Enfadado?, ¡pero si me pondría a dar volteretas! Lo que pasa es que, desde que pusiste la vitrina con el cocodrilo disecado delante del expositor de los azulejos turcos, ya no queda sitio ni en el vestíbulo».

Acampamos en la nueva casa en medio de un gran trajín de gente. Herreros, encaladores y carpinteros compartían nuestras comilonas y, a menudo, las animaban aporreando una lata de pintura a modo de tambor o sacando del macuto de las herramientas el violín del abuelo, que había tocado en el cabaret de una madame húngara famosa por su espectáculo con caniches.

Entre las esteras, las alfombras, los faroles, los cojines y demás objetos que encontramos en Casa Barata (el mercadillo local) o en los somnolientos bazares de la medina, nos parecía vivir en medio de un lujo palaciego al que el desorden y la precariedad conferían un aire gitanesco. Abajo, en el puerto, tres kilos de sardinas costaban lo mismo que una latita de atún en Italia. Una noche, éramos treinta, nos las comíamos alrededor de una mesa de madera de adelfa sobre la que, pocas horas antes, un mercachifle comerciaba con bragas y calzoncillos. La noche siguiente, la fiesta se celebraba sobre la hierba, junto al macizo de dalias y zinnias que habían florecido por primera vez, tumbados sobre unas mantas bereberes que compramos en el puerto de Larache. Por entre los mueblecitos pintados que acababa de descubrir en Tetuán, se paseaban seis enormes tortugas, que devoraban un kilo de lechuga al día, portando velones que Mohamed pegaba con cera a sus caparazones.

Mohamed era el jardinero sordomudo que vivía en una caseta adosada a la tapia. Ftoma, su mujer, era la reina del tayín, y la hija mayor, Shousha, que, a sus diecisiete años, parecía salida de una miniatura safávida, echaba una mano con el servicio: su cabellera oscura cayendo pesadamente sobre el pijamita de color pastel despertaba la admiración de los invitados extranjeros y el desconcierto de los musulmanes.

Tebarek Allah era un hervidero. Una noche de aquellos años, todavía ingenuos, recuerdo a un poeta estadounidense opiómano disfrazado de libélula (con unas alas de paja y alambre tan voluminosas que tuvo que cenar de pie) preguntando a un magnate de la industria italiana: «Para ti, ¿qué forma tiene el sexo de los ángeles?». Y aquel, ajustándose el nudo de la corbata y reprendiéndome con un fuerte acento boloñés: «¿Así pensáis que se va a revalorizar vuestra inversión inmobiliaria?». Mientras tanto, Doudou se levantaba, impaciente por empezar su estriptís (nada lascivo, era muy guapo y lo hacía por puro placer de amateur), São se acomodaba la tiara de esmeraldas y aceptaba una calada del porro de su gigoló egipcio, la vieja Josette de la librería, con la excusa de buscar su bolsito, desaparecía entre los setos con un general jubilado que tenía esperanzas de que le ayudase a publicar sus memorias, David y Richard acordaban qué comisión le pedirían al vendedor del bazar por las alfombras que le había comprado un panoli al que le habían servido en bandeja: y, mientras alguno volvía a entonar *La receta de la felicidad perfecta* («Vierte un dedal de leche de ballena | en un orinal expuesto a la luna llena») y otro arropaba con un chal a Paul Bowles, que ya roncaba a pesar de que un periodista francés no dejaba de acribillarlo a preguntas sobre el film de Bertolucci, Alfonso, un ex pizzero de Sevilla, el rey de la casba, que unas veces se presentaba como descendiente de Moctezuma y otras de Atahualpa, se inclinaba sobre mí susurrando: «A pesar de todo, seguimos siendo los pilares de la sociedad». Y después de un gran suspiro: «Con veladas como ésta sueñan en Marbella, querido».

Aquel Tánger estaba desapareciendo. Se celebraban las

últimas grandes cenas en las villas del Monte Viejo y los últimos bailes de máscaras con disfraces cada vez más ajados. La opereta estaba entonando su canto del cisne. Los viejos extranjeros iban muriéndose. Promotores y agentes inmobiliarios entraban en escena.

Con pena, pero azuzado por la rapidez de aquella decadencia, leía todo lo que podía sobre el norte de Marruecos y sus habitantes, los bereberes yebalíes. Transitaba caminos impracticables aprendiendo la flora, la fauna, los usos y costumbres. Sorprendido por el crepúsculo en un bosque de alcornoques, pasaba la noche en casa de unos campesinos, alojado con trato principesco en el único dormitorio, que olía a leche cuajada, a narcisos y a pies. Cada día chapurreaba mejor el idioma. En Chauen, en Asilah, Uezán, Tetuán, y en muchos pueblos perdidos del Beni Gorfet y del Beni Arós, entre cumbres escarpadas y valles cubiertos de brezos en los que el océano exhala su aliento salobre, comencé a acumular vestigios de la vida y las tradiciones de una tierra que amaba ya sin remisión. La civilización y el arte montañeses, legado de las cortes andaluzas, estaban siendo devorados por las excavadoras o languidecían en medio del estruendo de los televisores: transcribía cancioncillas y recetas de cocina, anotaba leyendas e historias de vida, juntaba cajas pintadas, estantes, estuches de joyas, mantas, tejidos, tinajas para el agua, recipientes para trigo y miel, morteros, utensilios agrícolas y cerámicas raras, que parecían sumerias o minoicas, decoradas por las mujeres con resina de cornicabra. La lección de Jim Ede—la identidad de un pueblo se fundamenta y se expresa en sus manufacturas—se convirtió en la coartada perfecta para justificar un frenesí que me domina desde la infancia.

Alrededor de Tebarek Allah, donde antes estaban las desvencijadas casas de los extranjeros o las de los campesinos en medio de los frutales, brotaban como setas venenosas los chalés de vitrocemento: eran los plutócratas de la droga.

Una tarde, volviendo de la playa, junto a una limusina con los vidrios tintados parada en la placita, vi a dos orientales de uniforme que charlaban con los hijos del *baqqal*, el tendero. Del interior del automóvil llegó un refunfuño y ambos se precipitaron hacia él. Intercambiaron unas palabras. El refunfuño resonó más fuerte y el chofer, puede que fuera un escolta, se inclinó sobre la ventanilla. Una especie de regla, quizá era un abanico cerrado, le golpeó varias veces en la cara.

—¿Qué querían los chinos?—pregunté al tendero mientras le pagaba los cigarrillos.

—Terrenos. Terrenos para construir. Con las obras del puerto nuevo, los sin lo están comprando todo. ¿No has visto lo que están haciendo en Si' Bouarrakia? ¡Que Alá nos asista!

El cementerio de Si' Bouarrakia estaba en el centro, en una ladera que domina el Zoco Grande. Era un batiburrillo de tumbas diseminadas y algún panteón pequeño y antiguo. Uno era mi lugar secreto, un edificio octogonal con una sepultura rodeada por una valla de madera que acogía los restos de uno de esos santos vagabundos que venera la gente de espíritu sencillo. Al otro lado de la barandilla había cáscaras de huevo, cabos de vela, céntimos de cobre y trapitos que mendigos todavía paganos y mujeres supersticiosas depositaban en ofrenda.

Iba solo, normalmente de noche. A la luz de una vela, contemplaba el friso de azulejos que discurría a lo largo de las paredes a la altura de mis ojos. Tal vez era por el silencio en pleno corazón de la ciudad, tan sólo roto por los ronquidos de algún sintecho acurrucado contra el muro y por los chillidos de los gatos, o quizá era por el temblor de la llamita cuando la arrimaba a aquella resplandeciente inscripción negra... Me cautivaba. Estaba convencido de que esas letritas árabes, negras y cursivas, que fluían por la pared eran un grupo de muchachas.

No sabía leerlas, pero, al verlas danzar enlazadas me parecía oírlas, noche tras noche, riendo y cuchicheando. ¡Cuántas horas pasé así, con la vela en la mano, observándolas enlazarse y desenlazarse, sin que ninguno de los huéspedes ocasionales de aquel escondrijo me dirigiera jamás la palabra, ni siquiera para pedirme un cigarrillo!

Estuve allí un par de días después de haber asistido a la escena de la limusina. Era una tarde del final del verano, a la hora en que la luz es cruel y afilada. Las calles del centro estaban vacías. En el mercado, al que las campesinas yebalíes acudían a vender patatas, cebollas y menta de sus huertos, tampoco se veía a nadie. Yo acababa de salir del taller de mi amigo herrero y todavía resonaba en mis oídos su himno al *développement*: «Alá nos ha bendecido».

Se había subido a la frente las gafas de esquí que usaba para soldar. «Con los chinos habrá trabajo para todos. Construirán preciosos edificios de cristal, con aire acondicionado, para sus oficinas. Además, tienen una policía especial, por fin nos limpiarán el barrio de andrajosos».

Iba deprisa por la callejuela paralela al cementerio, directo a la entrada de la plaza del Zoco Grande. Habían demolido la tapia perimetral y, en su lugar, había una hilera de basuras. Los cipreses, los cedros, los eucaliptus, los viejos lentiscos, todo descuajado. Inmóviles en la acera, dos mujeres con sombreros de paja contemplaban la escena. Una lloraba, la otra se dirigió a mí con una sonrisa triste: «¿Ves lo que han hecho? Ahí estaban enterrados mi padre, mi marido y mi hijo. Que Dios los guarde». También el portal de ingreso estaba atestado de escombros. Un camino, largo y recto, subía entre muñones de lápidas hacia la cima de la colina. De la vertiente occidental del cementerio, sobre el Marshan, provenía un fragor de motores, chirridos de buldóceres y una nube de humo que el viento movía hacia el mar. Me encaminé para allá.

De la tierra afloraban manchas de polvo de huesos. Había una cinta de plástico tensada entre dos palos. En un tablón leí el nombre del arquitecto, los de un par de ingenieros responsables y el número de licencia. Otro cartel decía POLICÍA CHINA – PROHIBIDO EL PASO. Me deslicé por debajo de la cinta. Un poco más arriba, a mitad de la cuesta, se levantaba una construcción baja de ladrillos sin revocar y planchas de vitrocemento, parecida a los barracones en los que duermen los albañiles en las obras, pero más grande. Un tercer cartel anunciaba: SILK ROAD TRADING. Un oriental con uniforme de manga corta y un quepis vino hacia mí. Pasó de largo sin mirarme. Hablaba por teléfono, tenía una cola de caballo y un llamativo tatuaje en el antebrazo.

Entré en el edificio. En un vestíbulo, detrás de un escritorio de metal, una mujer joven, también de uniforme, discutía animadamente con una colega mayor que ella en un crescendo de sonidos guturales. Me miraron sin verme. A sus espaldas, tras una pared de vidrio, obreros marroquíes sujetaban travesaños de hierro a los pilares, parecía el esqueleto de la carpa de un circo. Advertí una abertura en una pared, me colé. Era una habitación sin ventanas. A la luz de un neón, dos chinos en mangas de camisa con las corbatas aflojadas, espatarrados en sillas de oficina, hablaban por teléfono. Delante de ellos, arrodilladas en el suelo, dos chicas marroquíes muy jóvenes, vestidas como enfermeras, les hacían la pedicura, con sendos cubos de plástico, de los que se usan para la colada, junto a ellas, uno naranja, el otro verde guisante. El más viejo y gordo de los dos hombres se rascaba los testículos mientras emitía murmullos de asentimiento al micrófono del móvil, el otro parecía leer en voz alta un inventario. Regresé al aire libre.

A la altura del edificio, el camino se interrumpía. Continué la subida siguiendo la huella de los buldóceres. De repente, silencio. No había un alma, sólo se oía el chirrido de las cigarras, más ahogado, presagio ya del otoño. Todavía no habían limpiado el terreno. Donde la arboleda había sido más tupida asomaban montones de troncos desordenados. Por todas partes, sepulturas desplazadas, cascote, trozos de revoco con paja, el arquitrabe de olivo de un portón partido por la mitad, un cacho de muro, una culebra aplastada. Mi tumba ya no estaba. Ni rastro de las jovenzuelas que se cogían de la mano en un arabesco que había durado un milenio. Con una ramita hurgué en la tierra que el sol había hecho ligera como la arena. Ni siquiera un retazo, ni siquiera una pizca. Como si fueran un sueño. En el cielo, las gaviotas bordaban trayectorias famélicas, sus gritos eran desgarrones. Descendí. El viento había girado, ya no traía polvo ni ruido, sólo el olor del mar, aquel griterío de pájaros y el eco de un eco.

Desde aquel día todo fue cada vez más rápido. El *développement* borraba lugares, plantas, animales, la amabilidad, la elegancia y la confianza. Tánger se triplicaba, se decuplicaba, ya no había ni espacio para los iris. Y ella, la ciudad que por decenas de siglos había metido los pies en el mar como una muchacha acalorada, era sólo un torso mutilado a merced de la resaca. Las hormigoneras se tragaban las dunas atlánticas para fabricar mortero mediocre; los bosques, en los que se escondían ruinas ignotas, eran convertidos en campos de golf regados día y noche; al pie de vallas con anuncios de lavadoras, las campesinas renqueaban bajo el peso de bidones llenos de agua de la fuente. Cuando me siento triste, me refugio en el trabajo: por la flora, construí el jardín de Rohuna, en medio de la nada, llevando a lomos de mulo todas las plantas y bulbos que pude; por mis letritas negras, y porque soy como soy, reformé Tebarek Allah.

Diego
L'entrata con la stanza di Mohammed piccolo
Prato
Magazzini
Le Pantere Nere
Un pezzo della vecchia Tangeri
Case di Soufiane
Villa Tebarek Allah, Tangeri
Foresta di 'Rmilat
N.
O.
E
S.
medina
La stanza della piscina
U.P.

2. EL PABELLÓN DEL CARICATURISTA

—El comienzo no está mal, pero tendrías que haber insistido más en los chinos.

—¿En qué sentido?

—¿Por qué no dices nada del supermercado que construyeron en el Río de los Judíos? ¿Y de que en menos de un día sus excavadoras destruyeron todas las chabolas de tus amigos, los que vivían en el cañaveral? ¿Omar, el que vendía leña? ¿Fátima, la que te traía los huevos? Y Aziz y Adel, que han acabado...

Está sentado frente a mí en un sillón. Nunca le había visto esa cara. Arrugado como una manzana vieja, blanco como un nabo cortado por la mitad, dos rayas violáceas bajo los ojos, parece un cadáver: la impresión la confirma el aspecto fúnebre de su ropa raída.

—Diego, joder, estoy haciendo lo que querías... Contando la historia de tu casa..., en busca del amuleto...

—¡*Mamma mia*!, ¿cómo puedes ser tan tonto?, ¿qué te pasa?, ¿qué ha pasado esta mañana?

—Ahmed ha venido de Asilah... Me ha traído dos cinturones yebalíes, de esos rojos...

—¿Y....?—Me mira fijamente con ojos endemoniados. Sus iris centellean al fondo de las cuencas descoloridas.

—Pues los he puesto con los otros, los motivos tie and dye son diferentes en cada uno...

—¿Y antes?

Me concentro, reconstruyo la escena, mi amigo anticuario ha estado menos de un cuarto de hora...

—No ha querido té, tenía prisa... Me ha dicho que el campo está a punto de florecer...

—¡Cállate!, ¡basta! ¡Qué más da lo que pase en el campo! ¿Cuánto te han costado?

Me coge por sorpresa.

—No hemos hablado del precio. Ya nos pondremos de acuerdo, como siempre...—Me irrita que un fiambre me pregunte por ese tipo de detalles: mi tarea consiste en salvar todo lo que pueda del pasado local.

Sacude la cabeza. Y de nuevo con esa vocecita estridente, metalúrgica, que conozco tan bien:

—Tu salvación es escribir sobre mi casa. Pero tienes que escribir bien. Empieza por arriba, por lo que vosotros llamáis «el pabellón»...—Me dirige una mirada pérfida—. Ni que estuviera en el parque de un castillo en vez de en un suburbio de traficantes de drogas... ¡El pabellón! Pero ¿dónde te crees que estás?, ¿en la Exposición de Sevilla del '29?

«Mozartiano» lo definió Alberto Arbasino, «con un airecillo de *El caballero de la rosa*». Y se lanzó a contar una anécdota, incomprensible por la abundancia de digresiones y porque el frenillo le impedía pronunciar correctamente la erre, sobre un mezzosoprano búlgaro que quiso seducir a Richard Strauss. Hacía tres o cuatro días que vivíamos allí.

En efecto, con su torre de ajedrez inspirada en un minarete y sus muros almenados como los de los castillos de los espectáculos de títeres, con los faroles que la brisa balancea haciendo refulgir los mosaicos de cerámica y los arcos ciegos que proyectan sus sombras sobre las superficies encaladas, el pabellón superior de Tebarek Allah, el que nació primero, es un pequeño delirio orientalista en el que una mariscala enturbantada podría vivir entre papagayos y monos en frac.

En el angosto espacio que ahora es mi estudio, hacia finales de los años cincuenta, dormía Ottilie Cannon. Harta de la vida diplomática, la mujer del embajador estadounidense o en Rabat se había retirado aquí con su burro, que vivía en la habitación contigua, donde ahora está nuestro dormitorio. Los viejos cocodrilos, que nos habían dado la bienvenida agitando sus colas—finalmente un poco de carne fresca en aquella tricenal rutina de mundanidad y vicio—, nos hablaban de ella a menudo, de su costumbre de vestirse con encajes y colgarse vueltas y vueltas de perlas como si fuera una dama eduardiana: emperifollada, con el burro amarrado y sus zapatitos de raso, recorría todas las tardes los kilómetros de pedregal incandescente que separaban Tebarek Allah del Hotel Minzah, en pleno centro. En la frescura de su patio andaluz le servían el té—mis años de experiencia me hacen dudar de esta versión; yo añadiría dos vasitos de ginebra a la tetera—y un cubo de agua y un saco de pienso para su compañero, bajo la mirada hostil de un par de condesitos de pasado olvidable y el vistazo indiferente de alguna belleza sin futuro.

La casita se asomaba a una terraza en pleno sur. Una de las primeras mejoras que aporté, con la ayuda de Mohamed y un par de amigos, fue cubrirla de cañizo para poder comer a la sombra. A los pies del muro de contención de la terraza, plantamos rosas, plumbagos e ipomeas, y pusimos por todas partes grandes tiestos de begonias y orejas de elefante. El mobiliario consistía en alguna silla, un par de catres y el mostrador de un herrero sobre el que colocamos bidones de zinc con girasoles y calas que compraba a los campesinos. En una liquidación en el convento de las carmelitas encontré unas gruesas sábanas que usábamos como manteles.

Había llegado el momento de corresponder a la hospitalidad de los *expats* que nos habían acogido en sus guaridas durante años; los españoles no eran *expats*: eran tan pobres como los marroquíes y, como ellos, vivían aquí desde siempre. Tuvimos invitados por docenas, por centenares, de muchísimas nacionalidades, casi todos más viejos que nosotros.

Recalados en Tánger en el ocaso del imperio británico o amenazados de rapadura tras la Liberación, a la búsqueda de asilo tras un escándalo o, más prosaicamente, atraídos por las ventajas fiscales que brindaba la Ciudad Internacional, los *expats* tenían en común, sin excepción, la manía de coleccionar cosas. Trudi, una sonrosada matrona holandesa de cabello ralo que tenía un bar en el puerto, coleccionaba electrodomésticos; madame Rivettes y Aline—aunque muy distintas entre ellas, ambas habían optado por el bando equivocado durante la guerra—acumulaban tarjetas de visita y objetos de opalina; otros—decoradores, ex agentes de cambio, irascibles militares retirados, profesores que, después de las revelaciones de un par de alumnos y un artículo en el diario local, habían decidido poner tierra de por medio y establecerse en este páramo olvidado—recolectaban incansablemente llaveros, figuritas de cerámica, pisapapeles de vidrio con nieve dentro, plumas estilográficas, cojines de punto de cruz. El alcoholizado bávaro de Briech tenía en todos los rincones de su barraca barquitos de madera en miniatura; los dos libreros de Lyon, en su villa reformada del Marshan, donde daban clases de tango a los jóvenes del barrio, novelas policíacas con Tánger en la portada; la princesa Ruspoli, en su «Iseum secreto», cualquier piedra o raíz que, para ella y sólo para ella, representase a la diosa Isis—desde hacía cuarenta años trabajaba en un tratado sobre la persistencia de la religiosidad tardoantigua en el culto que los yebalíes rinden a las grutas, aunque, cuando murió, no se encontró ni una página—. Cada uno concebía, enriquecía y conservaba celosamente su colección. ¿Soledad?, ¿melancolía del exiliado?, ¿nostalgia?, ¿atontamiento?, ¿tedio? El pastelero de Bolzano de extrema derecha (pero no antipático) forraba las paredes de su apartamento de la rue de la Plage con viejos afiches del Teatro Cervantes; el polaco de La Pagode almacenaba en casa carretadas de cajitas de música—luego lo expulsaron, unos dicen que por maltratar a su mujer, otros que por los impuestos—; los Vampiros suizos del Monte tenían tres congeladores de viales llenos de muestras de sangre que tomaban a inocentes chavales fingiéndose médicos; y el *Honourable* David Herbert, hermano menor del conde de Pembroke e íntimo de la reina madre, apodado en muchos libros «The Queen Mother of Tangier», en una nostálgica velada de otoño extrajo de un baúl que guardaba bajo la cama docenas de tubitos vacíos de rímel de la época de las pantomimas en el palacio de Barbara Hutton en las que siempre interpretaba a la odalisca de buen corazón («I enjoyed every single second of it…»).

Recuerdo una noche que el *Honourable* vino a cenar con su amiga Alvilde, esposa de un historiador de arquitectura y memorialista, de cuyo monumental diario yo había leído un par de volúmenes. Ochentona, briosa, Alvilde había sido la pasión de algunas famosas escritoras del vigésimo siglo: tras una relación borrascosa con Vita Sackville-West se puso a hacer jardines, había terminado hacía poco el de Mick Jagger en Francia. Al pobre David le acababan de practicar una colectomía, pero no podía estar de mejor humor. «I'm just an old bag!», se burlaba de sí mismo, aludiendo a la bolsa de plástico que llevaba adherida con esparadrapos a su barriga. Alvilde tampoco podía caminar bien. Nos sentamos a la mesa enseguida. Respecto de las cenas habituales con David, esta vez había dos diferencias: que, en vez de peluca, decidido a atribuir su inmemorial calvicie a la anestesia general que le habían administrado unos días antes, llevaba una papalina marroquí—tenía cientos, en Larache había una tienda, que las vendía de todos los colores, a la que su factótum le llevaba dos veces por semana—y que también cenaba con nosotros el bigotudo Nuredín, ahora trasmutado en enfermero.

Era invierno, hacía frío y la chimenea estaba encendida, aunque los dos venerados *expats* habían pasado una encantadora jornada tomando baños de sol. David, me explicó Alvilde sorbiendo el primer gin-tonic, había tenido la excelente idea de comprar una piscina de plástico inflable, mucho más cómoda que aquellos horribles hoyos llenos de agua que la gente hacía excavar en el jardín—con la ventaja, además, de que una vez pasada la temporada se plegaba y desaparecía en el trastero—. David asentía incrustando un cigarrillo en la boquilla de ámbar. Nos hacía de camarero Mohamed, que estaba convencido de ser el mayordomo ideal. Y tenía razón: no era en absoluto servil.

Ya no recuerdo de qué hablamos, bebimos bastante. El turbante de Alvilde se había desplazado y le caía sobre la frente. De repente, David dejó el tenedor y miró alrededor.

—Lo has hecho muy bien—me dijo—. Con la historia de las cosas que hay en esta habitación se podría escribir la nuestra, la de los extranjeros en Tánger. Los pobres Amati...—señaló la lámpara de techo portuguesa con todas las velas encendidas—...el viejo Patrick...—acarició el respaldo de la una de las sillas americanas—... lady

Scott, mi grandísima amiga...—tamborileó los dedos en la mesa de caoba cubierta por el mantel—...y hasta los dos Mynott...—Levantó la barbilla apuntándola al retrato de dama isabelino que cuelga entre los azulejos sevillanos enmarcados—...mi amigo Roy Strong, siento decírtelo, mantiene que es una copia victoriana...

—But it's so lovely!—sonrió Alvilde.

Todavía sentía el efecto balsámico de ese capote cuando se oyó un golpe seguido inmediatamente de una pestilencia. Alvilde movía la cabeza repitiendo:

—No, no, no—en voz baja, como cuando se quiere calmar a un niño. Nuredín había saltado a agarrar la bolsa. Sentado, inmóvil, David miraba fijamente hacia delante, los ojos torcidos. Nunca olvidaré la mueca de humillación en aquella cara de anciano.

Me levanté. Como ya habíamos acabado, dije, Nuredín podía acompañar a nuestros amigos al salón del pabellón de en medio donde se serviría el café. En cuanto salieron, abrí el ventanal y, mientras el aire puro y frío inundaba la habitación, le quité a Mohamed el trapo y el cubo que había traído, limpié, fui a vaciarlo y me reuní con ellos en el salón.

Alvilde estaba sola.

—Los chicos están en el baño gestionando sus cosas—me dijo. Such a lovely supper, hacía siglos que no comía una quiche lorraine tan rica. Dame un sorbo de scotch. ¡Aquí están! ¿Todo en orden, David, tesoro?

—De maravilla, querida... Creo que te voy a acompañar, pero sólo un dedo, por favor.

Me guiñó un ojo. Y, en voz baja, pero no tanto como para que los demás no le oyeran:

—Gracias.

Me hace gracia recordar la casa en aquella época en la que todavía había espacios vacíos y todavía era posible recibir gente... Entonces no podía imaginarme que nuestro jardín con sus muebles, objetos, plantas, llegaría a ser tan exuberante que me impediría franquear una puerta o recorrer unos metros de sendero sin ponerme de perfil o agacharme para no molestar a esa multitud de otros huéspedes que ahora se han convertido en mis jefes. ¡Cómo envidio a los que se dedican a colecciones limitadas! Richard Timewell que, una vez reunidos todos los sellos emitidos en la India, donde nació, pudo empezar otra nueva. Los que quieren exhibir en sus vitrinas todas las conchas de Malasia o guardar en un cajón todas las monedas acuñadas en Bizancio, en diez, veinte, treinta años, es posible que culminen su proyecto. O los que se pirran por una única categoría: Margot, que acumulaba aceiteras en las habitaciones de su villita en la curva de La Californie; Priscilla, que tenía elefantes de todos los materiales, pero sólo con la trompa hacia arriba; Jason y sus cajas de zapatos repletas de polaroids con un metro amarillo de modista estirado junto a un pene erecto alquilado (una vez negociado el precio) y de la sonrisa, fanfarrona y derrotada, de su dueño, siempre distinto y siempre el mismo...

Mi colección, por desgracia, es infinita porque para mí cada cosa, cada planta, contiene a otra, a otras mil que exigen juntarse con ella y reunirse todas en un conglomerado que palpita como una galaxia que siempre está a punto de explotar pero que no explota nunca... (Cuando el pobre Richard hubo conseguido el último ejemplar, cayó en una depresión y hasta quiso volverse a Bombay).

Además del testimonio de lo que amo, mis colecciones son una confesión desconsolada de lo que no puedo poseer. Como la de muebles pintados yebalíes, los bereberes originarios de las colinas que rodean Tánger, antepasados de muchos de sus habitantes actuales. Lo que yo de verdad habría querido es coleccionarlos y protegerlos a ellos, a ellos en persona: esos hombres adictos a la miel—de la que son expertos productores—y a los jovencitos a los que raptaban en las tribus vecinas, sensuales e introvertidos, amantes de los juegos de azar y aterrados por los *jennun*, los espíritus que viven en las aguas estancadas y custodian los tesoros sepultados.

Lo he intentado, he llevado en mi coche a muchos viejos, a muchas señoras, me he colado en sus grandes casas, con el tejado cubierto de tejas de cañón y, esforzándome por ignorar el platillo volante de la parabólica, me he sentado en el suelo frente a sus hornos de pan, junto a las cuadras. He ayudado a las mujeres que sacaban al sol los camastros, las esteras, los sacos de grano y los víveres. Me he ensuciado de cal repintando suelos y paredes. He restregado con arena el tayín grasiento en el que habían comido todos juntos mientras fantaseaba con la dieta que les obligaría a seguir cuando me pertenecieran.

Pero entendí enseguida que coleccionar personas es imposible. Para empezar, porque se mueven, pero, sobre todo, porque están inexorablemente sometidas a los cambios—las arrugas, las mejillas que se desploman, los vientres que se deforman y, al final, la muerte—que conlleva el trascurso del tiempo: justamente el destino que cualquier coleccionista digno de ese nombre tiene que luchar por evitar a los objetos que ama.

Cada pieza de mi colección, al contrario que quien la esculpió, tejió o pintó, sigue siendo la que fue. Esa arquita florida, una niña para siempre; ésta otra con el frontal decorado con ojivas, una mujer madura; un hombre flaco, el portafusil; un muchacho que al salir del mar se pone la camiseta del revés—Abdel Krim, Bilel, Rabeh, o cualquier otro de aquellos primeros veranos—, esta mesita en la que las dos mitades de uno de los arcos entre las patas, a pesar de todas las veces que la desmonté y la volví a montar, a pesar de las cuñas, las abrazaderas y los tirantes, es imposible que encajen porque, irremediablemente, su artífice equivocó las medidas.

«Más rápido», susurra Diego.

En los años cuarenta, un artista español proyectó y construyó nuestra pequeña mezquita de mazapán, en la que vivía solo; ahora sigue viviendo en ella, pero con nosotros. Es un fantasma africano, o casi, el duende que, a veces, para exasperarme, baila la danza del vientre: Diego, don Diego Mullor Heredia. «Para servirle».

Durante mis garbeos por las almonedas de Boubana, el rastro de Casa Barata o el mercadillo nocturno de Souani, entre los traficantes y los ladronzuelos de Gueznaia, de donde conviene salir por patas cuando llegan los furgones de la policía, en bazares llenos de bandejas de latón y farolillos, en edificios de apartamentos con bañeras que contienen plétoras de novelas rosa, revistas ilustradas y libros de texto en todos los idiomas, entre las montones de harapos de la rue de Belgique y los de pan duro para animales del Charf, en el garaje de un chaletito abandonado cuyo guardés se saca un extra vendiendo piezas de la Opel, en los sótanos de los vendedores de carbón, rebuscando en los tesoros acumulados en la cueva de un mendigo rapsoda que, desde hace años, escribe un poema sobre los fondos marinos en trozos de papel usado. En esos lugares y en muchos otros compré todas las postales de sus dibujos que pude encontrar. Retratan pastores con chilaba y babuchas que suben a un avión con cestos de gallinas, viejos con barba de profeta bíblico que juegan al billar, un forzudo con una cimitarra apoyada en la cintura y la oreja pegada a un transistor, dos mujeres sentadas en una acera del zoco lamiendo helados, un automóvil que renquea por la carretera con una cabra atada sobre la baca.

Más que la ineptitud de los autóctonos, el blanco de las caricaturas de Diego son los signos de la incipiente modernidad. El trazo, más allá de abundar en mentones prominentes, narices aguileñas o brazos y piernas escuchimizados, deforma a los personajes como si los captara a partir de su reflejo en el agua. Las caricaturas enmascaran, a la vez que revelan, una impotencia que incomoda, como una broma entre presos durante su hora de patio: sugieren tristeza y melancolía.

Piedra sobre piedra, don Diego había hecho de su casa la más lograda caricatura de una vivienda tradicional del norte de Marruecos. Su amor por esta tierra no se evidencia sólo en el estilo—más que una mezquita podría ser una *kuba*, la tumba de un santo; recuerda los edificios que descubrió en el Rif y diseminaba en los fondos de sus dibujos—, sino también en la elección del sitio, la vertiente meridional de la montaña que domina la bahía de la ciudad, lejos del centro.

Me lo contaba él mismo cuando me acompañaba por las noches al *baqqal* de la placita a comprar el pan que Soufiane olvidaba con frecuencia. Caracoleaba jadeante a mi lado. Últimamente nos habíamos descuidado un poco. Este barrio, en los años cuarenta, aún era campo, uno de esos desolados descampados marroquíes que acechaban a las ciudades en los que crecían sólo chumberas y palmeras enanas, y donde las cabras ramoneaban cardos. Un poco más abajo del *trianon* modernista de Jim Ede, Jamaa el Mokra era un poblado de chabolas levantado por familias supervivientes de las hambrunas del Rif. Donde ahora hay dos chaletazos feos, en una choza llena de perros y rodeada de albaricoqueros, vivía Jessie Green, la excéntrica nieta nacida en Tánger de un ministro de la reina Victoria, y continuando el sendero que lleva a la fuente de Lalla Laayoun, hoy embutida entre un edificio de apartamentos y un paso elevado, se llegaba al cañaveral donde Jack Sinclair, otro inglés exfuncionario en Zanzíbar, se acababa de construir un *cottage* con una amplia veranda. A diferencia de los anglosajones, aislacionistas incorregibles, todos los españoles vivían en el centro. Sin embargo, mi Diego se había refugiado aquí arriba porque éste era el mundo que le gustaba.

Ya el nombre de la casa, que invoca la protección de Alá, era toda una declaración en los años en que sus compatriotas le ponían el nombre de la Santísima Virgen a cualquier callejuela de mala muerte. En este pabellón no se bebía vino áspero de Galicia o Andalucía, sino té a la menta; no se jugaba al chinchón sentados en sillas de cuero repujado con el perfil adunco del manchego y el de su escudero, se escuchaba música andaluza arrellanados sobre almohadones y alfombras pasándose la *sebsi*, la pipa de kif, mientras una ninfa yebalí se cimbreaba con un ritmo hipnótico: don Diego no se acostaba entre sábanas almidonadas, y zurcidas, sino envuelto en colchas de lana de cabra—y puede que la *chikhat*, borracha de *mahia*, se quedara a hacerle compañía—.

—Claro, italiano: la ocasión la pintan calva... Me ha gustado cómo describes mis caricaturas. Pero da mucha vergüenza lo que dices de tu vicio.

—¿Vicio? ¿Cómo que...?

—No el vicio que tú te crees, ¡maricón! ¡Digo tu manía de coleccionar cosas inútiles!

—¿Me dejas seguir con la historia de la casa? Lo estoy haciendo por ti…

—Casa tua è casa mia, hombre. Lo haces por mí y lo haces por ti. Verás, verás qué sorpresina…—Y pegándose a la oreja un viejo teléfono de baquelita negra—: «*Se telefonando io potessi dirti addio | ti chiamereeei…*».

Tengo que admitirlo, la voz metalúrgica de mi duende es hoy, misteriosamente, idéntica a la de Mina.

3. EL PABELLÓN DE LOS PANTERAS NEGRAS

El arcón yebalí pintado con unos arcos blancos de los que cuelgan lámparas de mezquita verdes y naranja, preside el salón del segundo pabellón de Tebarek Allah, el más cercano a la entrada principal. Se edificó a finales de los años sesenta para dos niños, los hijos de Sanche y Nancy de Gramont: entrada minúscula, cocina, *breakfast room*, un despachito y dos dormitorios separados por un baño donde estaba la estufa de queroseno. Hoy no he visto al amigo fantasma. Mejor. Me preocupaba que, como éste no lo construyó él, tuviera algo que objetar.

Nunca pensé que tendría que agradecérselo, duende mío de aire y destellos, pero contando la historia de esta casa de tres pabellones que respiran tranquilos en un jardín y rememorando la vida de las personas que la habitaron, me parece estar poniendo a salvo a mi pobre, maravillosa Tánger. Vuelvo a pensar en el famoso talismán de Diego: a lo mejor está escondido justo por aquí, en una de estas habitaciones, entre todos los objetos que acumulo y que me hablan... Pero ¿dónde?, ¿cuál? y ¿para qué servirá?, ¿para borrar de la faz de la tierra a los destructores que me tienen prisionero? ¿Quizá eres tú, repisita decorada con claveles rojos? ¿Tú, rinconera rescatada de un perfumista de Tetuán a cambio de mi cazadora? ¿O tú, joyero, regalo de la señora que insistía en la importancia del *zahtar beldi*, el tomillo silvestre, en la preparación del cuscús de mantequilla rancia?

Antes de trasladarse a Tánger, los Gramont habían vivido en Roma. Por alguna acuarela de Eugene Berman (un melancólico pintor neorromántico huido de Rusia), por unas bonitas terracotas iraníes de los albores del primer milenio que podían proceder de L'Obelisco de Gaspero del Corso e Irene Brin, por los ejemplares de *Botteghe Oscure* y los libros italianos de poesía, antropología, sociología y psicoanálisis, todo encontrado en estas estancias, me hice una idea de en qué ambiente se movían, ella estadounidense y él a punto de serlo, en aquel Hollywood a orillas del Tíber de Cy Twombly y Marguerite Caetani. Como Alberto Sordi en una célebre película, aunque por motivos diferentes, Sanche quería a toda costa ser estadounidense. Al fin y al cabo, había estudiado en Yale. Además, en la guerra de Argelia, donde había servido como suboficial en un regimiento de infantería senegalés, había presenciado los horrores de los que podían ser capaces sus compatriotas.

Pocos años después de dejar Marruecos, renunció al glorioso patronímico de Gramont para adoptar el anagrama Ted Morgan, un nombre de donnadie que, inevitablemente, me hace pensar en Ulises y confirma la evidencia de que el único modo de librarse de los cíclopes del asco es dejarlos ciegos sin demasiadas contemplaciones: el nieto de la altiva Elisabeth, uno de los modelos de Proust para su duquesa de Guermantes, se había dejado filmar por la CBS comiendo con su esposa y sus hijos en un *fast food* como cualquier familia feliz del *American way of life*... ¡Yupiiiii!

Que entre los sucesivos propietarios no había habido ni bibliófilos ni gente metódica era obvio: amontonados en los estantes de la librería de esta casita había papeles de todo tipo y, entre facturas amarillentas, documentos mecanografiados corrompidos por el moho, pliegos, fajos de cartas y opúsculos devorados por los pececillos de plata, encontré primeras ediciones (algunas, milagrosamente bien conservadas) de muchas obras de poetas de la Beat Generation con panfletitos ditirámbicos por la paz en Vietnam a modo de marcapáginas y ciclostilados de colectivos anarquistas.

Pero ¿por qué la joven pareja vino a parar aquí, al norte de África, en un clima, entre personas, con una luz, que a Sanche debían recordarle fatalmente el infierno de Argelia? Y ¿por qué se habían ido así, con los niños, de repente, dejando atrás tantos recuerdos y tantas cosas de valor sin siquiera pedirle a la nueva propietaria que se las enviara a alguna dirección? Nancy escribía poesía. Vi en la única foto que encontré de ella que era una chica guapa que recordaba un poco a la Ali MacGraw de *Love Story*: ¿era ella la clave del misterio? Expuse al sol todos los papeles y cartapacios. La mayoría estaban descoloridos y eran casi indescifrables, se me deshacían entre las manos o estaban tan pegados por años de hacinamiento que, al intentar separarlos, se rompían. Apareció una carpetita que contenía viejos artículos de periódicos ingleses, franceses y estadounidenses. Todos hablaban de un secuestro aéreo acaecido en julio de 1972. Los Panteras Negras se habían apoderado de un DC-8 de la línea Detroit-Miami y lo habían desviado a Argel.

Cualquiera que ame las viejas series de televisión en blanco y negro y, rebuscando entre los restos de un archivo, se tope con algo que le parezca un indicio, sabrá lo que significa sentirse, de golpe, Miss Marple. Leí con avidez cada detalle: la exigencia de cinco bocadillos de queso por parte de los secuestradores—uno, encima, disfrazado de cura—durante el primer aterrizaje en Boston, la pistola escondida en una biblia con las páginas troqueladas, los tres niños que los acompañaban (¡tres!, no podía ser una casualidad). También me enteré de que, después del aterrizaje final, el gobierno argelino los había puesto en libertad y se había limitado a reexpedir a casa avión, tripulación y pasajeros.

¿Qué había detrás de todo esto? Me parecía ver a Nancy, el rostro disimulado por las grandes gafas de sol y la falda larga de flores, entrando a hurtadillas en nuestro *baqqal* con el bolsito afgano lleno de monedas—el teléfono de casa estaría, seguro, intervenido—para tener noticias de una amiga de una amiga de otra amiga con la que habían estudiado todas en California. El atentado contra Hassan II se cometió el 10 de julio 1971 (cumpleaños del rey, fiesta nacional) en Skhirat: desde ese día los servicios secretos marroquíes vigilaban a todos los extranjeros (sobre todo si eran intelectuales y progresistas como los Gramont) con gran eficacia, resultado del entrenamiento del *team* de Hoover. ¿Y si la amiga californiana no fuese sólo amiga sino también cómplice?, ¿una compañera de célula? ¿Y si, tal vez, creyendo que hacía una donación a un movimiento antirracista, Nancy se había convertido, sin saberlo, en financiadora de un grupo terrorista?

Puesta a imaginar, la susodicha Miss Marple veía la irrupción de la policía marroquí en Tebarek Allah con las metralletas en ristre: todos esos libros sospechosos, dos colillas de porro tiradas en la chimenea apagada, una foto dedicada de Jean Seberg... Había suficientes indicios comprometedores. Sólo faltaban los dueños de la casa. El soplo providencial de algún desconocido bien informado los había salvado por los pelos y, mientras los esbirros procedían al registro, la familia estaba ya a salvo en París, donde los secuestradores serían por fin detenidos unos años más tarde. Pero ¿y si, en cambio...? Un vistazo a la gloria de nuestro jardín bastaba para exorcizarme del espíritu de la detective. Aquellas octavillas y aquellos recortes eran prueba del interés de los Gramont en el secuestro, pero, en absoluto, de su implicación. Como entendí hace años, la mitomanía es uno de los males más extendidos en esta ciudad chismosa, un virus que viaja por el aire como el aroma del kif. Y muchas cosas sobre los Gramont las supe (y las sé) un poco por los cotilleos, un poco por las historias del *Honourable*, un poco por los libros. Me parece sentir ese aroma incluso ahora, mientras escribo.

Jovencísimo, Sanche había ganado un premio Pulitzer con un relato sobre los últimos minutos de vida de un barítono que se había desplomado en el escenario del Metropolitan mientras cantaba *La forza del destino*. Conduciendo una furgoneta de tercera mano, todas las mañanas Nancy llevaba a los niños a la Escuela Americana. Los Gramont eran una pareja de intelectuales pacifistas, que llegaron aquí siguiendo la estela de Paul y Jane Bowles, como tantos otros jóvenes de la Beat Generation. ¿Por qué aquí? Por la leyenda del excelente clima (en realidad, pésimo), por la vida asequible y los porros a buen precio, por la relativa libertad de que gozaban los extranjeros, sobre todo si tenían algún dólar en el bolsillo, en una ciudad en la que la tolerancia y la buena voluntad de los nativos se remontaban a los tiempos en que había sido internacional: una vez la reina madre de Inglaterra le preguntó a un cortesano dónde estaba su amigo Cecil Beaton. Le contestó que estaba en Tánger, en secreto. «Tangier is not a secret», dijo ella, lapidaria.

Ese olor... ¿Estoy soñando o de verdad lo huelo? Voy a abrir la ventana. Lo sentía siempre en París, en la parada de metro de Odéon...

«*Hare krishna, hare krishna, krishna krishna...*».

No es hachís, es pachuli. Me giro y lo veo sentado a lo indio en un sillón frente a mí. «¡Todo el mundo sabía que esto era el paraíso de la libertad!, ¡la Zona Internacional!».

Menea la cabeza. Sobre su ropa habitual, mi fantasma viste una túnica hindú, calza esclavas y lleva una peluca que me parece un trocito del pelaje del carnero que Soufiane ha sacrificado para el *Aid*.

—¡Qué tiempos!—Se sujeta un rizo detrás de la oreja—. ¡Nunca he estado tan vivo desde que estoy muerto!—Y con una sonrisa rota, que, a pesar de todo, me conmueve—: Las sesiones de espiritismo, la meditación, las drogas... Con Sanche me aburría, siempre estaba trabajando, pero Nancy, con sus poesías y sus poetas alucinados, todos recién llegados de la escuela del chamán y del país de los tarahumaras... Ah, Nancy... siempre sin bragas bajo la falda, siempre sin depilar...

—Ahórrame los detalles. ¿Y Brion Gysin?, ¿eras amigo de él?

—¿Brion? Con él y Bill Burroughs éramos así. —Y se frota los índices haciendo chocar dos grandes turquesas navajo.

—Vale, ¿me dejas continuar?

—Sí, pero tienes que contarlo todo, las danzas del equinoccio abajo, en la playa, cuando Nancy hizo un té de hongos y yo bailé durante dos noches y dos días..., los recitales de poesía para los que yo inventaba los versos, con rima, ¿eh?... ¡Qué hermosos eran los Beat! Querían conocer el futuro, saber de la Atlántida, de las manzanas de las Hespérides, de los platillos volantes... Sigue, por favor, al final me estoy divirtiendo... No como cuando me toca oír por enésima vez tus tonterías sobre los muebles pintados de los yebalíes...

Efectivamente, uno de los Beat más pintorescos, el inglés Brion Gysin, se había hecho amigo de los Gramont. Había debutado como pintor en una colectiva de los surrealistas en París con unas acuarelitas de factura virtuosa que representaban desiertos imaginarios y parecían el fondo de un acuario que un niño ha llenado de guijarros y conchitas.

Expulsado del grupo por el vate Breton, que reinaba despóticamente sobre sus acólitos, había llegado aquí. ¡Ése sí que la liaba! ¡*Di tutti i colori*! Diego, ¿has oído? ¡*Co-lo-ri*!

«No te pongas agresivo, hermano. Peace and love. Y si te refieres a mis piezas, es verdad, todas son en blanco y negro. Pero, aun así..., ya verás...».

Estoy aquí, escribiendo sobre su casa para agradarle y me lo agradece con vagos augurios amenazadores. Venga, sigamos.

Encaprichado de Hamri, un chavalote de un pueblo vecino, Jajouka, Gysin le enseñó a manejar el pincel e hizo de él uno de los primeros pintores marroquíes. Habían alquilado juntos un ala del desmoronado palacio Menhebi y abierto un restaurante, The 1001 Nights, donde se servían platos tradicionales con el acompañamiento de las melodías y las danzas de unos músicos, herederos de Pan y paisanos de Hamri, que rápidamente concitaron el entusiasmo de los Rolling Stones.

Gysin escribía, pintaba, inventaba cacharros que llamaba «máquinas para soñar», se drogaba, salía mucho y, en las tardes ociosas, armado de tijeras y cola, y rodeado de montones de periódicos, inventó la técnica del «corta y pega», más conocida como *cut-up*. Su compinche William Burroughs, otra víctima de los espejismos de la medina, se la apropió enseguida para crear su novela más famosa, *El almuerzo desnudo*.

En la biografía de Burroughs, publicada a finales de los años ochenta, Ted Morgan cuenta que una noche, después de cenar, al levantarse de un sofá tapizado de lino azul, Gysin había dejado «una mancha de sangre redonda de la anchura de una taza de té», primera señal del cáncer de colon que lo mataría. Sitúa el incidente «en Villa Tebarek Allah, en la casa de aquellos advenedizos del Monte llamados Sanche y Nancy de Gramont». Es decir, el biógrafo se difama a sí mismo.

Ni secuestros ni panteras negras disfrazados de cura. No es el Atlántico lo que separa a Ted de Sanche, ni lo son los diez siglos de historia de su aristocrático linaje. Es un malestar misterioso, antiguo y profundo. Quién sabe qué maleficio habrían tramado en torno a ese niño aún en pañales las duquesas de Proust, asomadas a su cuna, los rostros aquilinos adornados con diamantes, relamiéndose los bigotes y escudriñándolo con aquel ojo enorme... Para dejarlas ciegas de una vez por todas, había tenido que pintar el mundo con barras y estrellas. (Tras identificar aquella mancha en el archipiélago de sus hermanas, puse en el sofá la mortaja que me vendió en los alrededores de Konya la abuelita que la había tejido. Convencida de que era inmortal, aquella campesina desdentada y muy alegre quería comprarse una crema antiarrugas con las ganancias).

Ted Morgan fue un escritor prolífico, publicó otras biografías (Somerset Maugham, De Gaulle, Churchill, Roosevelt), libros divulgativos de historia, artículos para diarios y revistas. Según David Herbert «no tenía simpatías revolucionarias en absoluto: era demasiado antipático»—y, como siempre que hablaba mal de alguien, él, que «adoraba» a todo el mundo, el *Honourable* emitía un breve relincho, contemplándose la mano refulgente de amatistas, y Pearl Gray, el papagayo que solía llevar sobre el hombro, agitaba las alas amenazador—.

Sanche era esquivo, muy trabajador, poco propenso a los placeres autóctonos, *an immense bore*. Sus entretenimientos eran la barbacoa dominical en el jardín con la familia, un whisky doble o un jugo de jengibre en el apartamento de un amigo profesor jubilado de historia o, como mucho, una nadada en las gélidas aguas de la bahía seguida de una fritura de pescado en el chiringuito de un exiliado del franquismo—no se puso Ted Morgan porque sí—. («Ya te lo he dicho, nunca charlé con él ni me metí en sus sueños. Pero ella..., mi Nancy, golosa de mescalina y sexo...»).

En esta casita tuve que desmantelar uno por uno los elementos de un funcionalismo que era ya insensato cuando estaba de moda: demoliendo los muros divisorios se hundió el techo, pero no me fue posible vigilar las obras debido a la inesperada aparición de unos tabiques de azulejos con flores en un pueblo en la frontera argelina. Como los obreros eran amigos de Mohamed, fue nuestro parsimonioso jardinero sordomudo («Pzetas, pzetas») el que siguió los trabajos y el que tuvo la idea de recuperar los tablones de los andamios para hacer una *boiserie*. A mi vuelta, uní al ventanal del dormitorio un *bow window* con un tejadillo de tejas verdes, como los de las casas antiguas de Fez.

Reestructurado el adosado de los Gramont, desvanecidos el espíritu de Ted Morgan y el olor a huevos fritos del *American way of life* (mientras tanto, el de pachuli ya se ha ido del despachito, vuelvo a cerrar la ventana, estoy congelado), los objetos han podido ocupar el espacio que requerían. Cuando el enorme cuenco repleto de opérculos de conchas que les he comprado durante años a los niños en la playa de la Reine Mère (una fuente de ingresos menos sedentaria que limosnear) decidió instalarse en la mesa baja del barbero de Moulay Abdessalam, lancé un suspiro de alivio: pesa casi cien kilos, no parece autónomo, y antes de permitir que lo movieran se hizo de rogar.

Como por una señal concertada, le han seguido un cúmulo de cosas muy queridas: el mostrador del Marché de

Fès con la plancha de mármol en la que Anwar carnicero cortaba los mejores bistecs de la ciudad y luego Hassan, el florista tartamudo, desplegaba ramos de narcisos, calas y altramuces (en lo que hoy es una tienda de telefonía); las ligeras sillas bostonianas de finales del XVIII de Peter (se las compré a Ahmed, su heredero universal), que, en cuanto me doy la vuelta, se ponen a imitar a los personajes de Edith Wharton; los jarrones Directorio de lata pintada que, desde el último anaquel de una droguería en las afueras de Rabat, llamaron mi atención agitando sus asas como si fueran manitas; mi linterna de fragmentos romanos de vidrio repescados en el río Lucus, justo donde después construyeron el muelle del puerto deportivo: un lamparero con la paciencia de Job trabajó durante meses siguiendo las luminosas directrices que ella misma me dictaba cada noche y yo transmitía con precisión cada mañana; la caracola que el muecín de una mezquita de madera en el Medio Atlas (luego derribada y reconstruida con hormigón armado) usaba como megáfono para llamar a los fieles a la oración (cada vez que la pruebo me quedo sordo un buen rato e, inevitablemente, acuden Soufiane, o Mohamed Pequeño, o Nasser Sonrisa Bonita, y tengo que inventarme alguna excusa); las piñas, obsequio del soldado de Jbel Tazekka, que, en broma, me arañan con sus escamas, similares a las garras del extinguido oso de las cavernas; el almirez de bronce, que todavía huele a ajo, de la temible Leila, y el retazo de alfombra otomana, la caja de herramientas del mecánico de Tamegroute obsesionado con Sylvie Vartan, la preciosa amonita, el azulejo Giustiniani con la gorgona que hace pedorretas...

La última vez que oí hablar de Nancy fue en casa de Christopher Gibbs. «¿Terroristas? Eran sólo un par de zarrapastrosos». Recién comprada la casa en el Monte Viejo de Marguerite McBey, Christopher había encontrado una carpeta en el desván: «Propiedad de Nancy de Gramont».

Localizarla fue una hazaña, pero al final conseguí hablar con ella por teléfono y hacerle una oferta generosa—sí, eran acuarelas de Eugene Berman—. Nancy las había olvidado por completo. Vivía envuelta en sus chales, probablemente aún con su falda de flores, en un pueblito de las Tierras Altas de Guatemala. Pero ¿cuántas acuarelas había?, ¿seis?, ¿tantas? Podría calentar todo el invierno su heladora casita bajo el volcán. Con casi noventa años, concluyó, se sentía muy, muy afortunada.

4. UNA RAREZA DEL VIEJO TÁNGER

Diego está tramando algo. Debe creer que, a fuerza de escribir y describir su casa, volveré a encariñarme con esta ciudad y me olvidaré del campo que llevo en el corazón. Como si un halcón pudiese ignorar que tiene alas. ¡Pobre duende iluso! Le conozco muy bien: por los cautelosos pasitos con los que se aproxima a mí, por cómo me observa cuando escribo y aprieta los párpados, evaluándome, mientras me dirige sonrisitas de aprobación, sé que está a punto de hacerme uno de sus desaires. De todos modos, aparece rara vez; así puedo abandonarme a mis recuerdos y, aunque yo sea poco de reflexionar, hacerme preguntas sobre mí mismo…

Hace veinte años consideraba inmoral hacerme una casa—sobre todo si ya tenía mis cosas bajo techo—. Hace cuarenta, me habría parecido una estupidez: de jovencito prefería rodearme de raíces con formas extrañas, escaramujos y bayas, piedras y líquenes, y dormir en el bosque. ¡Qué bonitos eran los bosques!

Aun así, a Roberto, nuestro amigo arquitecto, le bastaron sólo unos meses para convencerme: ahora que, tras la muerte de mi padre, habíamos podido comprar el terreno de debajo de casa, tener un tercer pabellón sería no sólo cómodo y agradable, sino indispensable. Me sedujo con un cuento: érase una vez una estancia muy especial en la que podría albergar dignamente muebles y objetos, una habitación vasta y aireada desde la que se subiría, atravesando los misterios del jardín, al comedor, lleno de muebles yebalíes pintados.

«Grandes ventanales abiertos de par en par con cortinas mecidas por la brisa... Tus cosas, finalmente, en paz... Profundos divanes para echarse la siesta y soñar... Todo con un aire desenfadado, con muchas flores, la luz que llovería desde la claraboya...».

Con su habla melodiosa en la que las vocales se alargan hasta derretir unas erres gangosas, tan acarameladas que me hacen sentir como una abeja al borde de la corola, evocaba las viejas mansiones tangerinas que habíamos conocido los primeros años, en las que la delicada elegancia de las costumbres coloniales era curtida por un entorno todavía rural. Las playas no eran ya extensiones salvajes. «Una piscina melancólica y umbría, como un cauce que irriga los campos, enjugará vuestras lágrimas y reflejará tus tinajas».

Le dimos nuestro beneplácito. No es que Tánger induzca a la nostalgia: para mí, el tiempo aquí no transcurre. Las procesiones de mulos en el bulevar, las bulliciosas reuniones de los mercaderes fenicios y las cacerías de leones de los soldados ingleses con cimeras doradas, todo sucede al mismo tiempo, o sea, ahora. Narices aguileñas, pestañas rizadas, olor a paja de establo y a humo de carbonilla—eso es Tánger, con dos mares libidinosos que la miran con deseo, a hurtadillas, como los viejos observan a Susana en el baño—.

Pero, a la larga, los trucos con los que el presente se esfuerza en llamar nuestra atención, con los que se abre paso a codazos y da empujones y emite ruidos y malos olores pueden hacerse insoportables: cedí a la tentación de ampliar nuestro mundo privado, de sellarlo. Y dejé en la calle a ese adolescente difícil obsesionado con las rotondas. Además, se habían acumulado cajas y cajas de azulejos medievales y renacentistas, docenas de lápidas, cántaros, tinajas, podios, fuentes, capiteles, frisos esculpidos, morteros de todas las formas y tamaños, tinas de piedra, trozos de columna, vigas y cielorrasos pintados: había llegado el momento de poner fin a la diáspora de aquellos pobres objetos, liberarlos de los almacenes donde los había tenido cautivos y, finalmente, regalarles, a ellos y a nosotros, el placer de vivir juntos.

Como todos los talentos, el de Roberto se nutre de precisión. Ejecutar lo que se ha ideado requiere exactitud, pero también agilidad, porque los sueños mutan a medida que se van haciendo realidad. Él es un tipo honesto, flaco pero buen nadador: en la corriente impetuosa se defiende de maravilla, obstinado como un salmón.

Durante la primera fase, la búsqueda de fuentes arquitectónicas en las que inspirarnos para dibujos y bocetos, Stephan y yo—y Diego—le veíamos casi todas las noches. Discusiones infinitas, al principio los cuatro, luego tres, al final, él y yo. Stephan era el primero que sucumbía y se iba a dormir. Diego, por desgracia, no duerme nunca. Aunque en aquella época estaba menos invasivo, no perdía la ocasión de opinar: la planta, con el salón en el centro y las dos habitaciones a los lados, le parecía demasiado simétrica: «Será filósofo, pero como arquitecto...». Sin embargo, al fantasma, aunque no lo admitiera, le encantaban los tres grandes arcos abiertos a la logia. Y estaba visiblemente satisfecho de los camiones de baldosas sevillanas de cemento que habíamos recuperado en la demolición de algunas mansiones que él había frecuentado. («Cuando rehízo los suelos con estas baldosas, Dolores Orellano quitó del comedor aquella alfombrucha con la batalla de Lepanto que la bruja de su suegra le había regalado por despecho»).

Por lo que respecta a mí, habría querido desniveles para hacer escalones internos desportillados repletos de zapatos y zapatillas, trasteros en los que guardar las esteras y los melones y, por la noche, la jaula de los canarios; ventanas asomadas a los pasillos con ristras de ajos y ramas de laurel colgando sobre las macetas de aspidistras, y los bastones de paseo, con sus empuñaduras brillantes, apoyados en la pared como recuperando el aliento—en definitiva, siquiera uno de los atributos de las amadas casas locales, donde se duerme la siesta con el arrullo de las cigarras y el repiqueteo de la máquina de coser—. Pero Roberto siempre salía ganando. La miel de sus erres era una telaraña: yo, con las alas encoladas, lograba, a lo sumo, patalear.

Por fin llegaron los obreros. El terreno era un talud al que los vecinos del barrio habían tirado por años la basura que no cabía en los contenedores de la plaza. Durante las obras, mi vida fue conmocionada y bendecida por el descubrimiento de Rohuna. ¡Mi querida Rohuna! Los geniecillos de un valle abierto sobre el océano Atlántico me pidieron que plantara un jardín sobre el fondo de la más bella tabla de Piero della Francesca. («Son listos esos moritos de la costa... Se han aprovechado porque eres un ingenuo, ¡canallas, bastardi! En las montañas de mi Rif esto no habría ocurrido, ¡allí los fantasmas son como Dios manda!»).

Casi nunca iba ya a la casa de Tánger, inmerso como estaba en un proyecto que nuestro amigo arquitecto, al que no le gusta el campo y que, como Diego, estaba un poco celoso, definía «un delirio a lo *Fitzcarraldo*». Pero su erre, aunque en este caso fuera doble, ya no me engatusaba. Yo ya había despegado hacía el paraíso.

Desde niño he construido cabañas. Incluso en la cama,

con las almohadas como muros y una pila de libros en el centro para sostener el techo de sábana. La casa de Rohuna, sin rastro de presencia humana hasta el horizonte, era la cabaña ideal. ¿Para qué quería yo un flamante pabellón en la ciudad? Pero estaba mi duende, más frágil con los años, rutinario, apegado al barrio, que continuaba adorando Tánger y su tiempo suspendido. Como seguía amándola yo, para qué negarlo... («Por fin lo admites. Sin Tánger, sin mi casa, sin mí, tu arca de Noé de hierbajos, tu paraíso floral, en el que son las víboras las que te tientan con el fruto prohibido, sería aún un pedregal hundido en el fango. ¡Anda que no te ha costado entenderlo!»).

Pero, de vez en cuando, salía de Rohuna y volvía a Tánger a echar un vistazo. A veces comía con los albañiles. También ellos eran chicos de campo. Se parecían a mis amigos de Rohuna. Me acuerdo de uno que se lavaba, en calzoncillos, de pie sobre un trozo de cartón. Para cara, pelo, orejas, cuello, sobacos, pies, tórax, abdomen, piernas, se apañaba con el agua que cabía en una botellita de Hawaii, el refresco de moda entonces. Se vistió y se reunió con nosotros en un santiamén, fresco y sonriente como un joven patricio recién salido de las termas. Me hizo pensar en las campesinas que, en el pueblo, cocinaban un almuerzo principesco para toda la familia con dos patatas, dos tomates y dos huevos, y si yo pasaba por allí insistían en que me uniera a ellos. Apañarse con poco es una forma de confianza en el destino. La elegancia que más admiro es el buen humor.

Roberto había nombrado su brazo derecho a Zerrya, un albañil muy bestia que olía a brandy español pero era capaz de realizar un marco o una moldura con un puñado de guijarros que tuviera a mano: cuando salían de sus manos eran vivaces y robustos, no inertes y gomosos como los que se hacen con escayola. Eran una extraña pareja, nuestro etéreo arquitecto con sus americanas de algodón y su lenguaje refinado y aquel hombretón en camiseta de tirantes, tres veces más gordo, con matojos de pelo en los hombros, que sólo sabía blasfemar. Se entendían de maravilla.

Por mi parte, había fichado a los hermanos Boutiza, dos chavales de Fez que hacían *zellige*. Ellos fueron los que pusieron los azulejos antiguos en la logia. El más joven llevaba siempre una flor detrás de la oreja, unas veces un clavel, otras un ramito de jazmines. Se pasaban el día probando combinaciones, componiendo en el suelo dibujos siempre nuevos, cautivados por las posibilidades que les brindaban los motivos geométricos y los diseños vegetales. Casi siempre nos gustaba el resultado.

Me obsesionan los colores y me temía que, cuando tocara pintar las paredes, les iba a parecer el típico cliente pelmazo y me iban a odiar, pero, viendo a Roberto en la obra, me di cuenta de que yo era un blandengue. Impecable, con su habitual chaqueta, aunque hiciera un calor atroz, pantalones recién planchados, los mocasines casi impolutos, de pie en el centro de la estancia, agitaba los brazos como un guardia de tráfico en un cruce muy transitado. Explicaba a los dos jovencitos en bermudas que, desde el último peldaño de las respectivas escaleras de mano, le observaban desconcertados por qué no le había gustado la trigésima prueba de color que acababan de preparar. El rosa tenía que ser «más ligero... Como si una falena cegada por la luz batiera sus alas cargadas de color contra las paredes recién encaladas...». La pintura había que aplicarla «irregularmente, pero no con aleatoriedad mecánica... Los silencios son necesarios... Una habitación no puede resultar petulante...».

Los contrariados operarios, acostumbrados a pintar a rodillo las casas de los traficantes, en cuanto les daba la espalda, sacudían la cabeza y hacían comentarios que, por suerte, no entendía. Pero si, por casualidad, por pura casualidad, el ensayo cromático se parecía al que nuestro amigo tenía en mente, los apretones de manos, las sonrisas y las felicitaciones que les prodigaba los transformaban en dos colegiales a los que acaban de conceder una matrícula de honor. Volvían al trabajo. «Robi, Robi—ladraban, imitándome con sus vozarrones (en todos los tajos del mundo se dirigen a él con un deferente «señor»)—, ¿te gusta?, ¿te gusta ahora?».

Él, que se había alejado para una entrevista privada con su Zerrya, volvía, se quitaba las gafas, limpiaba los cristales, se las ponía: «No, no me gusta nada». Y después de un silencio, mientras a mí me parecía ver unos lagrimones brillar en aquellos dos pares de ojos (quizá eran gotas de sudor), inaccesible y despiadado, como si recitara el código penal a dos pillos sorprendidos robando manzanas de un árbol, con un torrente de erres gangosas a punto de arrollar las dos escaleras y precipitarlos en la gehena: «¡Y, venga, poneos las pilas, aquí no hay que dar el color así, parece un trabajo de aficionado, se pierde inocencia!».

Los pobres asentían, resignados a tragar quina, y enseguida empezaban de cero con ahínco redoblado, secretamente galvanizados por el desafío de complacerlo. Cuando yo, aprovechando una momentánea ausencia de Roberto, los invitaba a perdonarle su exceso de perfeccionismo, me miraban con desprecio: no había nada que perdonar, si ése era el modo de pintar de los *nazrani* a ellos les parecía bien, así mejoraban su oficio.

A medida que fuimos viendo los resultados, comprendimos que Roberto tenía razón. Su aristocrática idea de casa excluye los automatismos de cualquier pauta prestablecida. Para él, entre la fantasía con que se concibe un diseño y la mano que lo ejecuta, tiene que existir ese hilo directo que permitió a aprendices como estos construir el Taj Mahal, los palacios de Florencia o los grandes cortijos de la Vega de Granada. Es una de sus cualidades que más admiro: aprecia más a un buen artesano que a un buen arquitecto.

Además del dinero para hacer el jardín de Rohuna y construir este pabellón, había heredado algunos muebles y comprado unos cuantos más en subastas. Las leyes marroquíes autorizan una única mudanza a los extranjeros, no se admiten ni reconsideraciones ni añadidos. Por eso, en la expedición desde Milán, no podía permitirme olvidar nada: ni, por ejemplo, el banco luqués lacado en estilo *chinoiserie* que Stephan me había regalado por un cumpleaños, ni los cubiertos de pescado angloíndios, ni las esquirlas de obsidiana recogidas en las laderas de los volcanes mexicanos.

Luego estaba la intendencia ordinaria de cualquier traslado: los libros, los grabados, las acuarelas, los fósiles, los floreros, los armarios de convento, las camas barco y las de baldaquino, los butacones, los biombos, las banquetas, el gran sofá tapizado con kilim, las cómodas, el ornitorrinco disecado en su vitrina, las iguanas victorianas ídem, los dos grandes espejos, alguna caja de conchas, los fragmentos de frescos romanos, las terracotas tolemaicas, las vainas secas, las semillas exóticas—y los cestos africanos y sardos, las ramas, las pantallas, algún cojín, alguna colcha antigua, el inútil monstruito en piedra de Vicenza para espantar el mal de ojo, el sillón toscano, un caballete, un aparador, un par de vasares...—. En resumen, todo lo necesario para asegurarme de que mis objetos migrantes estarían por fin protegidos por el abrazo de una casa; pero también estaban las maravillas marroquíes que durante años había ido rescatando por ahí, por lo general, bordados y tejidos, cerámicas, muebles pintados, faroles, dos frágiles estructuras tuareg de junco para sujetar los cubos de madera de los que beben los dromedarios—finalmente tenían la posibilidad de reunirse con los hermanos y hermanas que les esperaban en su patria—. Saboreaba con deleite e impaciencia esa agnición.

Cuando salió tronando del vientre del ferri, del que ocupaba prácticamente toda la longitud de proa a popa, el camión fue detenido por los aduaneros. Dos horas después era el único vehículo que quedaba en el muelle: una vieja abeja reina, con el abdomen deformado por demasiados partos, abandonada a su destino. Mi inventario no convencía a los funcionarios. Entre gritos, imprecaciones e improperios, los empleados del transportista fueron obligados a descargar cajas y muebles embalados hasta que, al menos, un centenar de metros del muelle estuvo abarrotado, justo cuando empezaba a llover.

Tras varias llamadas telefónicas, el responsable de la mudanza y el de la aduana se encerraron en la oficina. No, yo no era un empresario teatral, respondí secamente al policía uniformado que rompía el cartón de las esquinas de los embalajes para escudriñar su interior con el riesgo de que los objetos quedaran expuestos al agua. No, tampoco era el propietario de un circo.

El transportista salió de la oficina con una cara que no presagiaba nada bueno.

—No nos creen. No hay nada que hacer.

—¿Por qué? Está todo en la lista.

—El problema... Perdone, pero no se creen que alguien quiera importar esto.

—¿Demasiado valioso?

—¡Al contrario! El oficial sostiene que nadie pagaría el

porte de estas antiguallas. Si hubiese un par de televisores de plasma, un quad...

Por fortuna, el oficial era un hombre flexible y para los marroquíes del norte la casa tiene un significado muy hondo. Comprendió que yo estimaba sinceramente mis cosas y, cuando encontré el modo de explicarle los detalles, las excelencias y la historia de algunas de ellas y de expresarle mi temor por los posibles daños de la lluvia en las superficies fatigadas, que ya habían sufrido los insultos del tiempo, interrumpiendo mi apasionada perorata sobre el magnífico proyecto de agrupamiento de parientes separados por el destino y, ahora, también por él, exclamó «Bon!, Bon!», y, negando con la cabeza, estampó el sello en el documento: poco después—ya estaba anocheciendo—subieron todo al camión.

Ya en casa, muchas espaldas cargaron mis tesoros, que fueron cuidadosamente transportados por los angostos senderos del jardín. Jadeante—la necesidad de adjudicarlas a cada uno de los tres pabellones agudizaba mi desolación por no ser ubicuo—, convoqué todos los refuerzos que pude: el carpintero Abderrahim que, aunque estaba enmarcando con tres niños un gran panel de azulejos tunecinos, aceptó de buen grado, los dos jardineros, Soufiane, un par de vecinos forzudos y Moha, un muchacho del Medio Atlas al que había contratado después de conocerlo en una obra donde trabajaba de albañil. El joven bereber vivía con nosotros desde hacía unos meses y su sentido estético me conquistó: nunca nadie había dispuesto ramos de flores más libres y atrevidos en nuestras habitaciones, ni siquiera Abdelaziz de Jebila, admirado por sus ramos secos cubiertos de clemátide cirrosa. Aún somnoliento—se levantaba a última hora de la tarde, prefería hacer la limpieza de madrugada, al volver de sus correrías, y se acostaba con el día bien avanzado, cuando había dejado todo inmaculado—, también aquella noche, Moha dio muestras de esa agudeza que siempre me maravilló, como cuando nuestro coche quedó bloqueado por un alud en una pista de montaña y él, inesperadamente, sacó de su bolsa todo lo necesario para, llenando medio vaso de nieve y exprimiendo unas gotas de limón, prepararme el mejor gin-tonic de mi vida, justo en el momento en que una familia de ciervos desfilaba hierática ante nosotros.

Hacia las cinco de la mañana, finalmente, todos los muebles habían encontrado su lugar, y nosotros, exhaustos pero felices, inauguramos el salón compartiendo una de las menestras que habían hecho famoso a Soufiane. Fue de ayuda providencial la chimenea véneta de piedra cuyo traslado había rechazado la empresa de mudanzas porque pesaba demasiado y que el camionero corrupto que se avino a traerla de tapadillo había abandonado en una explanada cerca de la aduana de Ceuta. La mole, por suerte, llegó a Tebarek Allah sobre el remolque de un tractor cargado de gallinas aleteantes y campesinas que cantaban, como se hace aquí camino de una boda. Cuando, con un esfuerzo colosal, las dos jambas laterales y la repisa fueron emplazadas en el centro del muro del fondo del salón, la chimenea nos acogió con la cortesía de un anfitrión, indicando a los huéspedes, un poco intimidados, dónde acomodarse. El nuevo pabellón, como sus más elevados hermanos mayores, se amuebló prácticamente solo. Lo difícil fue colgar.

Colgar durante días, semanas, meses, los paneles de baldosas y azulejos, colgar el enorme cráneo de ballena que el amigo Olaf había encontrado en la playa de Sidi Mghait (uno de los regalos más emocionantes que he recibido jamás; las cuencas de los ojos son tan grandes y profundas que un niño podría dormir en ellas), colgar tapices y grandes fragmentos de alfombra con el borde ondulado, colgar a diversas alturas estantes marroquíes con muchas anillas, colgar lápidas islámicas de piedra y de mármol con perfiles irregulares, colgar vigas talladas, tablitas coránicas, platos, rinconeras, espejos, dibujos, vitrinas, cromolitografías populares y viejas fotos enmarcadas.

Algunos objetos pesan cientos de kilos; primero tuvimos que subirlos a una mesa, luego a otra en vilo sobre la anterior y, por último, hacer oscilar ambas, aguantándolas a la vez que nuestra respiración, hasta que la parte de arriba tocaba el muro; hacer palancas, improvisar apoyaturas, tender sogas y alambres, tirar de cadenas, alinear los ejes que se rompían por la carga y sustituirlos a la carrera por barras de metal que se doblaban como juncos, apretar los dientes en el fragor de los taladros, en el batir de los martillos, con los ojos, la nariz y la garganta llenos de polvo, el pelo, de astillas de revoco, los brazos doloridos, las lumbares contracturadas.

Pero en cuanto todo esto se acababa y nuestro grupo se dispersaba, Moha, Soufiane, Abderrahim y yo mismo, cada uno desde un ángulo distinto, nos dábamos la vuelta para valorar el resultado… Se diría que las capas de cielorraso, las costillas de cetáceo, la tapa de sarcófago, habían estado siempre allí. Intercambiábamos una sonrisa.

Por todo esto doy gracias, de corazón, a Roberto, que no es amante de tanta exuberancia en la decoración de interiores. Cada vez que, al entrar en la logia o en el salón, todavía hoy, algún invitado pronuncia la fatídica frase: «¡Qué suerte haber encontrado esta rareza del viejo Tánger!» o «Pero ¿quién fue el loco que hizo este pabellón?», intento no reírme. Y ya no me siento culpable por haber construido una casa aquí, donde, en realidad, habría bastado con plantar algún árbol y hacer un gallinero, como dice siempre Stephan.

5. TERRACOTAS DE LA VERGÜENZA Y POLLITOS

¿Prefiero la gente vestida o la gente desnuda? Me lo pregunto muchas veces cuando pienso en mis platos y mis vasijas. Por desgracia, ha pasado mucho tiempo desde que era un niño que habría dado el más bonito de sus minerales o la más delicada de sus conchas—incluso la dioptasa de los Urales, incluso la *Murex pecten*—a cambio de las famosas gafas que permitían ver a través de la ropa, con la esperanza de que funcionasen no sólo con sus coetáneos más valientes, sino también con la maestra y las demás mujeres, exceptuando a mi madre. Ahora es más complicado: una bonita camisa ajustada de esmalte vidriado puede hacerme fantasear más que un cuerpo bien torneado, y excitarme más un gollete o un asa desnudos que recubiertos de mil colores. Pero, cuando les quito el polvo y organizo mis cerámicas africanas, cuando las muevo y recoloco los aritos de metal (a menudo, pulseras de bazar) sobre los que apoyo los fondos redondeados, que revelan su función fúnebre o ritual (los recipientes cotidianos, desde que el mundo es mundo, se tienen sobre un culo plano), siento la misma hambre de desnudez que el colegial de entonces. Y me sigue asombrando que mis ojos, mis manos, mis mejillas y, si estoy solo, otras partes de mi cuerpo, toquen esa piel, esa carne expuesta, y cubran esas superficies broncíneas de caricias que nunca me serán devueltas.

Por años—antes del descubrimiento de Rohuna y también después, en un bazar, en las almonedas, en los montones de baratijas, en establos y graneros, en los pisos de chamarileros y en casuchas de adobe en la montaña—, mi neura ha sido reunir manufacturas del norte de Marruecos. Mis pequeñas vasijas del África negra, sin embargo, provienen de las excavaciones clandestinas que agujerean las naciones en las que antaño florecieron imperios y reinos gloriosos—de Mali, de Songhay, de los hausa—y son testimonio de una página negra de la historia de Tánger y de la de todos nosotros.

Escondidas en los hatillos de chicos y chicas, son la última de sus posesiones que pueden vender para conseguir un pasaje a Europa. Tras sobrevivir a siglos de paz bajo la arena y a meses de viaje a pie o como buenamente pueden, cada ampolla, cada urna cineraria, cada reliquia, llega al Estrecho de los espejismos envuelta en una muda al fondo de la bolsa, con las fotos de los padres y los hermanitos y los zapatos de domingo. Todas han sufrido trompicones en las huidas nocturnas de las patrullas militares y, al amanecer, bajo una acacia, manos febriles las han palpado para verificar si siguen intactas; todas han temblado en la oscuridad de un camión frigorífico que, quizá, no volverá a abrirse nunca más; todas se han arriesgado a acompañar en el más allá a un alma que no es la del difunto con el que fue inhumada, si puede llamarse alma al último estertor de la muchacha que soñaba con salvar de su mismo destino al niño que lleva en la barriga.

Conozco a varios «clandestinos», voy a verlos de vez en cuando al bosque. Las primeras veces me llevó Abdel, un joven fotógrafo nigeriano que ha fundado una asociación de ayuda humanitaria, sabe enfrentarse a los asustados cónsules europeos y es rápido como nadie preparando meriendas a base de quesitos untados y mucha Aicha, la mermelada local. Se parece a alguien que conozco, pero nunca consigo recordar a quién.

«¡Échame una mano, señorito!», y, sacudiendo la cabezota con unos rizos como sacacorchos mientras el collar rastafari de cauris suena a sabana, me da una *baguette* de un metro y un cuchillo. Cortar pan sobre una piedra es incómodo, un día me rebané la yema de un dedo. «¡Proteínas!», bromeó Abdel, que a todo le ve el lado bueno: algunas gotas de sangre en la miga no iban a quitar el apetito a los niños. Cuando un graduado en medicina de Ghana me dio unas palmadas en la espalda y me dijo «eres una buena persona», no me inmuté, pero, íntimamente, me conmoví.

Ahora que ya me conocen y se fían de mí, voy solo. Duermen en pequeños refugios de plástico y cartón bajo los eucaliptus. Cuando el sol ya está alto caminan por el arcén de la carretera y piden limosna. Van tirando. Cada vez que la Unión Europea y Marruecos firman un acuerdo para limitar la inmigración, vienen los soldados marroquíes, destruyen todo y queman las mantas y la ropa porque tienen miedo de la sarna. Pero, por separado, los militares son afables, a veces les regalan algo a los niños: un cartón de leche, una tableta de chocolate o el cochecito eléctrico de un hijo ya crecido. Se hacen malos, me explicaba una cansada reina de Saba de Sierra Leona con el rostro gris bajo un gran turbante que habían descolorido años de vida errante, por culpa de los *fils de pute* de sus jefes que, a su vez, reciben órdenes de otros jefes que tienen jefes que les dan órdenes. Es la cadena que ha hecho prisioneros a los países en los que reinaban sus antepasados.

Puede que, en sus redadas, los soldados destrocen también las vasijas. Nunca lo he hablado con mis conocidos africanos escondidos en el bosque. Las mías las compré vilmente, por cuatro perras, en los anticuarios de la medina. Sus propietarios se las habían cedido, con el corazón en un puño, cuando llegaron: ¡de qué horrores son testigos los objetos! Pero estas terracotas desnudas, sin decoraciones, son capaces de repetirme con voz áspera que sólo existe redención en la forma. Cuando lo pienso me dan ganas de destruirlas, de reducir todo a añicos, como en el funeral de un rey africano. Luego se me pasa. La historia de esos hombres es un eslabón de mi cadena.

Quizá por eso, cuando mi cerámica ritual del delta del Níger desapareció bajo docenas de babuchas, me sentí aliviado. Ya no podía ver los cuerpos desnudos que tanto me gustan pero que, con una pasión equivalente, tanto desearía no poseer.

Mi amiga Patrizia Cavalli es una gran poeta («Poetisa lo será usted», le dijo una vez a un periodista Elsa Morante, su pigmalión). Patrizia es un ejemplo perfecto de coleccionista puro, una especie nacida en el Paleolítico, cuando algunos de nuestros ancestros volvían de noche con las manos llenas de piedras de colores, las colocaban en el suelo de la caverna y, pensando qué bello es vivir, se pasaban las horas contemplando cómo las lamían las llamas domesticadas.

Gastrónoma, gran cocinera, a su vuelta de Alemania, a donde la han invitado a recitar sus poemas, se trae en la maleta veinte tipos de pan. Los expone sobre los sofás de su casa de Roma. Cuando llega de Nueva York, su equipaje está tan lleno de salazones, de frascos de salsas regionales, de embutidos, escarchados, encurtidos, que la cama sobre la que los coloca, bien ordenados, parece el mostrador de una charcutería. Después de un viaje a la India o a China cubre todas las mesas de su piso de la calle del Biscione, que son bastantes, con pilas de cuadernos y libretas; un día las clasifica por familias de colores, otro por tipos de encuadernación más o menos agradable al tacto, y otro según la ciudad o el pueblo donde estaba la papelería en la que los compró, «más interesante que cualquier templo, museo o mezquita». Una vez, a su regreso de Ámsterdam, donde había estado recogiendo un premio, además de los habituales maletones repletos de ropa (no quiere que la pille desprevenida algún bandazo del clima o cambio de humor), el chico de la frutería que, como siempre, se los había subido cuatro pisos a cambio de una propina, arrojó al suelo una maleta color rojo fuego.

—Pero ¿estás loco? ¡Con lo que me ha costado encontrarlos! ¡Casi pierdo el avión! ¿Y ahora vas tú y los destrozas?

—Tranquila, Patri, es de metal, seguro que no se ha roto nada.

La maleta no debía estar muy cargada, Patrizia la levantó fácilmente. Cuando la abrió, allí, en la entrada, bajo nuestras curiosas miradas, extrajo, sobre todo, muchos papeles de seda arrugados, rojos, violeta, amarillos, naranja; sin embargo, esos colores chillones palidecieron ante el tesoro que, con gestos de gran premura, mi amiga estaba empezando a sacar.

—¿Qué os parece?—preguntó, todavía un poco jadeante por la subida—. ¿Y éstos?, ¿y éstos enredados que la señora no quería venderme? Son rarísimos, los tenía reservados para un cliente especial.

Los ponía sobre la mesa, en el suelo, en las estanterías, donde quedara un hueco en el caos de aquel vestíbulo.

—¡Eres genial, Patri!, ¡el Nobel deberían darte!

Eran tulipanes de variedades desconocidas, con los pétalos blandos y desflecados o erectos y rígidos, cada uno con más tonalidades, hibridaciones sorprendentes, papagayos y fénix; y también varitas de San José, más naranja que un chupa-chups, fritilarias luctuosas, ranúnculos rojos y oro, ajos amarillos y ajos negros, todos con un resplandor como de laca. Estábamos ante la naturaleza muerta que rubrica el antiguo capricho botánico flamenco: siglos de polinizaciones artificiales, virosis propagadas y cribas. La mirábamos embelesados.

—Como te gustan los tulipanes... Veo con agrado que a ti también te gustan, Giné... Antes de regresar pasé por el mercado central... En Ámsterdam está muy bien organizado, no como aquí, en Campo dei Fiori... ¿Has visto estos que parecen cantantes de cabaret? Venga, moveos, traed unos floreros.

Por muchos motivos, era feliz cuando Patrizia venía a verme. Su presencia tenía el poder de hacer desaparecer a Diego. («¡Qué dices! Yo también tengo cosas que hacer, perdona»). Era como si consiguiese ocupar el espacio en el que solía insinuarse el fantasma que me agotaba, me atormentaba y, a veces, incluso me hacía dudar de mi cordura. («¡Ah!, ¿es por mí?, ¿no te basta con mirar a tu alrededor?»).

Entre las muchas cosas que me ligaban a Patrizia estaba un vivo interés por los fenómenos climáticos. Podíamos empezar a hablar de meteorología por la mañana, en pijama—temperaturas, pesadez o ligereza del aire, presencia o ausencia de electricidad, apertura o cerrazón del cielo, consistencia o inconsistencia de la nubosidad y su tendencia a espesarse o deshacerse en estelas hostiles—, y, ¡vaya!, había que salir corriendo a comprar los pimientos para la salsa de la pasta para la cena antes de que cerrasen la tienda. Si, aun así, no conseguíamos interrumpir nuestro debate sobre los diferentes tipos de viento (tener una sección sobre los vientos del norte de Marruecos en un programa radiofónico ha sido desde siempre mi sueño inconfesado), teníamos que conformarnos con buscar en la nevera algún resto de queso. Pero hay una actividad, sólo una, que nunca jamás volveré a compartir con ella desde aquella vez en Lyon de la que, aunque me torturen, no diré una palabra: comprar regalos para sus amigos de Roma.

—¿Te apetece llevarme mañana temprano al zoco? Me queda menos de una semana y aunque en Roma nadie me quiere...

—En moto con Soufiane tardarás menos. Hay tráfico y me duele mucho la cabeza.

—Dímelo a mí, es la presión baja. Pero seguro que mañana se te habrá pasado, un poco de aire te vendrá bien. Y puede que encuentres algo en el zoco... ¿Sabes esa tiendecita...? Ésa de las mantas...

—Ha cerrado.

Patrizia se levantó y empezó a andar adelante y atrás, nerviosa. Yo, tumbado en el sofá, fingía que leía.

—Lo bonito de los regalos es elegirlos entre los dos, ¿sabes?—Y como yo no le respondía—: Acompañar a una amiga y ayudarla con los regalos que tiene que comprar, francamente... Bueno, no te enfades, pero forma parte de los sagrados deberes de la hospitalidad.

—Entre amigos no hay obligaciones. Al menos, no de ese tipo. Soufiane te ayudará mejor que yo y te llevará los paquetes.

—¿En moto?, ¿con lo mal que conducen?, ¿quieres que tengamos un accidente?

—No te preocupes. La moto tiene dos cestas para equipajes.

—¿Dos cestas?, ¿y de qué me sirven dos cestas?, ¿sabes cuántos regalos tengo que comprar? Anna... Marina... Antonella... Maria... Ay, perdona, quieres leer y te estoy molestando. También está Grazia, la pesada de Carlotta, Desideria, aunque ésa es una gilipollas, no se lo merece… ¿Tú le llevarías un regalo a Domitilla?

—¡Y yo qué sé, Patrizia!

—Es verdad, pobre, ni siquiera la conoces. Mejor para ti. La verdad es que, en el fondo, yo tampoco la conozco… ¡Qué verbo tan solemne! ¡Co-no-cer!… Ésa es una víbora… Bueno, te dejo en paz, dichoso tú que consigues concentrarte, a mí esos libros se me hacen tan aburridos, tan aburridos… No sé cómo eres capaz de leer. —Y después de un silencio—: Vale. Te dejo en paz. Iré con Soufiane, pero muy pronto. Tendrás que desayunar solo.

—¡Qué le vamos a hacer! Pero te advierto que en el zoco no abren hasta las diez.

—¡Qué horror! ¡Justo a la hora en que, desde que llegué, me empiezan las palpitaciones! Pero ¿qué habré hecho yo?, ¿qué mal habré hecho?—Y tras un silencio—: ¿Qué me aconsejas que compre?

Mi mirada tropezó con las pantuflas marroquíes que llevo siempre en casa.

—Pantuflas.

—¿Pantuflas?—Me miró recelosa.

—Babuchas—me corregí—. Las típicas babuchas marroquíes.

—Ah, las babuchas marroquíes… Pues es una buena idea… ¡Qué curioso! Es justo lo que pensaba comprar.

El sofá a rayas del salón de abajo es mi madriguera cuando no tengo que estar corriendo de un sitio a otro. A la mañana siguiente, hacía mediodía, me eché. Aprovechando la ausencia de Patrizia, poco dada a promover actividades que vayan más allá de hacerle compañía, había ayudado a Mohamed Pequeño a arreglar la colección de clivias raras en la plazoleta de la columna almorávide. Tumbado, con lo ojos cerrados y el libro sobre la barriga, disfrutaba de la paz de nuestra casa. Me quedé dormido. Me despertaron unos pasos acompañados de golpes y crujidos. Algo chocaba contra las ramas que están junto a la logia. Volví a cerrar los párpados e intenté respirar rítmicamente: dicen que la respiración irregular delata a quien finge dormir.

—Monsieur… Pardon…—Soufiane, si es que aquel ser pálido y sudoroso era todavía nuestro cocinero escultor, doblado bajo un enorme saco de plástico que llevaba a la espalda, titubeaba en el arco de la puerta—. La madame me ha dicho que lo ponga aquí…

—¿No era mejor llevarlo a su habitación? ¿Qué tal ha ido?

En vez de responderme, me miró de reojo. Puso el saco en una esquina.

—Voy a por los otros.

—¿Dónde está mi amiga Patrizia?

—Está pagando el taxi.

—¿El taxi?, ¿no habéis ido con la moto?

—El taxi para el transporte…—Y desapareció.

—¿Qué tal tu mañana? He tenido que poner en su sitio a ese cabrón de taxista. ¿Qué se ha creído?, ¿que soy una turista?, ¡menuda gentuza! Yo, en tu lugar, no me fiaría tanto de ese Soufiane…—Aunque congestionada por el calor del centro de la ciudad, Patrizia parecía en forma. Llevaba una bolsa en la mano—. Déjame soltar estas babuchas, me estorban; me ha tocado a mí cargarlas todo el tiempo. Es amable, pobre. Pero tiene algo en la mirada… —Y sentándose en un sofá frente a mí—: ¿Dónde han acabado mis compras?

Justo en ese momento, Mohamed Pequeño, el jardinero que, a pesar de su apodo, es alto y fuerte, se asomó a la entrada. Con los dos brazos sujetaba contra el cuerpo un saco que le llegaba al pecho.

—¿Ya está?—dijo Patrizia mientras yo le daba las gracias y él lo ponía junto al otro—. A este paso, terminaremos de noche. ¿Tienes hambre?—Y echó un vistazo al reloj que llevaba en la muñeca—: Son ya las tres, ¡qué barbaridad!

—¿Las tres? Me quedé dormido…

—Mejor, así estás fresco para echarme una mano. —Y me clavó la mirada con una expresión que no admitía revocaciones.

—Bueno, después de comer…

—Mejor ahora. Por cierto, tengo una bonita sorpresa para ti…—De repente, en su cara brotó una de esas sonrisas de niña traviesa a las que recurre cuando cree que se merece una felicitación, pero teme ser malentendida.

—¿Una sorpresa de qué tipo?

—¡Un suflé de cangrejo! ¿Estás contento?, ¡dime que estás contento!

Soufiane había reaparecido, exhausto, con un tercer saco.

—¿Desde cuándo sabes hacer suflé de cangrejo?—le pregunté.

Me respondió con una mirada implorante.

—No es tan difícil, ya se lo he explicado, es la receta de Mary. Me lo hace siempre en Nantucket, ya verás qué exquisitez… Y te sentará bien comer algo diferente. Pasta con verdura, pasta con pesto, pasta con pescado…, ¡qué aburrimiento! Todo carbohidratos. A mí me sientan fatal, y tú…, ¿desde cuándo no te haces unos análisis? Estás bien, se ve, pero me parece a mí que ese cansancio, esa falta de vitalidad…

—No me he sentido mejor en mi vida.

—Pues me alegro. Pero cuando vengas a Italia, te quiero llevar a mi doctora. Es extraordinaria...—Y, tras una pausa, entornando los ojos, con aire conspiratorio, como si me estuviera confiando una información de vital importancia—: Manda mi sangre a Nebraska.

—¿A Nebraska?

Se encogió de hombros.

—Qué quieres, nosotros no tenemos máquinas para análisis sofisticados. —Y se volvió hacia nuestro cocinero que nos escuchaba con los ojos muy abiertos—: Hijo mío, sólo escaldados, por favor. Y las cáscaras, guárdalas para la bullabesa de esta noche. La masa, en frío... y con la harina que he comprado yo, no con esa cal que tenéis en casa.

Soufiane encontró las fuerzas para sonreír y se marchó con la cabeza gacha.

—¿Se tarda mucho en hacerlo?—pregunté. Tenía hambre.

—¡Qué va!, es facilísimo—se apresuró a responder.

Tuve un presentimiento:

—Si comemos tarde, quizá dejaría la bullabesa para mañana.

Me miró como si hubiese dicho una herejía:

—¡Quieres que me enfade! ¡Con lo que nos ha costado encontrar ese pescado exquisito mientras el tío de las babuchas iba al almacén!, ¡al otro lado de la ciudad!, ¡dos horas! No entiendo cómo no tienen toda la mercancía en las tiendas... ¡Si venden babuchas, tienen que tener babuchas!... ¡Les falta un poco más de atrevimiento, de exuberancia, de derroche! ¡Dos horas esperando las babuchas! Menos mal que se me ocurrió la idea de ir al mercado de pescado. —Negó con la cabeza. Y con amargura—: Me mata su parsimonia... A veces me pregunto cómo puedes vivir aquí. ¡El pescado para la bullabesa tiene que estar prácticamente vivo! Esta noche, cenaremos más tarde... Eso de las cenas ligeras es un cuento...—Y mientras Mohamed Pequeño ponía el cuarto saco junto a los otros—: Pero, bueno, vamos a lo nuestro. Empiezo a notar la jaqueca, serán los carbohidratos. Tienes que ayudarme a decidir.

—¿Decidir qué?

En vez de responderme, cogió el primer saco y, con el pelo cayéndole sobre la cara, lo arrastró a duras penas hasta el centro de la habitación. Impuse a mi natural caballeroso que no interviniera, me limité a observarla mientras seguía tumbado. Resoplaba. Se chocó con la mesita Queen Anne haciendo tintinear las porcelanas chinas.

—¡Qué lata de casa! Parece un almacén de quincalla. —Después de hurgar un poco, sacó un par de babuchas—. ¿Qué te parecen?

—Óptima elección. Las amarillas clásicas son las que más me gustan.

—¿Y qué pensabas?, ¿que iba a escoger esas moradas con bordados de flores que compran los turistas alemanes?

—Has elegido las mejores—dije doblando por la mitad la babucha que me había pasado, fingiéndome un experto en marroquinería—. Suave, elástica, cosida a mano...

—Bueno, no es por nada, pero algo de ojo tengo... En los viajes, la gente siempre me pide consejo para sus compras...

Alarmado, veía que continuaba sacando babuchas amarillas, cada par de su respectiva bolsita. Las tiraba al suelo, las alineaba, primero sobre las alfombras, luego sobre las mesas, luego sobre el sofá, cada vez más cerca de mis pies.

—Aquí en Marruecos terminarán ahogados en plástico, es el gran problema del tercer mundo. Perdona, ¿puedes levantar las piernas?, no queda sitio. —Le hice notar que el otro sofá y dos sillones estaban todavía vacíos—. Ya lo he visto, pero es que hay tres sacos más.

—¿Vas a sacarlas todas?

Me sonrió con candor:

—¡Qué remedio! Si no, ¿cómo las vamos a atribuir?

La elección del verbo, normalmente usado para las obras de arte en busca de autor, me heló la sangre. Pero Patrizia, concentrada, continuaba extrayendo y posicionando babuchas.

—Éstas más grandes, aquí—y las colocaba sobre una pila de libros y periódicos—. Aquí sus hermanitas, y aquí éstas dos que son tan monas... ¿Las ves para Anna?

—Seguro que le encantan...

Me lanzó una mirada hostil:

—Mira, vamos a aclarar una cosa. A mí si les gustan o no les gustan me da igual. Lo que me interesa es que la persona sepa que el regalo ha sido elegido y pensado aposta para ella y sólo para ella.

No tuve el valor de advertirle que, siendo aquellas babuchas todas iguales, sería bastante difícil. Pero, como si me hubiera leído el pensamiento:

—Lo bonito de la artesanía es que son todas distintas, prácticamente no hay dos del mismo color. ¿Tú cómo llamarías este amarillo?, ¿y éste que tira a frío: amarillo mantequilla, amarillo primulino? ¿Y éste más tibio: esponja de mar, amarillo que tiene sueño, amarillo tímido? ¡Qué difíciles son los nombres de los colores! ¡Podríamos atribuirlas según el color de la carnación!

—Patrizia, ¡las babuchas quedan lejos de la cara!

—¿Y qué? ¿Las pantorrillas no tienen piel?, ¿están cubiertas de otro material? Si una se sienta en el suelo con las piernas cruzadas y adelanta el busto, ¡ahí se produce el contacto babucha-piel!—Sonrió triunfante por un momento—. Pero no me hagas perder el tiempo. Si no las saco todas, ¿cómo vamos a decidir? Hay que verlas en conjunto.

—¿Cuántas has comprado?

Frunció el ceño.

—Ochenta y seis pares... ochenta y nueve si cuento las que he tenido que cargar yo todo el tiempo sin que tu Soufiane se dignase a echarme una mano...

—¿Y cómo piensas llevarlas en el avión?

—Bueno, viviendo aquí conocerás a alguien en una agencia de viajes que nos eche un cable. Estoy dispuesta a pagar el exceso de equipaje siempre que me hagan un buen precio.

—¿Y si las envías?

—¡Ni loca!, no me fío del correo. ¡Con lo que me ha costado elegirlas, una por una!

Después de media hora, hasta las cerámicas del delta del Níger habían desaparecido en aquella marea. Babuchas amarillas por todas partes. En nuestra mesa de dos niveles cubrían todos los objetos pequeños—los fragmentos de estuco visigótico, los lacrimatorios fenicios, los azulejos desparejados, las vértebras de delfín—y todos los que estuvieran dotados de una superficie cóncava o plana apta para acoger las suelas, la gran concha que había sido una fuente y los numerosos cuencos de madera llenos de conchas más pequeñas, de clavos de bronce, fíbulas, caparazones, semillas. Divanes, butacas, sillas, taburetes, mesitas y, entre unos y otros, los pocos pasillitos que quedaban libres en el suelo, todo estaba cubierto de babuchas amarillas, como si una horda de pollitos huidos de un criadero hubiera invadido el salón. También había en la maceta de la kentia. Una había perdido a su hermana y se había quedado sola, en precario equilibrio sobre el lomo de la liebre de barro de la señora Latifa de Rohuna.

—¿Sabes que esta habitación me gusta más así?—observó Patrizia—. Por desgracia, no puedo dejártelas. Venga, empecemos con éstas. ¿Te acuerdas de Violante? Le caes muy bien. La película era un desastre. Una buena película es otra cosa, la verdad... Pero es simpática, la quiero mucho... Creo que éstas le pueden quedar bien. —Y alzada una babucha al azar entre las que me circundaban (yo ya estaba pegado a la pared, asediado por babuchas) se la acercó a la cara—. Es morena, con las morenas el amarillo funciona. Con las rubias va a ser más difícil... ¿Arianna?, ¿tú crees que debería llevarle un regalo? Me hizo un desaire, no es que me guste ir a esas cenas... Se come tan mal, es una inútil, la pobre, con los aires que se da... Pero invitar a todos mis amigos y no decirme nada... Que, encima, fueron todos creyendo que estaría yo... Carlo estaba seguro de que habría gelatina hecha por mí, se disgustó mucho... Para Annunciata he pensado éstas... No, quizá para Piera... O para Giorgia... ¡Oye!, ¿me escuchas? ¿Éstas para Piera o para Giorgia? ¡Dios, qué desastre!, ¡qué desastre! ¡Son pequeñas! Otra vez me duele la cabeza... ¿Se las doy a Giovannina, que tiene unos pies minúsculos?, ¿cómo podrá caminar?—Siguió así un buen rato, gracias al cielo dejó de pedirme consejo.

Soufiane anunció que el suflé estaba listo, subimos corriendo, también Patrizia lo encontró exquisito.

—El secreto de un plato está en la selección de los ingredientes, créeme, tengo algo de experiencia con los cangrejos.

La colección de babuchas estuvo expuesta en el salón hasta la víspera de su partida, cuando, distraídamente, cogió algunas para meterlas en la maleta.

—Haz lo que quieras con las otras, lo he estado pensando y no tengo ganas de llevar regalos a nadie. Es una costumbre absurda. Como si, cuando estás de viaje, pudieras perder el tiempo en comprar regalos. Además...—negó con la cabeza—en el fondo, sabes, creo que nadie me quiere mucho en Roma.

Después de llevarla al aeropuerto, las metimos en el armario del almacén, deben estar ahí todavía. Las que no cupieron, las llevé a Rohuna, donde siguen calzando los pies de las mujeres y los niños del pueblo, también de nuestros huéspedes, porque, cuando entran en casa, les pedimos que se quiten los zapatos para que no la ensucien con la tierra. Y, como recuerdo de mi amada *Cavallina*, una preciosa hilera de babuchas amarillas como pollitos está siempre alineada junto a la puerta que da a la cocina.

SEGUNDA PARTE

1. DIEGO

—Vale, hombre. Ya está.

Lo miro y asiento, molesto y resignado:

—¿Y no debería ser yo quien decidiera cuándo?

—No. Ésta es mi historia, mía, no la de tus amigas chifladas ni la de las baratijas que acumulas en mi casa. —Ha venido a sentarse en el escritorio, junto al cuaderno abierto, balancea las piernas—. Tu talismán—dice—. Tu trabajito. —La voz es siempre remota, metálica, como chapas que el viento hace vibrar en una obra abandonada.

Siguiendo un impulso repentino, le pongo la mano sobre una rodilla y aprieto: bajo la franela está vivo y enérgico, no parece un fantasma ni un viejo. «¡Brrrr!». Le tiembla el bigotito, infla los carrillos y entorna los ojos como un gato gordo. Por un instante me parece un joven delincuente con ojos centelleantes—la parte del cuello que no cubre la camisa cerrada, y hoy un poco sucia, tiene una firmeza viril, navajera, carcelaria—. El betún negro en el cabello contrasta con la nívea palidez de su carita y parece parte del disfraz para un atraco... Se desvanece. ¿Y si su verdadera naturaleza fuera el artificio?, ¿el ala de cuervo con el que sobrevuela la negrura de la muerte? ¿Y si sus hormonas, su médula, la sangre que bombea su corazón, el aliento y el sudor, fueran la broma mortífera con la que me asesinará? ¿La caricatura que es todo homicidio? Bueno, ya está bien de preguntas. Fá-bu-la, fá-bu-la.

La primera vez que lo vi, hace muchos años, creí que era una alucinación. Duró un momento. Era de noche, estaba en la cama, había bebido demasiado, y ese tío con chaqueta oscura y chaleco, tan lívido, sentado a horcajadas en el capitel meriní al lado de la puerta, ni siquiera me miró. Se estaba escarbando los dientes con un palillo. Cuando encendí la luz, había desaparecido.

La segunda vez duró más. Fue una semana después. Acababa de terminar mi cena, yo solo en la terraza. Había alguien sentado a la mesa enfrente de mí. Su imagen se fue precisando como una polaroid, poco a poco, adquiriendo contornos y volumen. Blanco como un petimetre empolvado, el rostro redondo, algo infantil, las mejillas ligeramente flácidas y la nariz recta, de romano, melancólica como los vestigios de una belleza que ya se ha esfumado. Me miraba en silencio, por debajo de esas pestañas tan largas que hacían que los ojos parecieran maquillados. Me estaba estudiando, yo hacía lo mismo. El pelo era de un negro sospechoso. La tercera vez fue de madrugada. Se sentó en la cama. A lo mejor murió en esta habitación, pensé.

—Buonasera. Soy el dueño de la casa.

Se notaba que no estaba acostumbrado a hablar, le había salido un lamento ronco de pavo real.

—Buenas noches—bostecé—. El dueño de la casa soy yo.

Me miró con curiosidad. El botón del cuello de la camisa le apretaba la garganta.

—¿Cómo es que no le doy miedo?

—¿Miedo? Usted es un huésped, ponerme a gritar sería descortés.

La chaqueta también le quedaba pequeña. Alargué una mano, él se abalanzó y me agarró la muñeca: para qué encender la lamparita.

—Huésped lo será usted. Y esta cama, ¿dónde la ha encontrado?—Y acarició una de las columnas del piecero.

—Es de Salé. La encontré en un sótano de la casba, estaba hecha polvo, la he resucitado.

—Tengo una curiosidad, ¿cómo ha conseguido transformar mi casa en un… ¿cómo dicen ustedes basurero?, ¿pattumiera?

—Tengo mucho sueño, si no le importa, quiero volver a dormirme…

—Espere. Tengo una sorpresa para usted.

Señaló la pared de enfrente. Mientras su dedo índice se movía, donde estaban los tejidos bordados, las fotos y los estantes yebalíes colgados, apareció una gran alfombra. Cuando la reconocí, me dio un vuelco el corazón. Sobre el fondo color noche, grandes peonías rosadas, verdes, naranja, enmarcaban floreros de hielo desde los que prorrumpían azucenas, fritilarias, rosas, ramas curvadas de escaramujos; en el arroyo turquesa que lamía los floreros nadaban carpas rojas y amarillas y carpas rojas y negras. Era El Dorado inalcanzable de mis fantasías de coleccionista, la más bella alfombra que jamás anudaran los safávidas, la que May Beattie publicó tras la audaz reconstrucción que realizó juntando los retazos repartidos entre el Metropolitan, el Rockefeller, el V&A, el Bargello, una colección privada checoslovaca y Berlín. Como en la foto a doble página del libro, sólo faltaba un trozo, arriba a la derecha, junto al interior de la cenefa: una ventanita. El fantasma se asomó por ella.

—Estoy aquí para contarle mi vida. Y para cambiar la suya.

Todavía confundido por la visión, pensé que quizá estaba soñando… ¡Qué maravilla pasear entre aquellas flores!, ¡nadar con las carpas! El intruso agachó la cabecita y levantó los brazos, como si agradeciera un aplauso:

—Al contrario que usted, yo puedo tener todo lo que se me antoje, me basta mover un dedo.

La alfombra se desintegró, él estaba de nuevo sentado en la cama.

—A mí, lo que me interesa son las mujeres, las mujeres guapas. —Me cucó su ojo maquillado—. Como la que vino esta mañana.

—¿Quién?

—La asistenta. Cuando se agacha para remeter la sábana debajo del colchón, lo que veo es el paraíso.

Así que hacía tiempo que nos espiaba, incluso de día: no era un descubrimiento agradable.

—¿Se refiere a Zubida? ¿En serio? ¿Zubida?

—Mmm, el nombre promete.

—Pero no es árabe, es inglesa. Se convirtió para casarse con un taxista que conoció en Mánchester. Ya murió.

—Mira la viudita... Conmigo estaría contenta.

En aquel momento, Zubida tenía más de sesenta años. Desde que Shousha se echó novio y tenía que dejar reposar la piel de las manos para la ceremonia de la henna, venía a ayudar a la mujer de Mohamed con las tareas domésticas: «Darling, ¿quere un poco de cumpoñía?», me sonreía, y me lanzaba un beso si nos cruzábamos en el pasillo o en el jardín, hablando en una mezcla, incomprensible para cualquiera, de marroquí e inglés.

—Fuma demasiado—observó la aparición, arrugando la nariz—; no se equivocaba—. ¿No tuvieron hijos?

—No.

—¿Por qué?

La discreción no era su fuerte.

—Siempre ha tenido una salud delicada. Le gusta venir aquí y sentarse en el jardín porque dice que así se le aligera de aire la barriga. Dice que le viene de familia, a su madre también le ocurría. ¿De verdad la encuentra atractiva?

—Irresistible. La mujer que fuma mucho siempre quiere cucurucho...

La rima me hizo comprender que no estaba soñando—jamás habría soñado tal sandez—y que no había que darle bola a un desconocido con chaqueta y chaleco que se te sienta en la cama en medio de una noche de verano.

—Total, que yo me la...—Hizo un gesto muy gráfico que me molestó y, con aire de entendido, dejó la frase inacabada.

—De gustibus—repliqué—. ¿Qué quería?

—¡Ya se lo he dicho!—exclamó, mirándome a los ojos, como si me hubiera leído el pensamiento (a lo mejor podía)—. Estoy aquí para contarle la vida de un hombre. La mía.

No osé hacerle notar que debería haberme consultado, tanto narcisismo me resultaba enternecedor. Quién sabe desde cuándo estaba solo. Lo veía caminar a la luz de la luna, arriba y abajo, por el pasaje que va de la cama al armarión georgiano, evitando sin problema (ser incorpóreo ayuda) las estanterías y las mesitas repletas de libros y vasijas, morteros y fósiles, juguetes viejos y nuevos (había descubierto recientemente mi pasión por los violines que hacen los pastores con una latita de aceite como caja de resonancia), nidos, conchas, corales, cáscaras de huevo etiquetadas y conservadas en los cuencos para hacer masa de pan—para Stephan son «la yincana de antes de irse a dormir» o «los enemigos del pipí nocturno»—.

—Me llamo Diego Mullor Heredia—empezó, pronunciando las erres a la francesa y amagando una reverencia, como un caballero que se presenta a una señorita en una fiesta de pueblo antes de sacarla a bailar. Sus bigotitos eran el dibujo de una golondrina al revés—. Nací en San Roque, cerca de Cádiz, a principios del siglo XX. —Otra vez caminaba arriba y abajo, a pasitos, con las manos a la espalda. Pequeñito, un poco cargado de hombros, parecía Napoleón dictando una de sus cartas—. Siempre he tenido talento. Mi *Beatas rezando la novena* acabó colgado en la celda de la madre Isidra, la superiora, y *Borrachitos tristes*, en un muro de la posada de Quique Cuatropalos, entre los bordados de punto de cruz de su cuñada, doña Adela, la de las manos de oro... Yo tendría nueve o diez años, imagínese...

»¡Qué tiempos cuando nos hablábamos de usted y todavía me tenía un mínimo de respeto!—Me moría de sueño, pero no me atrevía a bostezar por miedo a ofenderle. Yo, que tengo vista de lince, no conseguía enfocar su cara, como si tuviera algo de inconcluso, como si le hubieran extirpado un trozo. Era poco más que una mancha blanquecina... ¿Les sucede a todos los fantasmas? ¡Yo qué sé!

»El amor de mi vida lo descubrí gracias a una función de marionetas. Era Nochebuena, el carromato había llegado a la plaza el día anterior, a los niños nos latía fuerte el corazón, fuerte como el tambor que anuncia el comienzo de la representación. El telón de arpillera se alza poco a poco, pero casi no me da tiempo a ver las gacelas y la fuente... y ya están aquí los guerreros de la Reconquista invadiendo el salón de la Alhambra mientras el heroico Boabdil, el último de los sultanes, con su brillante corona, los espera a los pies del trono... con la espada desnuda...—El fantasma elevó la manita cérea que ahora blandía una rutilante cimitarra—: ¡Guerra! ¡A por ellos! ¡Qué fiereza! Plumas de gallina por todas partes, sables contra sables, capas desgarradas, repique de castañuelas, los silbidos del público, los insultos, las pedorretas, los codazos, ruedan por el escenario las cabezas de madera con mostachos, rueda la corona de piedras preciosas como un arito de llamas heladas... ¡Ay, Dios!, ¡qué no habría dado yo por ponérmela en la cabeza! ¡Habría hecho degollar a esos malditos infieles uno por uno, Carlos, Currito, Manuel, mis compañeros de clase!—Suspiró—. Durante un mes sólo pensé que era Boabdil, Boabdil, Boabdil...

Cada vez que lo repetía, los anillos de la boa me apretaban más fuerte.

—Perdone, ¿Boabdil no es el que...—sentí aflorar un recuerdo—...el que tuvo que marchar al exilio...?—El fantasma me miró receloso—. ¿Y su madre le dijo: «Llora como mujer lo que no supiste defender como hombre»?

—Boabdil es un héroe—concluyó con una vocecita estridente—. Si usted da pábulo a esas estúpidas leyendas cristianas inventadas para calumniarlo...—Y jugando nerviosamente con el botón del cuello de su camisa—: Al día siguiente, Nacho Escobar me enseñó una foto, *Odalisca en el harén del pachá*. Estábamos en el callejón que había detrás de su casa a la hora de la siesta. El corazón enloquecido, como el del devoto que, en la carrera hacia la imagen del santo, toda cuesta arriba, llega el primero, con la misma sed, la sal en la garganta... «¿Qué te gustaría hacerle, Diego?». «Esto». Se la arranqué de la mano, se la metí en la boca y le obligué a tragársela. ¿Cómo se atrevía a mostrarme ese perro a una de mis circasianas favoritas? A mí, que era el sultán del mundo... ¿Me sigue o se ha perdido de nuevo entre sus zarrias?

—Le sigo, le sigo.

Hacía una hora que hablaba y sólo me había contado, más o menos, una centésima parte de su vida. Yo anhelaba que el alba se apresurara, pero seguía retrasándose, acurrucada bajo el horizonte: ni era ya de noche ni todavía era de día.

—Mi padre tenía dos carruajes para viajeros, pero muy pocos tenían dinero para alquilarlos. Un amigo suyo se había trasladado a Melilla y le había escrito que allí se ganaba bastante. Nos fuimos también nosotros. ¡Ay, mamá, qué felicidad! Por fin África, el África de Boabdil, que murió exiliado aquí, en Marruecos...—Hizo una mueca. Melilla fue la primera desilusión de su vida. Allí se vivía peor:

campesinos, tenderos, comerciantes sin clientes, judíos prófugos de un Rif ebrio de islam, todos pasaban hambre en el Protectorado de Primo de Rivera. —Ese bastardo fascista... Un Protectorado que nunca protegió a nadie... ¿Dónde estaría mi corona, mi ruedecilla de llamas heladas? Mamá racionaba el aceite y se hacía las faldas con las sábanas de la tía Angustias. ¡Pobrecilla, me daba una pena...! Tenía que buscarme un trabajo. Conocí a don Enrique... Gracias a él me coloqué como profesor suplente en la Escuela de Artes y Oficios.

De golpe, lo vi abatido, me recordó a la cría de un búho que esconde la cabeza bajo el ala.

—Es tarde. Tengo que irme.

Me dormí en un segundo. Soñé que Diego había salido volando por la ventana.

Se supone que los fantasmas se desvanecen con la luz del sol, pero lo volví a ver a la mañana siguiente, en pleno día, mientras leía en el jardín. Un hombrecillo con una bella cabeza que, en su momento, debió ser estatuaria, y ahora, con la edad, parecía un bosquejo. Estaba sentado en una silla junto a la mía. Siempre pálido, con la chaqueta antracita, el pantalón gris marengo y el chaleco humo de Londres, tenía un aspecto descolorido, como de foto sobreexpuesta. Entornaba los párpados por la luz. Hoy, la golondrina bocabajo del bigotito eran dos comas de tinta negra.

Se sentó a horcajadas, entreví las suelas gastadas: «También mi mamá tenía una plantita amor de hombre en el balcón de la cocina».

Oírlo referirse a la *Tradescantia pallida* por su nombre popular, me emocionó: desde entonces, ya no es para mí *erba miseria* sino *amore di uomo*.

Del fondo del jardín llegaba una voz inconfundible. Zubida se habría sentado en un escaloncito para fumarse su trigésimo cigarrillo mientras agobiaba al pobre Mohamed (menos mal que era sordo) con una de sus torrenteras verbales en las que lo único seguro eran los nombres de las ciudades, aunque damnificados por un acento imposible—«Asailah, Lareish, Tcheouen»—, y los meandros y las cascadas se sucedían al ritmo de las enfermedades que sufría («Psoraiasis», «Impitigo», «Colaitis»)—nunca se vio una musulmana más dispuesta a liberarse de velos y trapos o a disimular con tan inusitada pericia ruidos intestinales de todo tipo—.

—Es la asistenta, la que le gusta. Podemos bajar al jardín, me encantaría presentarles...

Arrebujada en su albornoz, con la cabeza cubierta, Zubida se acercó. A saber con qué pretexto, Mohamed había conseguido zafarse de ella.

—¡Hola, Humbert! ¿Quieras una calada?—Me pasó el pitillo encendido.

—No, gracias, los tuyos son demasiado fuertes. Zubida, te presento al señor Diego Mullor Heredia, el artista que hizo esta casa. Diego, la señora Zubida de Mánchester.

Ella me miró divertida. Él se había levantado y giraba a su alrededor evaluándola sin rubor con una sonrisita sarcástica.

—¿Qué? ¿No vais a daros la mano?

—Pobrecito Humbert, ¿tienes calor in the brain?—Y se tocaba la frente bajo el hiyab—. ¿Has habido la psaicosis come el pobre tío Abdelkader cuando viendo Aisha Kandisha con pesuñas de camello cerca arroyo...?

—Quería que os conocierais...

—Desgraciado pobrecito Humbert amigo mío—se rio ella, exhalando una nube de humo—. Yo conoce disparate y locatis como tú. ¿Por qué presentando mí silla vacía?

Diego se había vuelto a sentar y canturreaba acariciándose el bigote. Fui a coger una flor de hibisco que había caído sobre las begonias, las manchas blanquecinas sobre las hojas terminan, con el tiempo, convirtiéndose en quemaduras. Negando con la cabeza, Zubida ya se iba chancleteando hacia la casita de la familia de Mohamed.

El fantasma estiró las piernas.

—Sólo me aparezco a quien a mí me da la gana. —Y, sin preámbulos, siguió con su relato (¿Un sorbito de jerez, ¿un dry Martini? No, gracias, nunca tenía sed ni hambre).

Melilla se le quedaba pequeña. Desde el balcón de la cocina, veía aquellos montes yermos, grises y rugosos como un elefante dormido.

—Que, cuando despertase, aplastaría la ciudad. A mí no, porque lo montaría a la grupa. No veía el momento. De aquellos montes bajaba gente todos los días…

En el mercado, espiaba a las campesinas con los *mendil* a rayas blancas y rojas que venían a vender verduras; le habría gustado hacer amistad con el pequeño limpiabotas que dormía bajo la marquesina de la aduana—las arrugas precoces en la frente y en los ángulos de la boca, las cicatrices en el cráneo rapado que asomaban por el fez, las manos, tan grandes y tan descoloridas—, pero no se atrevió.

—Entre los españoles y los indígenas había una muralla…, un murallón como el que los separa a ustedes, que se creen tan listos, de un hidalgo del pasado como yo, ¡para servirle!—Golpeó la mano contra el pechito oprimido por el chaleco, pequeño para su talla y polvoriento—. Y, por fin, llegó la gran oportunidad. Pepe Franzón, alias el Rojo, era un compañero mío que se había alistado en el ejército y, una vez al mes, llevaba el correo a la guarnición militar que estaba en la cabila de Beni Urriaguel. Me pidió que lo acompañara, era el día que yo cumplía veinte años. Salimos en mulo, sin decírselo a nadie, pobre santa madre mía, cómo la echo de menos. Estuvimos fuera sólo dos días, pero nadie me había llevado nunca tan lejos. Descubrí entonces la gran pasión de mi vida.

—¿Pepe?

—Mire usted: nosotros hacíamos esas cosas en los graneros, y hasta en la cama, cuando nos apetecía, sin tanto aspaviento como se lleva ahora... Pero Pepito no era mi tipo. De *ellos* sí me enamoré, de todos. Por su culpa, hasta me puse malo. Mi enfermedad fue el color.

Aparté la mirada. En las grandes macetas florecían los lirios de San Juan: los replanto cada año, siempre por la Anunciación. Su confesión me incomodaba. Debió de darse cuenta porque, cuando me volví, había desaparecido. Me fui a nadar a Sidi Kacem.

Lo mejor de Tánger en aquellos años era que podías conocer a un montón de gente simpática. Charlé con dos pescadores y comí con ellos un tayín cocinado sobre una fogata hecha con ramitas recogidas en la playa. A la vuelta, acerqué a su casa a una anciana originaria de Al Hauz a la que ayudé a subir un pesadísimo saco de harina por una escalera muy empinada hasta un cuarto piso y, para agradecérmelo, me invitó a un té en una habitación con su marido durmiendo en el suelo sobre una estera del Medio Atlas, no antigua, pero tejida con cierto esmero. De repente, se despertó, se restregó los ojos, me felicitó incomprensiblemente por mi elegancia y, al saber que era italiano, me preguntó si creía en la verdad absoluta de Carlos Marx y en la poesía abisal del materialismo histórico (había sido vigilante de un aparcamiento en Málaga—usó exactamente estas palabras—). Pero yo no paraba de pensar en Diego. Su palidez, sus maneras ceremoniosas e invasivas, su egocentrismo... me ponían de los nervios. Sin embargo, empezaba a encariñarme con él, como con un malestar leve, periódico y secreto, un eczema o un trastorno alimentario, molestos, pero reconfortantes porque revelan algo de nuestra naturaleza íntima. Tras una jornada de sosiego en la que lo eché en falta, me alegré de verlo la noche siguiente y escuchar el resto de su historia.

Había vuelto con frecuencia al Rif, relató, a pie y a caballo, zigzagueando por las zonas de los conflictos y los disturbios. Exploraba minas de hierro excavadas por el Protectorado y torres levantadas al borde de precipicios, cumbres cristalinas y bosques de cedros, los zocos de los jueves y los senderos en los que los buitres desgarraban las carroñas; aprendía a conocer a aquellos montañeros, dormía en sus casas, comía sus olivas, escuchaba sus historias, desinfectaba sus heridas... Y los convencía de que le dejaran dibujarlos.

—Dibujaba, dibujaba... Dibujaba a aquella gente soñando, como sueñas tú cuando acaricias tus cajas... Pero, por Dios, yo quería hacer el amor... ¡Follar, follar!—Metía el dedo índice de la mano derecha en el círculo que hacía con el pulgar y el índice de la izquierda y repetía un gesto a duras penas perdonable a un adolescente, desagradable incluso para mí que nada me da asco. Esos deditos de muñeca con las falanges arqueadas por la artritis, la sonrisa pícara y rijosa, los sobreentendidos de su mirada mientras, con la uñita amarilla, seguía yendo de arriba abajo, adelante y atrás...

Estaba a punto de protestar cuando apareció, delante de mí, una chica vestida de negro con un pañuelo en la cabeza.

—Era un gran follador | mi querido Diego Mullor. —Con una mano en la boca, gemía como una gata en celo: luego la mano descendió al cuello descubriendo el bigote del fantasma mientras sus dedos martirizaban su cadena de oro—. Era un machote | que me tenía en el bote—entonaba ahora una gorda nariguda en la que, hinchando los mofletes y levantando la nariz de estatua, se había transformado el duende y me hacía ojitos sentada en el piano—: Soy Inés la culona | pianista y zorra putona | mi Dieguito tiene un pollón | que no cabe en un camión.

—¡Ah! ¡Encima la tienes grande!, pero ¿como un camioncito o como un tráiler?

—... y su corazón parecía desbocado | y sí dije | sí quiero | Sí—continuó sibilino, ignorándome...

¿Y ésta quién era? Por la rosa en el pelo, por el muro morisco de Gibraltar, en un arrebato de exasperación, reconocí a la Molly Bloom de Joyce.

—Enhorabuena por las imitaciones.

Se puso serio, me miraba desde una galaxia remota o desde la vastedad del universo de los muertos comparada con el cuartito de estar que es la vida:

—No quiero presumir, italiano, ¡pero yo tenía fama de Cádiz a Larache, y en Málaga, y en Melilla!

Estábamos en la cocina, en sus pausas se colaba el zumbido del viejo frigorífico: sentado a la mesa, bebía una cerveza antes de irme a la cama.

—Tenía que follarme aquella tierra, tenía que fecundar a sus hombres y mujeres, tenía que preñarlos con colores. —Escupió—. Están en lo cierto mis bereberes que no se dejan retratar... Pintar a la gente no es arte: es comérsela. —Indudablemente, sentía debilidad por los aforismos.

De repente, le brotaron de los ojos dos borbotones de lágrimas que cayeron al suelo como propulsados por unas bombitas invisibles. En unos segundos se formó un charco que llegaba hasta el fregadero. Paró de llorar y siguió con su relato.

Una hermosa mañana se decidió. Tenía todo lo necesario, incluido un lienzo bastante grande que había comprado en la tienda de don Álvaro. Se sentó con el lienzo en el regazo y la paleta a su lado. Aquel campo baldío era el ideal, esperaba, para un principiante: la mancha negra que se iluminaba donde un rayo de sol agujereaba las nubes, las pitas grises, las piedras casi blancas al fondo.

—La base, la imprimación, ya estaba: yeso y cola de conejo…—Se puso en pie, movía las manitas como un director de orquesta—. Lo primero, dibujar con el carboncillo suave el límite del campo hasta el tronco del eucalipto seco (la tierra, las puntas de las pitas, las piedras, las nubes).

Mientras hablaba iba bocetando en el aire entre los estantes cargados de cazuelas y la campana extractora, y yo podía verlo todo hasta el último detalle. Un mechón de pelo sobre la frente, la punta de la nariz romana que brillaba, Diego se movía rápido, bailaba, canturreaba y, mientras definía los perfiles del paisaje, creaba los llenos y los claroscuros, los intervalos de las sombras.

A esas alturas ya estaba acostumbrado a sus efectos especiales, pero, esta vez, me impresionaron la seguridad y la maestría con que esparcía aquellos esfumados en el vacío.

—Ya está. Dejo el lápiz, cojo el pincel nuevo, palpo la punta, los pelos de tejón tienen la suavidad justa, lo acerco a la tela y…—Se le cayó el brazo.

—¿Y…?

—Y nada. Se acabó.

Hubo un silencio. Se puso a hablar en voz baja, como en sueños.

—Cojo la paleta, pero ahora pesa como un trozo de plomo, tengo que dejarla. La miro de cerca y me doy cuenta de que ya no es una paleta, es un espejo. ¡Ay, madre!, ¡me miro en él!

En la paleta vio su caricatura. En el centro, la boca abierta delineaba el grito circular de un idiota; alrededor, los colores eran ojeras llenas de una pasta repugnante. El rojo era una flor que lo succionaba en un remolino de mucosas; el azul, un cielo sereno que reventaba, se desmoronaba sobre él y se convertía en una camisa de hielo que le fracturaba los huesos. El amarillo, una lengua de fuego que le lamía el cuerpo cubriéndoselo de llagas. «¡Qué terrore, Dios mío!». Espantado, apretando los dientes y los puños, quería cerrar los ojos, pero no podía: una aureola de alfileres se los mantenía abiertos. En los pegotes de los colores pardos bullían cucarachas, patas, alas, antenas, caparazones que palpitaban y se retorcían para liberarse…

—Estaba ciego. El pincel se partió. Lo tiré, rasgué la tela, ojalá se la coman las cabras, se lo comen todo. —Dio una patada a la silla que estaba a mi lado y la derribó. La lata de cerveza se tambaleó, cayó al suelo anegado por sus lágrimas y navegó hasta la base de la pila.

—Perdón—murmuré, no sé por qué.

Sonrió e hizo el gesto típico de anfitrión para insinuar que son cosas que pasan:

—Pero ¿por qué no tiras esta mesa?, ¿no ves que está coja? Habéis hecho bien en no cambiar el fogón. Es de una marca buenísima. Lo mandé traer de Sevilla.

Desde aquel día, lo había intentado muchas veces, con todos los materiales y todas las técnicas, témpera, acuarela, pasteles, tizas, esmaltes, pigmentos naturales y sintéticos mezclados con solventes siempre distintos. Cuando, venciendo el terror, obligaba a la mano recalcitrante a rellenar los vacíos, el resultado era el peor sufrimiento: «Un párvulo con su libro para colorear, comparado conmigo, era Rafael». Intento tras intento, Diego entendió que los colores le estaban vedados, y los colores son el alma del mundo. Se cogió la cabeza entre las manos y se diluyó. Esta vez, delante de mis ojos. Tiré la lata a la basura y me fui a dormir.

Nunca, en ninguno de nuestros sucesivos encuentros, conseguí reunir el valor para confesarle que, desde la primera noche, tuve la impresión de que él mismo era en blanco y negro, como sus dibujos. Pero debió leerme el pensamiento.

Una tarde le pregunté qué hacía cuando no estaba conmigo. Me miró arqueando una ceja: «¿Qué quieres que haga? Vivir mi muerte cotidiana como todos los fantasmas... E intentar habituarme al polvo que tiene todo lo que has acumulado en mi casa».

Esa misma noche, en el salón del pabellón de en medio—yo, tumbado sobre el sofá de lino azul, raído y manchado, que ya estaba allí cuando llegamos y que yo había cubierto con una mortaja; él, enroscado en el sillón véneto tapizado en punto de cruz del pobre David—siguió con su historia.

«Pasaban los años, me había hecho un artista muy famoso. Los periódicos publicaban mis dibujos. Ganaba bastante. Había hecho carrera, enseñaba Historia del Arte en el instituto». Sin embargo, los trazos de carboncillo, tinta, lápiz, eran los barrotes de su prisión: en cuanto intentaba meter un poco de color... el rosa de la barbilla, el aceituna de la garganta, el amarillo del hombro iluminado y el violeta grisáceo del que quedaba en sombra, resultaban borrones de materia muerta y el dolor de ojos le hacía derramar lágrimas que le ensuciaban la cara. «Lágrimas de sangre. Sí, amico mio, de pura sangre, y, en aquella época, me daba mucho miedo, todavía no era un duende… Finalmente, llegó el día de la inauguración. ¡Qué emoción!, che felicitá! Ya había hecho varias exposiciones en Melilla, pero aquella era la primera después de la guerra civil. Estaba a punto de salir de casa cuando llegó don Enrique a la carrera: "¡Escapa, han encontrado la caricatura del Yuca! ¡Los militares están a punto de llegar!". ¡Pero si mis gargajos a ese hijoputa con los ojos saltones y las cejas peinadas están escondidos! Yuca en marroquí quiere decir mochuelo, llamaban así al cabrón de Franco. Pero ¿cómo habían acabado esos dibujos en la carpeta equivocada? Ahora lo sé».

Y se disolvió. Para saber cómo, tuve que esperar a la noche siguiente.

Estaba sumergido en la bañera, disfrutaba del primer momento de tranquilidad tras una jornada fatigosa que pasé reensamblando los fragmentos de una repisa yebalí que había repescado pacientemente en un montón de paja de un gallinero con ayuda de la linterna del móvil.

—¡Fue Goya! ¡Don Francisco de Goya y Lucientes!

—¡Qué susto me has dado! ¿Tienes que presentarte siempre de golpe?

Agitaba las manos como un niño:

—Se lo pregunté nada más morir. Me dijo que no, claro. Pero no me lo creí.

Por primera vez desde que lo conocía, algo de color había asomado a sus mejillas.

La sala de exposiciones, como muchas galerías de la España de aquellos años, se llamaba Goya, el flautista de Hamelín de todos los fantasmas, y la caricatura estaba inspirada en un famoso óleo suyo, *Saturno devorando a su hijo*, en la que se veía al Generalísimo, con fez, zampándose a un niño, la lechuza carnívora que engullía a sus bereberes.

—¡Sólo un coleccionista puede ser tan stupido como para creer que las cosas no se mueven!, ¡hay un espíritu que las mueve!, ¡siempre!—Se echó a reír.

Llevaba una chilaba llena de remiendos. Esta vez iba a lomos de un caballo que me echaba su aliento de forraje.

—Sooo, *Hammu*, sooo—dijo acariciándole el cuello marrón, brillante de sudor. Con la mano aplastó un tábano. El caballo relinchó—. ¡Tienes razón, *Hammu*! Aquí hace mucho calor. ¿Dónde me había quedado? ¡Ah sí!, aquella misma noche, con mi fiel trotón, atravesé el Rif sin toparme con ninguna patrulla. Al amanecer llegué al territorio de los yebalíes. Comí pan y cebolla con un pastor en el lecho de un torrente. Me hablaba de su madre, que tenía doscientas cabras y descendía de los Zenata… Yo lloraba pensando en la mía, sola en Melilla…

Por un instante, temí que las bombitas se accionaran de nuevo, desbordando la bañera y encabritando al caballo, que podría haberme machacado con sus enormes cascos.

Pasar a la Zona Internacional, continuó Diego, fue un juego de niños. Entró en Tánger mezclándose con los campesinos que acudían al zoco.

—Entretanto, en Melilla, gracias a mis muy influyentes amigos, la caricatura desapareció.

Como el caballo y la chilaba: ahora, con su habitual chaqueta antracita, mi fantasma estaba de pie sobre el váter. Reanudó el relato. Condenado en rebeldía, se resignó a una vida de exilio. Comenzó a colaborar con una revista española…, algunas clases particulares de dibujo a las hijas de un rico terrateniente…, más periódicos…, en aquella época salía uno nuevo cada mes… En un par de años ya estaba establecido. Vendía bien sus caricaturas, pero seguía sintiéndose un pintor fracasado. Se puso a diseñar su casa, hasta el último arco, hasta la última almena, con el pundonor de quien necesita desquitarse.

—¿Querías que Tebarek Allah fuese también una caricatura?

Me miró fijamente a los ojos:

—Quería que fuese mi testamento. El mapa de mi tesoro.

—¿Has dejado pistas para el que viniera después de ti?

Soltó una risita.

—¡Qué tonto eres, por Dios! Pero tengo un regalito per te, ¡ten paciencia!

Aquí, en Tánger, había muerto justo en nuestro dormitorio, dijo siguiendo la historia, dos años después de que la Ciudad Internacional fuera anexionada al resto del país. Hizo una pausa. Y, un poco enigmático, recurrió a dos palabras que, desde entonces, no han dejado de resonar en mis oídos a riesgo de que me extraviara en su eco y también yo terminara disolviéndome: «Manías..., parodias... Tú y yo estábamos hechos para entendernos...». Me alcanzó el albornoz.

Antes de mi primer encuentro con los geniecillos de Rohuna, aparecía siempre de forma súbita, en uno de los pabellones o en el jardín, anunciado por un golpe de viento que abría una ventana de par en par y hacía crujir las palmeras en sus tiestos o por el trino de un mirlo: le preguntaba por el Tánger de su época y me respondía encantado, hablando muy rápido, pero siempre me quedaba con la sensación de que yo no conocía peor que él el pasado de la ciudad, aunque él lo hubiera vivido.

Socialmente, decía, pertenecía al círculo de los españoles y los sefardíes que frecuentaban las fiestas del Teatro

Cervantes, organizaban tómbolas benéficas, bailaban hasta el amanecer en el Kursaal del paseo marítimo, los Orellano, los Laredo, los Cenarro, los Benchimol, los Narboni, los Pariente…

«¡Tenías que haberla visto! Regina Toledano entrando en el baile de la Cruz Roja con la estola de marta y un escote hasta aquí… Nosotros, todos paralizados, la orquesta muda, las mujeres cuchicheando, y ella, alzando una mano envuelta en un guante ensangrentado: "¡Damas y caballeros, que la fiesta continúe!", mientras Concha Nahón corría a telefonear a la pasma. Buscaban a Regina desde hacía una semana, desde que José María apareció degollado en la cama… ¡Qué estilazo!, ¡qué fuego! Yo entiendo de esas cosas… Aquella mujer había dibujado con sangre un corazón en la pared. Charito Pariente lo vio con sus propios ojos, imagínate…».

La mancha rojo fosforescente que, de repente, apareció en el enlucido de una pared del salón hacía más auténticas sus palabras, pero las paredes de mi casa las prefiero sin grafitis. Fui a buscar una bayeta. Mientras limpiaba, le pregunté si, gracias a su fama, había conseguido abrirse brecha en el pequeño y cerrado grupo de los anglosajones.

«¿Esos maricas? ¿Con sus monterías de jabalíes en el Bosque Diplomático y sus inacabables partidas de cricket? Siempre tan estirados y quejándose del sol, ellos y sus ladies, más arrugadas que las ciruelas de Sanlúcar de Barrameda… y su smol tok, como dicen ellos, que para conseguir relajarse un poco en las recepciones tenían que pasarse antes por la pensión de Manolo el Patrón, en la que todos tenían un morito chapero o un morazo pollón que les bajaba los pantalones para sacarles el palo del culo y meterles…».

Por suerte, casi siempre estaba solo. No habría sabido cómo justificar delante de Stephan o los invitados la presencia de este fabulador de chaqueta y chaleco y, aunque tampoco ellos pudieran verle—mi certidumbre al respecto no ha hecho sino ofuscarse con el tiempo—, no habría podido dedicarle la atención que me exigía. Había pasado mucho tiempo, iba y venía, me acostumbré. Era mi cruz, pequeña como él, y ligera, porque estaba hecha de su mismo aire.

—Ven conmigo, despierta—me susurró al oído una noche, no hace mucho. Yo estaba en la cama, sumido en el sueño de los justos. Atontado, me incorporé bostezando.

—Apestas a campo—bisbiseó frunciendo la nariz.

Yo ya estaba casi siempre en Rohuna, los duendecillos silvestres estaban amenazados por el *développement* y defendía como podía el rincón de bosque donde vivían en paz. Venía a Tánger sólo por mis colecciones, ya no me quedaba dinero, pero seguía persiguiendo incansablemente a traperos y anticuarios (y acumulaba deudas).

—Perdona. Ayer estaba muy cansado y no me duché.

Me cogió de la mano y me condujo al vestíbulo.

—Ahí.

Me indicó la puerta que da a la escalera de caracol de la torre. La abrí. ¿Pretendía que diéramos un paseo por el tejado? Pero, en vez de subir, me empujó a la parte de atrás. Disimulada en el muro había una puertecita, nunca me había dado cuenta.

—Entra.

Me costó abrirla lo justo para poder pasar. Apretó un interruptor. La lamparita de techo alumbró un cuartito largo y estrecho, de poco más de dos metros de altura. Invisible también desde el exterior, debieron ganárselo al espacio muerto entre el pabellón y la tapia del jardín. Ni siquiera Mohamed y Ftoma debían conocer su existencia. Cajones, sacos, cubos vacíos con restos de pintura seca, montañas de desperdicios y cascotes... Pero ¿qué hacemos aquí con este frío? En el suelo, entre los cachivaches, había un cuenquito de cerámica desportillado.

—Pensé usarlo para esconderme de los falangistas—dijo con tono de excusa—. Gracias a Dios nunca tuve necesidad mientras estuve vivo...

—Y cuando ya no estabas vivo... ¿cenabas aquí tú solo?

La imagen de mi pobre duende sentado en una cajita de madera, con ese bol de gato sobre las rodillas, sorbiendo un poco de sopa robada en la cocina, mientras a dos metros la mujer del embajador estadounidense estaba de juerga con su burro, me partía el corazón.

—¡Esto era para el veneno de las ratas!—Y de una patada lanzó el bol contra un cajón—. ¡Ya te he dicho que no como ni bebo! Pero ¿estás atontado? ¡Venga, ábrelo!

Está hecho de aire, pero es capaz de girar la llave de un interruptor y dar puntapiés que siempre aciertan el blanco: misterio. Ahí, tieso, pálido a la luz fría de la lamparita, parecía un chinito de Meissen de la segunda o tercera década del XVIII.

—Bueno, ¿qué? ¿Vamos a quedarnos aquí toda la noche?

El cajón contenía un bulto envuelto en papel de estraza: mazos de postales atadas con un cordel, polvorientas, pero bien conservadas. Les eché un vistazo tiritando: reproducciones de sus caricaturas, sin más.

—Mira debajo—me apremió. En el fondo, encontré otro paquete con una pila de carpetitas: eran los dibujos originales en ligeras cartulinas separadas por papeles de seda—. Siempre pedía que me los devolvieran, me gustaba mirarlos. Están todos firmados. Y fechados.

Los examiné con cuidado, sentía su fragilidad, igual que sentía, allí, en ese cuartito angosto, la respiración de mi fantasma y su olor a viejo. En el reverso, en una cursiva anticuada, había títulos del tipo *Hombres del norte de Marruecos*, *Pastores rifeños*, *Moros contentos*...

—Para ti. Te los regalo. —Y sin darme tiempo a replicar—: ¿Ves? Todos con tinta china. ¿Te das cuenta?, ¿lo ves?

Blanco y un poco brillante, de pie a mi lado, el pequeño Meissen sonreía abatido después de entregarme su secreto. Habría bastado con tocarlo para que la carita de porcelana se hiciera añicos.

—Sólo dibujo. Nunca lo logré.

Es verdad: en sus dibujos no había ni un ápice de color, sólo la aflicción por su ausencia.

2. EL TELAR DEL TIEMPO

EL SAQUEADOR DE TUMBAS QUE MARCÓ MI DESTINO

Desde la noche en que se me apareció, no he podido quitarme de la cabeza la suntuosa alfombra de Diego con su apoteosis de flores. Me gustan los tejidos. Entre la trama y la urdimbre oigo al tiempo respirar.

Todo empezó a los dieciséis años en la tienda de un chamarilero cairota de pestañas de muñeca y sonrisa inocente que contrastaban con su corpachón embutido en una galabiya desgastada y sus maneras de viejo zorro. Por algún oscuro motivo decidió perder el tiempo conmigo y ocuparse de mi «ojo»—«El ojo es todo, recuérdalo, mi niño»—. Mister Fathi, Fathi para los amigos, «ese simpático delincuente de Fathi» para curadores de museos y coleccionistas, me dio algunas lecciones prácticas de historia del arte.

Tras dos o tres estancias en la ciudad más bella del mundo (cada vez que entraba en aquella tiendecita oscura bajo los soportales de Al-Azbakiyah, llena de frigoríficos y lavadoras de segunda mano, me sentía parte del álbum familiar de los dioses), expresiones como «esfumado alejandrino» o «arcaísmo de la vigésimo sexta dinastía» enardecían mi entusiasmo tanto como el de mis compañeros de clase los nombres de los futbolistas.

De una mesa abarrotada con tapaderas de vasos canopos de alabastro, terracotas votivas y bronces, Fathi cogía un tejido mortuorio copto o fatimí y, con el gesto melodramático de un oferente en el muro de una mastaba, lo depositaba en mis manos. Con su índice de labriego, oscuro y gordo como el mazo de un mortero (todavía tengo grabados el eclipse de su uña y el pálido solecito que nacía por abajo: recuerdos como éste revelan cuánto hemos querido a alguien), recorría pausado, paterno, los perfiles de las manchas de los fluidos de la putrefacción. Suspiraba: «C'est la vie, mi niño». Yo asentía, intimidado y absorto ya en la plétora de flores y en las orladuras endurecidas por la sangre, entre las volutas de hojas ajadas por los siglos y la descomposición, rodeado de liebres a la fuga y gacelas enfrentadas.

En aquellos retazos de túnicas, sucios de tierra y de cuerpos, que aún conservaban sus colores, con cupidos raquíticos y medallones de diosas con ojos bovinos, todavía palpitaba el mundo pagano que el monoteísmo no había logrado asfixiar.

«Esto era la vida, mi niño... Es una pena que una pieza como ésta cueste tan poco, pero es el signo de los tiempos, le miroir de notre bêtise...». Y me ponía en las manos trocitos de cerámicas cocidas en hornos de pueblo, una muñequita de hueso robada de la tumba de una niña o el collar con el que había sido enterrado un artesano... Calculaba mejor que yo el capital disponible en los bolsillos de un chiquillo que, para comprar un fragmento de exvoto, estaba dispuesto a saltarse las comidas.

Gracias a aquellas lecciones, empecé a entender que en las artes menores, periféricas, permanecen—a veces, traduciéndose en formas sorprendentes gracias al talento de un único artesano—trazas de hallazgos que son anulados por el solemne desfile de las llamadas mayores por su decumano pavimentado con mármol: son justamente esos senderos en la arena los que pueden devolvernos a nuestras vidas modestas entre casas de adobe al abrigo de templos en ruinas indecisos entre convertirse en iglesia o en mezquita, en medio de mujeres que, desde hace tres milenios, lucen un lirio en la oreja y hombres que, durante dos más, usarán el mismo arado, hasta llegar al jergón en el que nos quedaremos dormidos abrazando a un dios pequeño, con cabello azul y una cara de perro extrañamente parecida a la nuestra... Para comprender el misterio de la Antigüedad tardía y el fabulado sincretismo de sus creencias y supersticiones, las humildes sobras de la cultura popular me resultaban más elocuentes que el busto de pórfido de un tetrarca.

Desde entonces, siento desconfianza por todo lo áulico y devoción por las manufacturas de la vida cotidiana. Y no sólo en la arqueología: también ante una simple mesa de nogal oscuro del siglo XVII enseguida oigo el tintineo del platito de peltre del que un notario provinciano coge las galletas que acompañan su tazón de leche vespertino, veo el dibujo oriental de su raído batín, sufro con él la preocupación por la subida de la tasa sobre la sal (con la caída de los precios que provocó la Fronda, si no hubiese sido por las salinas, no habría podido dar una dote a mi hija inválida) y siento una alegría satisfecha por el muy tardío nacimiento del varoncito de la pobre Marie Gismonde que, gracias a santa Ana, al régimen a base de sabayones y a las sangrías está por fin recuperando las fuerzas...

En cambio, el suntuoso mueble de un príncipe se protege de mi mirada con el esplendor de sus bronces y doraduras y con el virtuosismo técnico de su artífice fabrica un escudo: es un prohibido el paso que no me tienta transgredir.

—Tú serás coleccionista—me dijo Fathi—. Un coleccionista de cosas pequeñas, uno de verdad, no como esos imbéciles encandilados por las obras maestras.

—¿Por qué?

Se encogió de hombros, un movimiento telúrico que levantaba y bajaba su galabiya.

—Es el destino que Alá ha elegido para ti, hijo mío. —Y lanzándome una mirada de preocupación, como si se tratara de una profecía funesta—: Ver es escuchar. Pero las historias que nos cuentan los objetos, les petits objets que nous aimons bien, toi et moi, son a menudo mentira.

—¿De verdad, Mister Fathi? A mí me parecen enseñanzas...

Negó con la cabeza.

—Ése es el problema, al principio parecen fábulas con una moraleja. Pero los objetos están vivos, desesperados, dispersos, y empezarán a insistir en que quieren estar juntos de nuevo... Tendrás que privarte del pan para reunirlos...Tendrás que obedecerlos... Y estarás solo, solo con tus fantasmas. Mira esto. —Se sacó del bolsillo una cabecita infantil de mármol del tamaño de una manzana—. ¿Lo reconoces?

Asentí: era el joven Harpócrates, el dios de las curaciones, el mismo del fragmento de terracota que le había comprado unos días antes, tratado con igual naturalismo, pero más grande y esculpido en un material precioso.

—Estaba en el altar de una villa... Pertenecía a un mercader que se había hecho rico con el algodón, sus trirremes navegaban por las islas y, en cuanto podía, volvía a descansar con su familia en la tierra donde había nacido... ¿De dónde crees que viene?—Titubeé—. Venga, piénsalo. Es mármol pario, la gema de la antigüedad...

—¿Alejandría?

Fathi negó con la cabeza.

—¿De una villa del delta?

Me miró a los ojos fijamente.

—A no ser que...—dijo frunciendo los párpados para enfocar—...si su trabajo obligaba al que lo encargó a pasar mucho tiempo cerca del mar, prefiriese el interior para descansar... ¿Cocodrilópolis?—Finalmente, me sonrió—. Aprendes rápido, *mon petit*. Viene del oasis de El Fayum, como el fragmento que me compraste el otro día.

Me sentía como si hubiera ganado una carrera.

—¿Pero no ves nada especial?, ¿no lo oyes?, ¿este niño dios no te está pidiendo reunirse con su hermanito para poder jugar con él como hacen los niños de El Fayum y del resto del mundo, un enfant de riches et un enfant de paysans?—Su dedo se entretenía en el labio superior, ligeramente enfurruñado, de la pequeña escultura—. ¿No tienes curiosidad por confrontarlos, estudiarlos, entenderlos, mon petit? ¿por ver a sus familias arrodillándose para adorarlos?, ¿por ver cómo van vestidos?, ¿por admirar sus joyas?, ¿por adivinar el significado de sus oraciones?, ¿por pasar un rato con ellos? ¿Y, de paso, ayudar a tu buen amigo a pagar el recibo de la escuela de su hijo, que es mi ruina, por Alá, mi ruina?—Y me ponía en la mano la cabecita, fría y ardiente, pesada como el plomo.

Aquel bribón tenía un chollo conmigo, que era sólo unos años mayor que su diosecillo del silencio: la idea de colocarlos uno al lado del otro en la mesa de mi habitación de hotel me producía vértigo, era tan irresistible que, a partir de aquella misma noche, ya sin un céntimo y, por tanto, sin posibilidad de tener ni mesa ni habitación, un amigo me instaló secretamente en un cuartucho que su madre tenía en la azotea para alojar a su guarda nubio. Para consolarme del frío y de una dieta a base de agua y garbanzos, si no me invitaban a cenar o mi amigo no me subía los restos, me pasaba las noches contemplando las dos cabecitas, una junto a otra, sobre una manta del ejército, como hago aquí, en Tebarek Allah, cuando tengo nostalgia de Fathi y de aquellos años. El guarda nubio, muy amable, las llamaba mis *poupées*, se rascaba la cabeza rapada ladeándose el turbante y se iba a echar granos de maíz a sus palomas.

En mis viajes, siempre he recopilado tejidos: en Egipto y Siria, por Europa, en Anatolia, la India, América Central y en muchos países africanos he llenado mi equipaje de *ikat* y telas bordadas, kilims y terciopelos de seda y rafia, damascos y tapa polinesios, algodones estampados, Jacquard y chintz. Con una tela bordada de las islas griegas extendida sobre la cama o una toalla de hammam que, después de años languideciendo en un arcón, se tomaba un respiro sobre la mesilla de noche, he hecho más acogedoras las habitaciones de muchas pensiones (y me he sentido menos desdichado en las de las grandes cadenas hoteleras).

Tengo la costumbre de arreglar un poco los sitios en los que me alojo: ¡cuántas veces, en un hostal de Van o en la suite de un hotel de Damasco, Stephan ha refunfuñado porque, al regresar a nuestra habitación, desenrollaba la alfombra que había cogido en el rellano y, junto a la mesita (en la que ya había puesto la lamparita de la 32, cuya puerta había visto entornada), colocaba el sillón birlado en las narices de un portero de noche que roncaba!, ¡cuántas propinas he prodigado a beduinos perplejos para que llevaran a mi habitación la pequeña estantería que estaba detrás de la pianola en un salón—no, las plumas de faisán en la vaina de obús tienen demasiado polvo; que el centro de mesa zoroástrico vuelva inmediatamente abajo, encima del mostrador, gracias—para que acoja mi acervo de mapas, guías y textos de historia del arte, antropología, botánica, zoología, geología, que siempre llevo en mis viajes!, ¡cuántos floreros he pedido prestados a amigos, a conocidos, a desconocidos, para dar de beber a las rosas que he conseguido que me regalara el vigilante de un cementerio, a los ranúnculos recogidos bajo un paso elevado, a los crocos o las fritilarias que un soldado sonriente me tendía a través de la cerca de una zona militar con el aciago cartel de PROHIBIDO EL PASO!

He sabido siempre conformarme con lo mínimo: después de aquellas noches en el cuartucho de la azotea cairota, una colcha de *patchwork* colgada entre dos muros como tabique era suficiente para transformar el rincón de un dormitorio de cuartel senegalés en un nidito de amor, y un *suzani* enrollado me ha servido mil veces de almohada para dormir a pierna suelta en más de un banco de estación.

TEJIDOS BORDADOS DEL NORTE DE MARRUECOS (ENTREACTO CON FANTASMA)

Desde hace muchos años tengo detrás del cabecero de mi cama un bordado de Tetuán sobre un fondo de damasco amarillo. En la primera casa en la que lo colgaron, hace dos siglos, debía estar más o menos en el mismo sitio: sus claveles velan mis sueños como velaban los de la pareja formada por… Intento imaginármelos: marido y mujer, jóvenes y morenos, las trenzas de ella inevitablemente teñidas con henna. Lo curioso es que casi nunca tienen el mismo aspecto, el trabajo de él cambia a menudo y el trance en que los sorprendo también suele ser distinto. Es lo bonito de las aventuras que relatan los tejidos por la noche, que varían todo el tiempo: no entiendo por qué unas veces las peripecias del marinero terminan en los brazos de su mujercita y otras está ella sola, muerta de miedo, escondiendo el monedero bajo el colchón antes de que vuelva del café el restaurador de péndulos de reloj con el que, recientemente, se ha casado en segundas nupcias. En la vida, muchas cosas importantes suceden en el dormitorio.

Durante mis primeros años en Marruecos, éramos pocos los que hacíamos caso a esos tejidos bordados marroquíes que expresan la aspiración al lujo de quien está habituado a vivir en casas espartanas. Comencé a buscarlos, de Fez, Salé, Azamor, Rabat, cada ciudad con su estilo, prestando una particular atención a los del norte, los de Tetuán y Chauen, y a los fragmentos que revelan una técnica distinta a la habitual o un color o una combinación inusuales. Son tejidos para arroparse en el hammam, cojines, cortinas para la alcoba nupcial, colgaduras murales o paños para arcones, velos, cinturillas o pañuelos para la ceremonia de la henna.

Tebarek Allah está lleno de esas telas bordadas: cojines monocromos de Fez...

—Si no acabas con esos trapos, me pego un tiro.

—¿No estás contento? Estoy escribiendo sobre tu casa, sobre nuestra casa, como me pediste. Y no puedes pegarte un tiro, eres un fantasma.

Hace una mueca:

—¡Esos gnomos rústicos te han llenado la cabeza de pájaros! En vez de ir al grano, sigues con la obsesión de los objetos, me falta el aire...

—¿Me vas a repetir por enésima vez que la casa está demasiado llena?

—Son tus bolsillos los que están vacíos. —Hace una pedorreta—. Es más, tú estás vacío. ¡Vacío! ¡Bú-fa-la, bú-fala, estás enterrado vivo!

—No estoy enterrado vivo. Ahórrame tu psicoanálisis y déjame escribir, me quedan sólo unas páginas para terminar—miento (ahora que le he cogido el gusto, no puedo saltarme nada, los objetos de los que aún no he hablado podrían ofenderse. Tengo que evitar suspicacias a toda costa).

—Si te divierte escribir de arte para tarados... ¡pero podrías lanzarte a la fá-bu-la, fá-bu-la!

—Sí, sí, me quedan un par de líneas sobre los retazos de alfombras y luego hacemos lo que quieras, no hay problema.

—¡Vaya que si hay problema!, ¿sabes cuál?

Como la Carmen del Gitanes, levanta el bracito, se frota pulgar e índice con el odioso gesto habitual, y grita:

—¡Pzetas, pzetas!—imitando al pobre Mohamed jardinero. En vez de ojos tiene dos grandes eses barradas que fulguran y le sientan fatal, ¿quién se cree que es?, ¿uno de los Golfos Apandadores?

—¿No puedes dejar de meterte en mi vida?

Las eses desaparecen.

—Como quieras. Así me lo agradeces... Me rompes el corazón. —Me mira desde debajo de las pestañas maquilladas, afectado como una actriz caminando hacia el crepúsculo—. Te he traído un detallito.

Eleva las manos, agarra algo en el aire, lo pone en el escritorio. Es un cubo de madera pintado de rojo desteñido. ¿Dónde lo he visto antes? Lo toco, lo olisqueo. Lo reconozco. Se me hace un nudo en la garganta. Todavía huele a la saliva del niño que se lo apretaba contra la encía para aplacar el dolor del diente que le estaba saliendo. Fue mi primer juguete. Trazando un círculo en el aire con la mano, ahora Diego me ha puesto delante un soldadito de plomo. Lo reconocería entre miles, es un legionario romano con la espada rota a la altura de la empuñadura. Me percato de que tengo los ojos llenos de lágrimas.

—¡Las cosas que coleccionas son todas caricaturas! Admítelo, las que de verdad querrías son éstas. —Y delante de mí gira una bola de plástico que tiene dentro la cara de

Eddy Merckx, mi ídolo del Giro de Italia—. Pero ya no las puedes tener. Se acabó, volaron.

Y los objetos de mi infancia se desvanecen, el lugar del fantasma está vacío, estoy solo con mi bloc sobre el escritorio—diseñado por Ernesto Basile y realizado en Palermo por la fábrica Ducrot en los años veinte—que me regaló mi madre, creo que ya lo había escrito más arriba.

BORDADOS DE FANTASÍA

Aquí, en Tebarek Allah, decía, hay telas bordadas por todas partes: cojines monocromos de Fez en los divanes, cintas de Salé y Azamor en mesas y cómodas, cortinajes de Rabat en las ventanas, fragmentos de colores vivos, colgados como fondos de estampas a la albúmina o, a veces, minúsculos, sobre sillas y butacas; y los *mendil*, el delantal a rayas que, todavía hoy, las mujeres yebalíes usan para transportar niños y bártulos, y los *hait*, esos *appliqués* de terciopelo de seda o de fustán con que se entelaba la parte superior de las paredes tras los sofás en las casas tradicionales. Todos hacen los honores a los *kalamkari* persas y a las sedas del Cáucaso comprados a los traperos de Estambul, a los bonitos algodones estampados franceses y a los damascos de Lyon que, en el XIX, se exportaron a Marruecos en grandes cantidades... Tantas historias que podrían llenar una noche de insomnio.

Desde luego, se desgastan y se estropean. La luz del sol, el polvo, los codos, las espaldas, nuestras nalgas (las de Diego excluidas) son sus despiadados enemigos. Pero la progresiva decadencia, reflejo de la de los que viven con ellos, tiene algo de reconfortante. La deriva común, por ahora, ha sido amable y el destino, clemente.

De vez en cuando, para sustraerlo de lo inevitable, guardo alguno en la gran cómoda del salón. Pero, mientras pongo a dormir el ribete amaranto que me ha contado todo tipo de cosas, no puedo evitar echar un ojo a alguno de sus camaradas todavía acostado con su susurrante camisón de papel de seda. Entreabro una esquinita y me parece que está a punto de levantarse de un salto: ¡qué frescura, qué carnación floral! No me acordaba de él. Lo saco.

Y en cuanto ese pedazo de tejido bordado termina en el respaldo de un sofá, junto a sus hermanos, retoman la conversación donde la habían interrumpido hace años quizá. Oigo perfectamente el tono con el que se saludan, las sonoras carcajadas, las pausas y los crescendos, pero, por mucho que me esfuerce, no consigo entender una palabra.

DOS ALFOMBRAS Y UN AMIGO DEL ALMA

A diferencia de las alfombras orientales, las que se anudan aquí en Marruecos no son muy antiguas: uno o dos siglos, raramente más. Incluso si pertenecen a la tradición de ciudades como Rabat o Mediouna, no estaban destinadas a lugares de culto ni a palacios de príncipes, son alfombras burguesas. Pocas consiguen sobrevivir al infierno de la vida doméstica, gastadas por los pies, los codos y las rodillas, chamuscadas por las brasas de las pipas de kif y de los braseros invernales, semipodridas por los baldeos de agua sobre la lana que preceden a la tortura con la escoba de sorgo—por no hablar de la bárbara costumbre de repartir las herencias troceándolo todo con tijeras: tejidos, mantas, hasta los opulentos cinturones de boda: todo queda reducido a cachitos—.

Vidas aún más duras han tenido las alfombras bereberes

por las que es famoso Marruecos: de anudamiento menos tupido, menos compactas, eran a la vez colchones y mantas para los nómadas que pasaban de una casa de adobe a una jaima dependiendo de dónde creciera más hierba para el ganado. También en las tribus sedentarias, la negligencia y el clima de regiones tórridas en verano y frías y lluviosas el resto del año son poco beneficiosos para un envejecimiento sosegado de los enseres.

Las únicas dos alfombras marroquíes enteras que hay en esta casa vienen de la zona de Marrakech. Es posible fecharlas con certeza porque, al inicio de los años treinta, se las regaló Thami El Glaoui, el pachá amigo de Churchill, a James McBey, un pintor escocés que pasaba los veranos en Tánger y los inviernos en la ciudad roja de las palmeras. Son largas como las de pasillo y, probablemente, sirvieron de lecho para una familia de varios miembros. Como todos los objetos tribales de una misma región, se parecen: sobre un fondo naranja oscuro se entretejen dibujos geométricos que, dependiendo del grado de atención con que los observe—o de la cantidad de hachís que haya fumado o del libro sobre los símbolos en las alfombras que acabe de releer—me evocan serpientes, hombres, mujeres encintas, ojos, manos o caballos.

Las conseguí gracias a un golpe de suerte o, mejor dicho, a un regalo de mi memoria. Hacía años que soñaba con tener en casa algún encanto bereber, pero los pocos auténticos que había en circulación eran demasiado caros para mí.

Ya he mencionado que, cuando murió Marguerite, viuda de James y también pintora (una señora estadounidense de cabello negro azabache perenne y risa sarcástica a la que todos queríamos), mi amigo Christopher había comprado a los nietos de los McBey su casa del Monte Viejo y algunos muebles y objetos que le interesaban. Con objeto de desembarazarse del resto, los herederos, que vivían en Estados Unidos, organizaron una liquidación para los residentes extranjeros.

Tras hacer cola en la entrada y saludar educadamente, a la hora fijada, nos precipitamos en el interior. Los criados de Marguerite nos condujeron a su estudio en la trasera; en la enorme habitación con las paredes pintadas de negro se acumulaban montones de cosas. Todo estaba a la venta, nos anunciaron.

Fue como soltar a las fieras. Jovenzuelos decrépitos de rostro enrojecido esgrimían sus bastones a modo de machete para abrirse paso hacia las fruslerías que anhelaban desde hacía tiempo; tiernas muchachas octogenarias se te lanzaban al cuello gritando cuánto se alegraban de verte y, mientras, te arrancaban el pobre jarrón al que te aferrabas arriesgando tu vida; algunos fingían tropezarse contigo para despistarte o tirarte al suelo mientras su cómplice agarraba a la desesperada el marco o el dibujo que habían llamado tu interés; otros te ponían la zancadilla, te empujaban contra una mesa o te deslizaban un escabel entre los pies (y, entretanto, tenías que seguir respondiendo a los «How nice to see you!», que llovían como flechas con curare, e inclinándote a besar manos, mientras encajabas puntapiés en las espinillas y luchabas por llamar la atención de la estupefacta nieta de Marguerite o de Christopher, que le estaba echando una mano, ambos de pie contra una pared, para que consultaran un precio en la lista antes de que alguien gritase: «Oiga, pero ¿qué dice?, ¡eso lo iba a comprar yo!»).

Me costaba reconocer el estudio donde había estado tantas veces, en la época de los almuerzos cromáticos de Marguerite—todas las comidas de distintos tonos del mismo color, como la flor que había sido colocada o flotaba sobre ellas—.

En medio de muebles y objetos amontonados se abrían pasillos poco practicables. Entre patas humanas y de mesas y sillas vi asomar unos pocos centímetros de un tejido rojo, una tirita estrecha... De repente, sentí que me estremecía un recuerdo: «¡El regalo del pachá!».

Christopher me lanzó una mirada interrogativa. Con gran esfuerzo, logré acercarme a él a través de la muchedumbre de caras sudadas.

—¿Cuánto cuestan las dos alfombras?—había hablado tan alto que se hizo el silencio.

—¿Alfombras?—Mi amigo había empalidecido.

Apartando una mesa, les mostré el borde de las alfombras ocultas. Fue la nieta la que, en el amenazante crescendo de murmullos, me comunicó el precio. Me apresuré a firmar el cheque:

—Mandaré a recogerlas más tarde.

Entonces tenía muchos amigos en Tánger; los había hecho durante años dando vueltas por la calle y en las playas. Aquella misma tarde vinieron dos o tres a mover los muebles y cargar las alfombras en una furgoneta. Como hacía muy a menudo cuando estábamos en la ciudad, había invitado a cenar a Christopher.

Christopher Gibbs, el gran anticuario, había superado ya los setenta. Aunque estaba cansado por la barahúnda de la liquidación, insistió en ver mis compras, extendidas sobre la hierba delante del almacén. Las observó detenidamente, en silencio, con estupor y un aire cada vez más sombrío. Mientras regresábamos al saloncito del pabellón de los panteras negras murmuró:

—Nunca había reparado en ellas. Es curioso que, para apreciar ciertos detalles, haya que ser un poco... mercader, de alfombras, por supuesto. —Se aclaró la voz—. Has hecho un óptimo negocio, dear boy. Pero esto no puedo dejártelo. Tiene un valor sentimental para mí. —Y se metió en el bolsillo una vasija que había comprado porque era de un azul enternecedor y contenía rémiges de cuervo—. Mañana te devuelvo el dinero.

Me sentó mal, pero no dije nada. Cenamos y no volvimos a hablar de aquellas alfombras, aunque acabaron en el salón de abajo y él, que las había dejado escapar, tuvo que verlas cientos de veces.

La amistad entre cazadores de cosas está constelada de pequeños incidentes como éste. Christopher se fue hace seis años dejando un hueco en mi vida. Nunca más detendré el coche en la vieja provincial de Asilah y, alejándome de él, que se adentra en el campo, grande y seguro como un alce, ya no volveré a mirarle a hurtadillas cada vez que se agacha (antes del *développement* apostábamos quién encontraría más especies de salvia o de narcisos en un cuarto de hora); no volveremos a nadar en invierno juntos en el Támesis esperando no morir congelados gracias a las invocaciones a sus amados poetas esotéricos del XVII—declamaba los versos temblando, golpeándose el pecho como el abominable hombre de las nieves y berreando como una morsa—; ya no acariciaré, con el pretexto de despejarle la frente, su espeso cabello blanco que le caía sobre las orejas y le daba un aire de estudiante crápula; ya no tendremos que aguantarnos las carcajadas como colegiales, mordiéndonos los labios, sonándonos la nariz, tosiendo, pero mirándonos siempre a los ojos, asediados por los trocitos de pan que, en cuanto nos sentamos, se había empeñado en arrojarnos, por turnos, el anfitrión con kipá de una cena para celebrar, sin previo aviso y *en petit comité*, el Rosh Hashaná; no le extenderé más la Nivea en la espalda ni volveré a oírle pronunciar *Rothschild* a la inglesa: siempre me parecía un recién nacido que lloriquea en la cuna del diptongo sobre un colchoncito relleno de duros táleros de María Teresa.

Pero, cuando quiero escuchar de nuevo la voz cálida y dubitativa de mi amigo, que, con su erudición enciclopédica y las anécdotas de un memorialista despistado, me hablaba tanto del inventario de una gran mansión como de un ceroplasta olvidado, de una secta religiosa azerí como de un leopardo embalsamado, de una juerga con maleantes en el Pireo como de un manuscrito aparecido en Dublín, sólo tengo que mirar la pieza de mármol que me legó.

Majestuoso sobre una peana de madera junto al sillón donde suelo sentarme, «el culo del kuros» ha sido siempre mi favorito de sus tesoros. Los anteriores propietarios y sus compañeros, los jóvenes lores del Grand Tour, Diáguilev y Bakst, Bertie Landsberg, Bruce Chatwin joven de visita con dos amigos en la Malcontenta... Dependiendo de cómo lo haya orientado por la mañana para darle los buenos días, los veo fluctuar en la v de las ingles o llenar de ambrosia y anhelo las abultadas prominencias de las nalgas; es todo lo que ha quedado del joven héroe arcaico que, aunque ya no puede sonreír, me fulmina con su sonrisa como fulminó antes a los demás...

«Dear boy, es como la sal en las patatas, el forro en los guantes o las flores en una habitación. Lo que cuenta en un objeto, lo que marca la diferencia, no es sólo su peripecia, ni su procedencia, ni siquiera su belleza... es... ¿Cómo llamarías ese aspecto...?, ¿lastimado? ..., un no sé qué..., ¿tal vez la risa candorosa que seduce a los halcones de buen corazón como nosotros?».

LAS PERIPECIAS DE UNA ALFOMBRA OTOMANA Y LA LEYENDA DE LAS SIRENAS TEJEDORAS

Colecciono fragmentos de alfombras clásicas—turcas, caucásicas, persas, anudadas entre el XVI y el XVIII—porque nunca he tenido el dinero necesario para comprarlas enteras. Bueno, no sólo por eso: pertenezco a la sociedad secreta del fragmento. El sentimiento que inflama a sus miembros no es tan romántico como el que suscitan mi vestigio de kuros o un trocito de bajorrelieve egipcio en los que el placer radica en completarlos y restaurarlos con la imaginación para que coincidan con nuestro ideal (las mismas piezas, intactas, posiblemente nos emocionarían menos). Pero aquí no se trata de sugestión. Cada bella alfombra entera es en sí un fragmento y cada fragmento, una alfombra infinita. Y como infinita es cualquier parte del infinito, así, cada pedazo de alfombra, cuando lo observamos, nos conmina a extender su dibujo hasta donde se pierde la vista. No se trata de una invitación sino de un fenómeno inevitable. Son sus propios límites los que lo hacen ilimitado. En el mundo tangible, sólo sucede con los campos de flores y los azulejos turcos. Cada espiga de avena estéril, cada tulipán de color lacre, representan la bendita extensión en la que a todos nos gustaría perdernos.

Es una misteriosa cuestión de ritmo. Una cuestión de... duende. El arabesco te da la bienvenida amablemente y, enseguida, te agarra y te zambulle de cabeza en sus volutas, que son como montañas rusas; sin apenas darte tiempo a coger aire, ya se está abriendo ante ti el siguiente abismo en el que te precipitas a una velocidad vertiginosa; luego subes de nuevo, y así sucesivamente, en una vorágine de ascensos y descensos, curvas y contracurvas, a la que te abandonas con el corazón en un puño, pero confiado. Dejas de ser corpóreo, sólo te fundes con la energía que te transporta, eres un río, eres viento, eres el prado por el que corres o cada precipicio de la carrera. Con el arte occidental no ocurre nada de eso, ni siquiera con los maravillosos tapices *millefleurs*, que se muestran impenetrables y te mantienen encadenado a tu papel de espectador. Si permiten que te adentres en alguno de sus follajes o que vueles entre las corolas de sus flores, ha de ser travestido de abeja o de mosca.

«Eso es un problema tuyo, hombre. Yo entro donde me da la gana». Desaparece en un chifonier, vuelve a entrar por la ventana cerrada, chapotea en el agua del puerto inglés que está detrás de Dar Baroud en un grabadito del XVII de Wenceslaus Hollar, ¡qué envidia! ¡Ojalá se ahogue!

Uno de mis fragmentos favoritos lo compré en una *garage sale* en Long Island. Deambulaba por el césped seco entre cazuelas, muñecas despellejadas y sillas de tres patas que, junto a memorias desencuadernadas de actrices de televisión y manuales de ajedrez, constituyen el mayor atractivo de este tipo de saldos. Tenía ánimo cazador; cuando se me hace la boca agua sin motivo aparente sé que debo mirar atentamente a mi alrededor. Me atrajo una pila de felpudos, probablemente porque parecían lo más hecho polvo de toda aquella inmundicia. Cogí uno. La parte de atrás estaba forrada con una tela llena de barro seco y mugre, no tanto, sin embargo, como para impedirme reconocer dos deditos de cierto dibujo. ¿Lana? Parecía linóleo, pero, rascándolo con una uña, se levantó algo de pelo.

La vendedora, la típica señora de mediana edad con melena plateada cortada a lo paje y gafas de falso carey, se me acercó recelosa. «¿Así que piensa establecerse en nuestra pequeña comunidad? ¡Ah, las alfombritas, muy buena elección! Como todas las cosas prácticas, cada vez es más difícil encontrarlas, éstas de coco son las mejores, ¿ha visto que hay cinco más? Se vende el lote completo».

Balbuceé algo, le pagué los pocos dólares que pedía y, cargado con aquellos felpudos polvorientos, volví al coche, los arrojé al maletero y arranqué. Me detuve sólo unos kilómetros después. No podía esperar a llegar a casa. Aparqué en una callecita, no había nadie. Bajé. Agarré el primero, empecé a rascarlo durante unos minutos. No me lo podía creer. Eché un vistazo a los otros, pero la desfachatez de la fortuna tiene sus límites: ninguno estaba forrado. Puse fin a su miserable existencia tirándolos a un contenedor de basura.

Una hora después, encerrado en el baño, descosí mi tejido con unas tijeritas de uñas. Lo lavé delicadamente en la bañera con agua tibia y champú. Una vez, dos, tres y, después, un enjuagado concienzudo. Lo sequé con una toalla de rizo. Y finalmente lo puse sobre la cama. Era, ni más ni menos, un retazo de Ushak con medallones del XVI. Ahora resplandecían sus azules, sus verdes, sus rojos suntuosos, sobre los que un sutil arabesco de palmeritas amarillas formaba una rejilla que se diría dorada.

Como por encantamiento, el medio medallón se había transformado en un medallón entero, es más, en la alfombra completa, y la habitacioncita yanki se asomó al Cuerno de Oro: por la ventana entraban la llamada del muecín y el perfume de los ramilletes de narcisos de las campesinas… Y ella, recuperada la voz joven y atrevida, comenzaba a recitar un poema que hablaba de mercaderes de Gálata, veleros chipriotas, Venecia—cada vez más intrépida a medida que se alejaba de su tierra—, caravanas, montañas nevadas, la emboscada de unos bandidos, otra caravana, Londres helada, una nave a merced del temporal, el atraque en un embarcadero con pieles de castor amontonadas, la casa de madera y la chica anabaptista con dos mastines que colgaba un collar de violetas al cuello de un niño semidesnudo «sin pelo sino por un moño | que a ella le gustaba y le parecía gracioso»...

El destino de las cosas es tan imprevisible como el de los hombres. Basta una nadería para que su trayectoria se desvíe. Además, tienen que soportar las extravagancias y los caprichos de sus efímeros propietarios. A no ser que se produzca un encuentro con alguien que las reconozca, las escuche y las reúna con otros miembros de su dispersa familia. Pero por muy poco, una escaramuza, el asalto a una carroza o una muerte porque, patinando en el lago, se ha quebrado el hielo, la yincana infernal vuelve a empezar y el fragmento de alfombra otomana vapuleado hoy, puede terminar mañana perforado por una aguja para forrar otro felpudo.

Quienes amamos los objetos somos cuidadores de memorables y maltrechos viejecitos llenos de recursos: la alfombra lo recuerda todo, hasta al melancólico niño iroqués que da volteretas para divertir a su ama; y, a diferencia de la guirnalda de violetas de pantano trenzada por los dedos de una chiquilla enamorada en una tibia tarde del año milseiscientosetenta y pico, ella, o al menos un fragmento suyo, sobrevivirá a todos los que creyeron poseerla.

Si no consigo dormirme por la noche me imagino una alfombra ideal. Funde motivos, colores y nudos de muchos tipos, es una mameluca-caucásica-anatólica en cuyo desmesurado campo, que sobrevuelo como un pájaro, se alternan los medallones pérsicos, los brontosaurios totémicos de los clanes selyúcidas y los escudos de los turcomanos que se alargan hasta derretirse en los floridos arriates de las alfombras con jardín... Incluso Stephan ignora esta manera que tengo de entretener el insomnio (Diego no, ya lo sé).

Mis favoritas son las alfombras «de jarrón» iranís del XVII. Criaturas—¿quién se atreve a llamarlas *objetos*?—que parecen ramificaciones que emergen de un fondo marino poblado por anémonas, algas y corales: no son textiles sino fósiles palpitantes del océano bajo los que yacen los montes y desiertos que las vieron nacer. En sus campos, que son abismos azules y turquís, serpentean motivos de un color que me extasía. Llamémoslo, a falta de un nombre mejor, *naranja*: un salmón de un rosa gélido y ardiente (los grandes colores se distinguen porque tienen un rango vastísimo de temperaturas, sólo los mediocres son «calientes» o «fríos») que, fluctuando en ese índigo y en ese turmalina, produce un sonido que te transporta a una gruta. Es una canción.

Las sirenas cantan en esa caverna submarina; acuclilladas sobre sus colas tejen motivos de peonías y pulpos. Los albaricoques que están comiendo son del mismo naranja, ¡qué tristes estarían las sirenas, que son tan glotonas, sin esos albaricoques maduros! Con un gesto, te invitan a sentarte sobre unas piedras blancas, tú te tumbas y contemplas la luz de la puesta de sol que penetra a través de la muralla de agua. Y te sientes bien con ellas, feliz de un modo que no conocías.

A las sirenas persas, bellísimas con sus cabelleras ensortijadas, las oí cantar por primera vez en un anticuario de París. Fue en un trocito de alfombra en el que se entretejían sus albaricoques y su atardecer submarino. Hice lo que suelo hacer cuando tengo que disimular la emoción: bostecé. Pero no podía retirar la mirada: ámbar, caqui, cuero de Córdoba, flores de cañas de Indias al anochecer—y ellas, inclinadas sobre el telar, anudando, cantando—. Lo compré.

Doce años después, me encontraba en Londres, en una feria de anticuarios y en el stand de uno de ellos, entre muchas alfombritas apiladas, me llamó la atención un borde. Sólo tocándolo noté una rigidez especial. Lo destapé. Y de nuevo estaba en la gruta.

Al volver a casa, me di cuenta de que ambos fragmentos casaban. Fue uno de los momentos más emocionantes de mi vida. Uno pegado al otro, aquel trozo de borde y campo medirían poco más de un metro y medio por dos, pero su trama se extendía desmesuradamente, era el fondo marino que, poco a poco, recubriría el mundo con su red bullente de escorpinas, medusas y paguros, los mismos que fueron esculpidos en esa copa fatimí del Tesoro de San Marcos reconvertida en candil (una de mis manufacturas favoritas), inmovilizados en el cristal de roca, donde luchan por evadirse.

Años más tarde, hojeando un viejo ejemplar de *Hali*, revista dedicada a tejidos y alfombras, me topé con el anuncio de un vendedor californiano: aunque la foto era en blanco y negro, no cabía duda: aquella alfombra «de jarrón» estaba formada por mis dos piezas más una tercera. Alguien, el comerciante o un infausto colega suyo, debió desmembrarla convencido de que vendiéndola a trozos a gente como yo, adeptos a la secta del fragmento, ganaría más dinero. Venciendo la repugnancia, telefoneé a Los Ángeles. El número ya no estaba activo. Por anticuarios conocidos míos averigüé que el californiano se había retirado hacía años, luego había fallecido y habían liquidado su stock.

Sigo buscando esa tercera pieza y sé que algún día la encontraré. Claro que al ilimitado fondo marino que cubre el mundo desde Tarifa a la China le da igual que sobrevivan mis escasos palmos de alfombra. ¿Y las sirenas? Tienen mucho que hacer antes que darme ánimos: continúan tejiendo y cantando; cuando estoy triste, sospecho incluso que podrían ser las Parcas. A la admirable gruta submarina que me acogió, además, le importa un comino mi obra de recomposición: cuando tienes cortinajes de algas esmeralda, cojines de esponja púrpura y lechos de anémonas y madreperla, una pizca de fondo más o menos no te cambia la vida, por supuesto. De hecho, ella, la caverna del mito, duerme como una bendita y bosteza como una ostra en el fondo del mar. Pero, entonces, ¿cuál es el verdadero motivo de mi búsqueda?, ¿será simplemente que tengo ganas de albaricoques?

La mayoría de mis fragmentos están aquí, en Tebarek Allah. La leyenda dice que en las ciudades costeras de Marruecos se empezaron a anudar alfombras cuando se le cayó una del pico a una cigüeña en vuelo. Los orígenes del arte de la alfombra en el Reino Encantado están aún envueltos en misterio. En el salón del pabellón de los panteras negras hay una banda de una Rabat rara que, por numerosos indicios, debe datar del XVIII. Con Giacomo, un amigo experto en textiles, graduado por Oxford, que fue el que me la consiguió, pasamos horas tratando de identificar sus posibles analogías con las alfombras para orar de Ladik, turcas contemporáneas, ya entonces en decadencia, con adormideras rectas como postes y temerosas como soldaditos a los que no se les permite rascarse los piojos durante la revista del *mirliva efendi*, las cintas en zigzag de los bordes, rígidas y domingueras, los dientes de sierra en las esquinas casados a la buena de Dios y los follajes que deberían ser ondulantes alas de fénix y son sólo plumas de gorrión aterido.

Las alfombras nos hacen sentir seguros porque están cómodas con lo que las rodea. Cuando meto en una cerámica turquesa almohade un *Iris pseudacorus*, recogido en el estanque del jardín, y admiro cómo, desde la repisa de la chimenea, la desvergonzada flor amarilla dialoga con el retazo de Ushak que cuelga del muro, siento que he hecho algo bueno; algo que, antes de mí, han repetido durante siglos muchas personas, un milagro sencillo y cotidiano: el lirio que inspiró la flor de lis francesa sacia su sed en la frescura de una garganta africana mientras un sultán barbudo lo custodia y ahuyenta a los fantasmas.

Sin sirenas que tejen inmersas en perfume de albaricoques, sin visires enjoyados, sin fondos infinitos encerrados en un retazo, la vida sería más triste. Y estos fragmentos gastados, dispensados, después de siglos, de las tareas que desempeñaban cuando formaban parte de una alfombra entera (servían para apoyar la frente durante la postración o para hacer cosquillas a los pies callosos de tanta gente), finalmente se relajan, se dejan llevar. Stephan los llama «tus gandules».

3. EL JARDÍN

Creía, esperaba, que obedeciendo a mi duende y rememorando la casa de su vida tendría un poco de tranquilidad. Sin embargo, desde que me dio el regalo, no me deja en paz. Me persigue: que cuánto me ha costado esta medida de latón para trigo y que cuánto ese friso de madera decorado con una inscripción cúfica; me canturrea al oído «Si quieres la sorpresita | paraponziponzipò | termina la faenita» con la melodía de *I Watussi* o hace comentarios sarcásticos cada vez que Soufiane me sirve la habitual ensalada de patatas. Mientras, ahogando un suspiro, tiro a la papelera el catálogo del librero canadiense en el que figura el precio del tratado sobre estucos fatimís que llevo años buscando, me musita un escarnio que preferiría no repetir (pero voy a hacerlo: «¡Tú sí que estás estucado, hombre de barro!»).

«Fá-bu-la, fá-bu-la—silabea a continuación—, fá-bu-la, ¡espabila, por Dios!», abre mucho los ojos y con los índices se estira hacia atrás la piel de las sienes, como hacen los niños políticamente incorrectos para imitar a los chinos: «Chin chan chao chao chin chan», resopla, se mete en un ánfora romana, sale caminando a trompicones, como un pequeño Baco borracho, me mira con cara de pocos amigos y vuelve a hacer su numerito preferido: la danza del vientre.

Ya no sé a qué santo encomendarme. He probado, incluso, con las lentejas. Una amiga me contó que los duendes son tan tontos que sólo saben contar hasta diez y vuelven a empezar de cero una y otra vez. Así que, si dejas un platito por ahí con un puñado de lentejas, contar y recontar los mantiene ocupados y no te dan la tabarra. (Para eso debía ser, pensé, el cuenquito mellado que vi en el trastero de debajo de la escalera… ¡Conque era para el raticida!). Seguí el consejo y, por unos días, Diego no se presentó. ¿Sería posible que la solución fuese tan simple? ¿Habría conseguido librarme de él, por fin? Crucé los dedos.

Una noche soñé que estaba en la tumba de Qalawun en El Cairo y me percataba de que un trocito de pórfido estaba a punto de desprenderse del zócalo. Me lo metía en el bolsillo. Rápidamente, irrumpían los mamelucos bahri y me arrestaban. Luego, atado como un salami en la explanada que está delante de la madrasa, un matón me torturaba derramándome sobre la cara un granizado de esquirlas de mármoles romanos de reutilización: *pavonazzetto*, amarillo de Numidia, serpentino, *fior di pesco*, rojo antiguo, *portasanta*, cipolino, me caían encima impidiéndome respirar y se colaban a través de mi ropa haciéndome unas cosquillas terribles.

Me desperté y abrí los ojos: inclinado sobre mí, Diego estaba volcándome sobre la cara, uno detrás de otro, todos los platitos de lentejas (para asegurarme, los había distribuido profusamente, en todas las habitaciones, y hasta por el jardín). «Treinta y tres tridentinos entraron en Trento—recitaba con una odiosa voz de colegial—, los treinta y tres trotando». Los había apilado en equilibrio sobre la estantería y no paraba de tirarme lentejas: «Cuarenta y cuatro gatos por seis y me llevo dos | se pusieron en fila con las colas retorcidas…», cantaba abriendo la boca de par en par y enseñándome su lengüita cubierta de placas blancuzcas. «Novecientos treinta y siete, eres el enviado de Dios». Bajé precipitadamente de la cama. Tenía legumbres en cada recoveco del cuerpo y, para colmo, tuve que presenciar una penosa representación de *24mila baci*, con mi fantasma contoneándose y flexionándose como Celentano en su época dorada—una vez más, ser incorpóreo ayuda—. Tosía, esputaba, me imitaba y se moría de risa el Arquímedes Pitagórico de chichinabo.

—Tu colección de hachas neolíticas consta exactamente de doscientos cuarenta y siete ejemplares, los rascadores achelenses son treinta y ocho y cuatrocientas once las puntas de flecha de sílex—reanudó—. Tú no lo sabes, pero yo sí. Con tanta montonera has perdido la cuenta.

—No son sólo cosas, maldito fantasma, mis cosas son… —estornudé disparando dos lentejas por la nariz—… son criaturas vivas y plenas de linfa, ¡pueden crecer, desarrollarse y criar hojas y raíces nuevas!

—Fá-bu-la, fá-bu-la—silabea de nuevo, brincando como un hincha en un estadio.

—Los objetos son mi ancla y mi fueraborda. ¡Pero si tú estás muerto! ¿Qué sabrás tú con ese pechito de pollo, esos hombrines estrechos y las manitas amarillas…?

—¡Trama!, ¡enredo!, ¡intriga!

—… ¿tú qué sabes de ese acto de amor, tensado como un arco en el tiempo, de esa labor hercúlea transformadora del mundo que es cultivar un jardín?

Me respondió con una serie de ruidos que omitiré.

Hace treinta años, Mohamed tenía poco más de cincuenta, pero a Stephan y a mí nos parecía ya un viejo. Fornido, frente amplia, ojos risueños color avellana, barbita gris bien cuidada. Al alba, lloviera o no lloviera, iba todos los días a rezar a la mezquita. Los viernes, vestido con su inmaculada chilaba, se quedaba allí horas y, a su vuelta, olía a incienso. El domingo pescaba con caña en las rocas de Agla y, al atardecer, regresaba con algún pececillo en la cesta. El resto del tiempo trabajaba en el jardín.

Cuando era un muchacho, en la chabola de su familia encima de Alhucemas, una noche se despertó con una fiebre muy alta. Oyó un ruido ensordecedor. Distinguió un caballo que se encabritaba y golpeaba el suelo con las pezuñas, esquivó el hornillo que había salido disparado mientras la sartén chocaba furiosa contra el techo, el garrote del abuelo estallaba en mil pedazos y una banqueta rodaba de un lado a otro como un barco en medio de la tempestad. Al final, los jennun, crueles y caprichosos como tantas criaturas de consistencia dudosa, salieron por el ventanuco. Le habían cortado la lengua y vertido plomo fundido en las orejas.

Pocos años más tarde, su familia abandonó el Rif por la ciudad, donde el padre había encontrado un empleo de vigilante. El hijo sordomudo era una rémora, tenía que empezar a ganarse el pan. Por suerte, tenía dos armas: la fuerza física y, aún más eficaz, un ánimo alegre; unidas a la fe, le hacían el hombre más sereno del mundo. Con hiposos y esforzados balbuceos, toda su vida, Mohamed llamaría a los hombres *ha-bi-bi*, los amados: cuando Alá (esto sin sonidos guturales, sólo el índice leonardesco apuntando al cielo) te quiere mucho puedes vivir tranquilo, gozar del agua cuando tienes sed y de la belleza contemplando la creación.

A cambio del pan y de una manta trabajó para un campesino que vendía verduras en el zoco, después fue estibador en el puerto, luego sirvió en casa de una española que le abofeteaba, le escupía y le racaneaba las mondas de las patatas. A los veinte años recaló en Tebarek Allah. Lo contrataron los Gramont. Construyó el pabellón de los niños y las dos casetas en las que vivía con su familia cuando llegamos nosotros. Descuajadas las chumberas y las cañas, arrancadas y desmenuzadas las piedras, levantó las paredes secas que reciñen la tierra de los cuatro bancales principales, soló los senderos, delimitó los arriates y plantó los árboles que habían venido a hacer compañía a las primeras palmeras que había mandado plantar el caricaturista: cipreses, un gran árbol de Judas, olivos, melocotoneros, dos nísperos, un albaricoquero, un cerezo, muchas trepadoras (la más gloriosa es la glicinia) y muchos arbustos.

Ftoma, su mujer, era una viuda que venía de Anyera, los montes de laderas lunares que se bañan en el Estrecho, al este de Tánger, donde se amasaban tubérculos secos y raíces para hacer pan y se chupaba el agua condensada en las bóvedas de grutas donde se veneraba a una diosa con pies de cabra. De los cinco hijos de su primer matrimonio, los cuatro mayores ya vivían por su cuenta y el más pequeño se había quedado con la pareja, que había tenido dos niñas.

Shousha y Karima eran dos chiquillas con ojos de cervatillo, melenas oscuras y piel dorada que el cansancio o el mal humor podían teñir de blanco calcáreo: sus gráciles movimientos podían tornarse en embestidas de pantera y berrinches de duquesa si se peleaban y, cuando por fin se calmaban, sus bonitas caras infantiles parecían las de los púgiles de Santorini. En la familia reinaba una intimidad de nido pajarero, con juegos y bromas, aunque para saludar al padre las hijas le besaban la mano. Mohamed atribuía la decadencia del mundo a ciertas costumbres modernas, una de las cuales era que las mujeres (para referirse a ellas se pasaba el índice por la barbilla, donde las féminas de su tribu llevaban un tatuaje) se pintaban los párpados y los labios. Sin embargo, nunca intentó impedir a sus hijas adolescentes que se maquillaran (lo hacían las dos con exuberancia) y, cuando ya estaban listas para salir, admiraba el resultado de aquellas horas de trabajo sobre sus rostros con el mismo arrobo que le provocaba la visión de una flor.

Una vez que Shousha iba a visitar a una tía y se había maquillado como una diva de los años cincuenta en la ceremonia de los Óscar, yo, pasmado, le felicité por la belleza de su primogénita. Mohamed asintió vigorosamente con la cabeza y le salió del gaznate varias veces una palabra completa: «Mzuina, mzuina!», ¡guapa, guapa! Era demasiado bueno para prohibirles una práctica que, evidentemente, las hacía felices, y demasiado libre y seguro de su fe como para que le afectaran las habladurías de los santurrones.

Amaba este jardín como sólo puede amarse lo que has levantado de la nada con tus propias manos. Me di cuenta desde el primer día, cuando, mientras George y Stephan, en la terraza, intercambiaban formalidades y abordaban cautamente el asunto de la compraventa, lo seguí por los caminos entre las plantas.

Acababa de conocerle, yo no hablaba todavía ni una palabra de árabe y él era sordomudo, pero, en un cuarto de hora, con el ansia del prisionero que confía en secreto un mensaje a alguien que podría ayudarle a fugarse, consiguió comunicarme que la situación era desesperada. Entre parterres agrietados por la sequedad y arbolitos en suplicio, me mostró el pozo semiderruido que George era demasiado roñoso para reparar. El agua escaseaba, hacía años que no se abonaba y él se limitaba a podar a mano porque no tenía tijeras... Aprovechaba los raros reventones de lluvia para plantar los esquejes y pimpollos que le regalaban sus amigos jardineros de otros *nazrani* (me indicaba rosales, dondiegos de noche, daturas), pero, a pesar de todo, no había renunciado a sus borduras de salvia y uva de gato. Me enseñó con orgullo, en la última terraza, la que el propietario nunca pisaba, un manto de anuales, cosmos, zinnias, alguna dalia, que cultivaba conectando a escondidas una manga al grifo de la cocina: su tesoro, como todos los tesoros, era robado.

Desde su aislamiento, este jardinero condenado a la inercia lanzaba un SOS mudo al extraño que el destino había puesto en su camino. Subiendo ya hacia la terraza donde me esperaban Stephan y George, me consumían la indignación y la impaciencia. Sediento y famélico por culpa de un dueño despreciable, el jardín no merecía ese trato: estaba dispuesto a cualquier cosa para hacer feliz a su verdadero amo, el sordomudo.

Siempre me gustaron las flores silvestres, las que encontraba en mis paseos por el campo o por el monte. Más tarde, mirando cuadros de bodegones en los libros y las flores que mi madre colocaba en los jarrones, empecé a apreciar también las cultivadas: eran más vistosas y de belleza menos insolente. Pero nunca había cuidado una planta.

A los veintiocho años, tarde para un primer amor, me entregué con todo el ardor del neófito que tiene que recuperar el tiempo perdido. Frecuentaba viveros, consultaba a expertos, visitaba jardines, interrogaba a coleccionistas. Y leía, leía todo el día y buena parte de la noche—en aquellos años pre-Google, peinadas ya las bibliotecas, la única bibliografía disponible había que encargarla a lejanas librerías por escrito o por teléfono—. Sin embargo, la escuela más idónea la tenía delante de mis ojos. Me percaté muy pronto de que, fijándome en los brotes que despuntaban después de la lluvia en la mediana de la nacional de Asilah, aprendía más que colmando de anotaciones un calepino mientras me empollaba los macizos de un jardín inglés histórico. Partí con Mohamed a la búsqueda de vendedores de plantas por la zona. Todos conocían al *zenzen*, el sordomudo.

Detrás de muros semiderruidos, más allá de los cañizales, al final de senderos ignotos, en medio de eucaliptos, bajo las villas de los europeos y los sauditas, a donde pronto llegarían los chinos y los nuevos ricos traficantes marroquíes, surgían barracas de palos y chapas levantadas entre hortalizas. Allí gobernaban ancianas con chalinas y katiuskas que, además de ordeñar a la vaca, poner a secar almendras e higos en sábanas extendidas, acelerar la maduración en el árbol de las piñas de plátanos envolviéndolas con sacos de yute y cocer en grandes marmitas mermeladas de albaricoques y ciruelas, vendían plantas. Mi proveedor de agapantos y rosales era un gigante hirsuto que curaba pájaros heridos en una chabola de juncos perdida entre helechos, entablillaba las alas de los cuervos y las abubillas y acariciaba a los buitres sin miedo a las sacudidas de sus cuellos de cisne ni a sus picos de cizalla. Para quitarles el hambre, recogía carroñas de perros. De vez en cuando, intentaba endilgarme estatuillas «fenicias» que decía haber encontrado en una cueva.

Eran mis héroes: Zorah, Adil, Larbi, Anwar, Redwan... Por la noche, volvíamos a casa con el coche cargado de plantitas cultivadas en aquellos jardines, los más bellos del mundo, y con los bolsillos llenos de cucuruchos de sardinitas fritas y rosquillas que nos regalaban; a la mañana siguiente, regresábamos a devolverles los envases, los frascos de conservas, los bidones de aceite, las hueveras de cartón y las cajas de poliestireno en las que, rellenas de turba, sembraban y plantaban.

Compramos hibiscos y filadelfas de sólo tres palmos de altura pero ya florecidas en la azotea de un espectral edificio de apartamentos donde la viuda de un amigo de Mohamed criaba gusanos de seda; un raro magnolio me esperaba en una choza sepultado bajo una *Rosa banksiae* «Lutea» que parecía una bandada de canarios enamorados; Mjiddo, que vivía en un corral detrás de un manantial y se las apañaba vendiendo cajitas de madroños y de moras en la plaza, cultivaba treinta variedades de sansevierias y otras tantas de aspidistra y se lavaba con el torso desnudo en un riachuelo invadido por calas más blancas que su piel que le llegaban a los hombros; Fatna, que adoraba a sus cabras y las llamaba «mis chicas», era maestra en la reproducción de melocotoneros y albaricoqueros; Jemila criaba enigmáticas especies de begonia y de fucsia en el patiecito en el que cosía a máquina rodeada de una manada de gatos; Tarek era el dios de las salvias: violeta, azules como sus ojos, naranja, escarlata. Todo esto, a pocas millas del centro de la ciudad, con el mar titilando al fondo.

Con el pozo ya arreglado y limpio, teníamos agua en abundancia y podíamos regar las decenas, centenares, de arbustos que traíamos de nuestras expediciones. Yo estaba tan excitado que temblaba. Mohamed ponía su cálida mano sobre la mía: nos esperaba un trabajo enorme.

En un continuo ir y venir, un camión había descargado delante de nuestro portón quintales de estiércol de cabra. Ni siquiera cuando anochecía hubo modo de convencer a mi reflorecido jardinero de que interrumpiera sus viajes arriba y abajo con la carretilla, cuyo arrullador chirrido hacía que me adormentara leyendo las páginas de Brian Mathew sobre las bulbosas o el volumen de *Flore de l'Afrique du Nord* dedicado a las amarilidáceas.

Construíamos pérgolas y casetas para que las cubrieran las trepadoras, atábamos cordeles entre las ramas para que los rosales y los jazmineros jóvenes crecieran entre los árboles y proyectaran su sombra perfumada, llenábamos los tiestos y los alineábamos en las terrazas y a lo largo de los senderos, entutorábamos los árboles nuevos con cañas y palos, mondábamos los viejos, añadíamos sustrato fértil, enterrábamos bulbos y rizomas, sembrábamos, plantábamos, acolchábamos.

Un día, un conocido me pidió que le hiciera su jardín.

—¿Yo? ¡Pero si todavía estoy aprendiendo a cuidar el mío!

—No se haga el modesto y mire a su alrededor.

Contemplando la cascada de begonias blancas con tallos de rubí que se desparramaba por el muro a la que respondía la de glicinias con su perfumazo desde las ramas del falso pimentero al otro lado del sendero, pensé que cada planta muere de amor por su vecina. Desde entonces, siempre que llego a un jardín en construcción, evoco aquella mañana de abril, recuerdo lo que significa morir de amor y siento nostalgia de Mohamed.

Cuanto más conocía las plantas, más se enriquecían y complicaban nuestros parterres y más lo quería. Éramos dos maníacos felices. Obsesionados ambos por la necesidad de crear nuevas combinaciones, probábamos una planta tras otra con la urgencia de un sediento en una fuente: unos minutos de observación y, enseguida, volvíamos al trabajo, con lluvia, viento o sol de justicia, siempre luchando contra el tiempo: había que enralecer las ramas del madroño para que las campanillas de la fucsia trepadora recibieran más sol, plantar docenas de helechos de Boston al pie de los viburnos que, al envejecer, dejaban al descubierto sus feas patas leñosas, preparar un semillero para las clivias, sustituir las plantas del incienso por dianellas, escuchando el diálogo de las hojas, poniendo comas de hojas de sangre, puntos y comas de amarilis, signos de exclamación de aves del paraíso—para cerrar las comillas con una gran vasija llena de crasuláceas, o una piedra redonda tan pesada que podríamos habernos partido el espinazo—. ¿Y cómo olvidar la conversación entre fragancias? El dondiego que se burla de los jazmines, el chismorreo de las damas de noche con las ipomeas blancas, las rosas que discuten con los narcisos, la madreselva y la bignonia que aturden a la piscuala..., imponiéndonos constantes añadidos, continuos desplazamientos, siempre a la busca de un equilibrio ideal que sólo existía en nuestras cabezas («Por desgracia, ni siquiera ahí: ¡ése es tu problema, italiano!», «Como vuelvas a llamarme italiano, te llamo yo a ti ectoplasma»)... Cada planta, el amor, los vecinos...

Decidimos hacerle un regalo. Le gustaba pescar, pero no había caña que estuviera a la altura de mi gratitud. Nos devanamos los sesos. La idea se le ocurrió a Stephan y enseguida supe que era buena. El responsable de la agencia se declaró conmovido porque un obsequio así viniera de dos *nazrani*: «Las puertas del paraíso se entreabren para vosotros». Había una tarifa que, además del vuelo, incluía los traslados, el hotel con pensión completa y un guía que hablaba árabe marroquí. Compramos los dos paquetes y reunimos a todos los miembros de la familia para decirles que se nos había ocurrido... Le di el sobre a Shousha, lo abrió, se puso pálida, se emocionó, me abrazó: «Merci merci merci». En atención a Mohamed, Ftoma recreó con mímica el vuelo del avión y las prosternaciones. Él soltó una risita, me guiñó un ojo y se fue a regar.

El *hajj*, peregrinaje a La Meca, es uno de los cimientos sobre los que se funda el islam: todo creyente tiene que hacerlo al menos una vez antes de morir. Para ese viaje muchos ahorran toda la vida y a menudo lo afrontan en condiciones muy precarias. Pero, a pesar de las palabras tranquilizadoras del empleado de la agencia—viajarían con otros fieles del norte de Marruecos, la tarifa incluía asistencia médica y seguro, los organizadores lo habían pensado todo—, con el paso de los días, la preocupación de las hijas aumentaba y yo también estaba inquieto: Mohamed y Ftoma no habían subido a un avión en su vida. Es más, nunca habían salido de la región de Tánger. De carácter reservado, no estaban acostumbrados a tratar con desconocidos. Además, en nuestro entusiasmo, no habíamos pensado en el calor infernal de Arabia Saudí y en que ya no eran dos jovencitos; sólo con imaginarlos haciendo los itinerarios rituales en la gran plaza del santuario, estrujados entre miles de personas, me sentía mal. Me acordaba con desasosiego del aspecto macilento de un conocido que acababa de regresar de La Meca.

Para empeorar mi angustia, me parecía que Mohamed estaba menos contento de lo habitual.

—¿Te da miedo el avión?—Se encogió de hombros—. ¿El calor?—No, el calor le gustaba. Y la muchedumbre sería toda de *habibi*, así que estarían encantados. Es sólo que...

—Enaia—aquí, e indicó nuestros parterres. ¿Quién se iba a encargar del jardín mientras estaba fuera?

Encontré la solución en otro Mohamed, el hijo de Ftoma. Trabajaba en la finca vecina de un príncipe saudí, lo convencimos para que se despidiera. Muy pronto me arrepentí: el padrastro no le pasaba una. ¿Qué manera de regar era ésa? ¿Iba a darle a la planta tiempo a beber o tenía prisa por irse de fiesta al centro? ¿Se había dado cuenta del charco detrás del ciprés? ¿Creía que podía derrochar el agua como hacía cuando regaba el césped del saudí? ¿Comprendía lo que era un árbol? ¿Comprendía que cuidar un jardín significa tener las plantas limpias y que no las aplasten las hojas y ramas secas? ¿Que las macetas también importan? ¿Que cuando las hojas se ponen lacias es porque el drenaje se ha obstruido y hay que arreglarlo?, ¿o prefería verlas marchitas? Si intentaba interceder por el hijastro, Mohamed se llevaba un dedo a la oreja como diciendo «no entiendo». No hay peor sordo... vale también para los sordos.

A medida que se acercaba el viaje, la excitación sustituía al malhumor. Los últimos días se dedicó a poner sus cosas en orden: anzuelos, sedales, sombreros de paja, los utensilios y la ropa de trabajo que guardaba en la leñera y la de fiesta que llevaba arrastrando toda la vida. Llevamos a nuestros peregrinos al aeropuerto y los proveímos de tal cantidad de víveres que les habría permitido sobrevivir en el desierto un par de meses.

Ya solo, Mohamed Pequeño, como habíamos empezado a llamarle, pareció suspirar aliviado y, con él, también el jardín. Me di cuenta de que había aprendido a controlar la ansiedad de los jardineros novatos al ver que había dejado que los helechos epífitos tuvieran sed, como sucede en la naturaleza: ya podía fiarme de él.

El día del retorno, antes de amanecer, salimos todos juntos para ir a recogerlos. El *hajj* cae en el último mes del calendario musulmán; en aquellos años, durante el período en que regresaban los peregrinos, las colinas de Boukhalef, cercanas al aeropuerto (en las que Stephan y yo habíamos conocido al adiestrador de halcones), se cubrían con un extraño campamento de tiendas. Eran miles de familias llegadas de todo el norte de Marruecos para recibir a sus seres queridos: madres que ponían a hervir agua para el té sobre un hornillo de camping, padres acurrucados sin poder fumar o prosternados en la oración, las abuelas, encogidas como crisálidas sobre esterillas sintéticas, los niños con las caras cansadas y la ropa de domingo, los tíos, primos, parientes, incluso los vecinos—y el que no tenía tienda dormía al abrigo de unas ramas o unos cartones o envuelto en una manta—.

Tuvimos que dejar el coche a más de un kilómetro del aparcamiento y nos abrimos paso a través de la aglomeración. Oímos el anuncio de la llegada de un vuelo que la distancia, la fatiga, la espera y el altavoz cacofónico convertían en un mensaje cifrado interplanetario. Todos los que, en aquella multitud, podían moverse, algunos autónomamente, otros apoyados en una muleta, otros apuntalados por un par de jóvenes, otros sobre los hombros de un hombre recio, comenzaron a acercarse a las barreras donde, ya desde primera hora de la noche, se apretujaban los que no habían querido ceder su posición. En todos crecía el afán de lanzarse los primeros en brazos de su peregrino, de acoplarse en el hueco entre su cuello y su hombro; tres besos, seis besos, en la mano, en la cabeza, y acariciarlo y tocarle la alcandora intentando que les salpicara alguna gota de *baraka*, la bendición divina que el devoto recibe en los lugares sagrados. Cada vez que se abría la puerta automática y un pelotón de peregrinos vestidos de blanco salía arrastrando bolsas y paquetes, de la muchedumbre se elevaba un clamor. Cuando cedía una barrera, los militares sacudían sus porras amenazadoramente.

Por fin, aparecieron en el umbral también ellos, más delgados, negros y desorientados, como dos pastorcillos que se han caído del belén. Salté las vallas, con un regate esquivé las cachiporras, me escabullí y, con otro salto, llegué a los brazos de mi adorado, mi hermano de las flores—siempre olía a incienso la barba de mi Mohamed—.

En casa nos esperaban más parientes y muchos vecinos. Ftoma sacaba de una bolsa presentes para todos, botellitas de plástico llenas de agua bendita, pegatinas para el frigorífico, rosarios de semillas, pañuelitos y abanicos. Los destinatarios los recibían con gimoteos y suspiros de gratitud. El cuscús estaba buenísimo, pero me retiré pronto y los dejé festejar en paz.

Me desperté con las primeras luces del día y bajé al jardín. Todavía de blanco, Mohamed contemplaba el macizo de las adelfas y el laurel.

«Qulshi mzian», todo bien. Los pájaros empezaban a

agitarse entre las ramas. Miró lentamente a su alrededor repitiendo «Qulshi mzian». Luego, señalando el horizonte por el que estaba a punto de asomarse el sol, balbuceó: «Me-ca, Me-ca». Elevó ambas manos en el gesto de la invocación, añadió *daiman*, siempre, y me sonrió. Comprendí que había rezado a Alá por la salud de nuestro vergel. Lo amaba hasta el punto de acordarse de él uno de los días más importantes de su vida. Al pobre Mohamed Pequeño no le dedicaba ni un pensamiento, el jardín sólo nos concernía a nosotros dos.

Pero la artritis lo obligó a separarse de él. En aquella época teníamos todavía dinero suficiente para financiarle la construcción de una casa en un terreno que se había comprado hacía años en Rahrah, no muy lejos, cuando los precios eran irrisorios. Pasaría allí su vejez, con su mujer, y vendría a visitarnos cuando quisiera. Mohamed se puso manos a la obra con cemento y llana y el mismo entusiasmo que había volcado en el jardín —eso era lo mejor de él, su entusiasmo—. Seguí adelante con Mohamed Pequeño que, aliviado por la ausencia del padrastro, cada vez trabajaba mejor. Pero cuando Shousha y Karima se casaron con dos chicos emigrados a Bélgica, supe que la vida en Tebarek Allah ya no sería la misma.

En su lugar se sucedieron: una taimada pareja de yebalíes que escondía sacos de kif en la leñera y recibía a los clientes de noche, mientras yo dormía; un guapo jovencito de Mequinez que se pasaba el día mirándose en el espejo porque tenía una fijación con retocarse la nariz; un chico de Larache que se había casado con una esteticista de Chauen, ya entrada en años y teñida de rubio, que me insistía en que probara sus masajes; un amabilísimo y decrépito carpintero de Asilah convencido de ser un gran chef que, para cenar, me llevaba siempre a la mesa un caldito con gestos tan ceremoniosos que me sentía en la obligación de fingirme sorprendido y deleitado todas las noches; un heladero italiano, acompañado de un moloso negro llamado *Luna*, que sobrevivía en Marruecos desde hacía años sin trabajo fijo—era un tipo introvertido, no antipático, pero cuando intentó rajarme con un cuchillo, gritando que iba a purificarme con mi propia sangre y forzándome a empujarle contra la mesa del comedor (con la ayuda de Mohamed Pequeño y de Abderrahim, que había pasado por casa para traerme un marco, conseguimos maniatarlo con una soga), vi claramente por qué le habían despedido tantas veces; fumaba demasiado hachís y no le sentaba bien—. Y, finalmente, entró Soufiane en nuestra vida, el melancólico cocinero escultor con su capita de astracán y su moto.

Aunque yo ya estaba subyugado por Rohuna y me quedaba poco dinero, aquí, en Tánger, continuaba proyectando y supervisando las obras de las nuevas terrazas, los pasajes, las escaleras, las fuentes y los espacios al aire libre para leer o charlar, y cuando Mohamed, apoyándose en su nuevo bastón, venía a vernos, lo primero que hacía era mostrarle nuestros progresos. Viendo el gran muro alrededor de la piscina, hizo una mueca y me regaló un consejo. Desde aquel día, su sopa de estiércol de cabra y yogures caducados, lanzada a cubazos, es una de mis fórmulas mágicas: en pocas semanas, las superficies impropias y hostiles se cubren de líquenes, hongos y helechitos, y se convierten en amigas de toda la vida.

Embelesado ya por el atrevido proyecto de Rohuna, aquí en Tánger, cada año, me limitaba a plantar una docena de rosales a raíz desnuda, algunos arbustos y un par de arbolitos, añadía algún tiesto, una lápida, un almirez, un capitel. Probablemente, tarde o temprano, habría terminado por resignarme a que nuestro vergel de amante salvaje había degenerado en marido indiferente si no fuera porque, un día, mi amigo paisajista Madison insistió en traerme a casa un descubrimiento: un belga que sabía tanto de plantas que… «Ya verás—dijo—, ya verás».

4. BELJIKI

Gaspard Dauriol me pareció un tipo algo seco. Su apellido, que en mi cabeza había partido en dos, me sugería un aristócrata de provincias que mataba el tiempo visitando grandes casonas y asistiendo a coloquios campestres. Después de dar una vuelta por el jardín, en la mesa se habló de una especie de dombeya con flores blancas y hojas redondeadas—la *Dombeya rotundifolia*—que, según Madison, era inencontrable en Marruecos. Repliqué que mi amiga Fátima había cultivado algunas y propuse a Gaspard que fuéramos a su casa. Nos despedimos de Madison, que tenía prisa, y pocos minutos después ya estábamos en la carretera de Cabo Espartel. En el coche, intenté entablar conversación. Gaspard no era muy locuaz. Tánger no le gustaba mucho. Había visitado algunos jardines que había encontrado decepcionantes. Del nuestro no dijo una palabra.

Cuando llegamos al final del pinar, en aquel espacio rectilíneo abarrotado de plantas anuales florecidas y sacos de turba, le vi sonreír por primera vez. Sus ojos son muy bonitos, azul hielo.

Precedidos por la paisana, descendimos brincando bajo los árboles hasta un claro cercano a la casa donde Fátima cultivaba las plantas madre y preparaba las macetas para la venta. En lo alto del terreno que domina el vallecito se erigía un gran peñasco con una oquedad, un charco cenagoso en el que nadaban las ranas: el agua se derramaba, a pleno sol, hacia las terrazas de abajo y una estela de calas e iris amarillos serpenteaba entre madroños y troncos de acacias caídas. En unos instantes habíamos retrocedido milenios.

Yo estaba emocionado, como siempre que me asomo a ese radiante Neolítico que redime el presente y expande el futuro. Me gustó ver a Gaspard sorprendido: «Tánger tiene sus secretos».

Por todas partes, pegadas a la ladera y contra los matorrales, se alineaban las bolsas de plástico negro que contenían las plantitas de Fátima. Esa visión hizo de Gaspard un niño feliz: corría de una a otra, se agachaba, las saludaba como si se tratara de unas amigas con las que te encuentras en una fiesta, las levantaba, miraba sus hojas desde abajo, las agarraba del cuello, las sacudía para comprobar la resistencia de sus raíces...

«Ese pelargonio yo lo colocaría entre los crinum, a los lados de la última escalera, para disimular el hueco durante el descanso estival; esta aspidistra con virosis hay que añadirla a la colección que tienes en la pérgola de arriba... La sampaguita (¡has tenido suerte!, no es el típico jazmín Gran Duque de Toscana), en la maceta del euforbio, junto a la entrada... Y a él ponlo en otro sitio en el que esté más apretado; esa bartlettina quedaría bien bajo los tetrapanax de delante del estudio; alrededor de la justicia amarilla hay demasiados helechos, habría que variar un poco; compra el oreopanax, una rareza, mira qué tronco, ¡a los quetzales les vuelven locos sus frutitos!».

Me quedé sin palabras. Había estado en nuestro jardín no más de media hora y ya lo conocía tanto como yo que lo había plantado. Salimos de allí cargados de cubos y bolsas. Cuando ya estábamos sentados en el coche me dijo: «¡Qué mujer tan simpática!». Después recuperó su aire taciturno.

Nos vimos de nuevo un par de veces para cenar. Al principio intenté charlar para conocerlo mejor, pero enseguida entendí que con él sólo se podía hablar de plantas. Y eso no es ningún sacrificio para mí. Después vino a Rohuna y se enamoró. Una noche, a bocajarro, le pregunté si le gustaban mis jardines. Me respondió que eran bonitos, pero tuve que insistir para que añadiera que había mucho que mejorar.

—Hoy en día en Marruecos ya se puede encontrar de todo, aunque los viveros serios no son tan baratos como antes. ¿Te animas?

—Bueno, no es un momento de vacas gordas… Pero, si es para el jardín… podría conseguir algo de dinero—concluí, alzando la voz para no oír la carcajada de Diego.

A la tercera botella (nos unía también el gusto por el vino tinto) me confesó que en la habitación que le había encontrado Madison en la ciudad tenía que compartir el baño y la cocina con más gente. Decía *gente* como yo diría *especuladores* o *parásitos*.

Me lancé:

—¿Por qué no te mudas aquí?

Titubeó.

Volví a la carga: el pabellón de en medio estaba vacío, dispondría de una habitación, un salón, un baño y una cocina para él solo.

—¿No tendré que comer contigo?

Lo tranquilicé.

—¿Ni tendré que conocer a vuestros invitados?

No, ya teníamos pocos y, si acaso, le avisaría con tiempo para que pudiera volatilizarse cuando quisiera.

—Si te recomiendo una planta ¿te fiarás de mí y no me pedirás explicaciones?

Eso era más difícil, pero acepté. Se trasladó al día siguiente.

Oficialmente a cambio de la hospitalidad, pero, en realidad, porque, por ley natural, el pez nada en el agua, Gaspard comenzó a ocuparse de los jardines. Lo hacía con el mismo entusiasmo que nosotros, pero, mientras Mohamed y yo nos movíamos a tientas, él iba directo al grano apoyándose en su erudición. Gaspard conoce los hábitats y las necesidades climáticas e hídricas de miles de especies, pero, sobre todo, se compenetra con las plantas. Es una de ellas. Puede decirte sin equivocarse cuáles se llevarán bien entre ellas y cuáles no: está entre un telépata y un proxeneta del reino vegetal.

Asesor de varios jardines europeos, siempre que regresaba de un viaje de trabajo—a veces, para evitar a los humanos, dormía en el coche y se lavaba en las fuentes públicas—venía cargado de plantas, bulbos y esquejes, con los bolsillos de la chaqueta rebosantes de semillas. Las arrojaba mezcladas sobre la mesa y reconocía cada una sin vacilar: éstas son de la *Thapsia garganica*, la umbelífera amarilla que crece junto a la autopista; éstas se las ha regalado un empleado de un jardín botánico; aquéllas son de una rara palmera recién llegada de Sarawak, y ésas otras, minúsculas, de una variedad de amapola insólitamente pálida... Y sabía cómo hacerlas germinar, cuáles había que sumergir en agua durante una noche, o tostar sobre una llama, o pelar, o aventar.

Mohamed Pequeño estaba feliz de haber encontrado un mentor tan experto (lo llamaba «profesor») y pronto las habilidades de *Beljiki* también conquistaron a los chavales de Rohuna, al principio desconfiados, que acabaron acribillándolo a preguntas. Gasp hacía lo que podía para satisfacerlos, pero yo sabía que lo que de verdad quería es que lo dejaran en paz.

Con él no todo era color de rosa: irritable, hermético, quisquilloso, podía estar días enfurruñado sólo porque Soufiane no había reparado en que una hoja nueva de la palmera roja estaba abriéndose, o porque yo me había negado a reñir al joven Nassar Bonita Sonrisa, el ayudante de Mohamed Pequeño, por haber regado unos segundos el aloe a pesar de su orden de no hacerlo durante un mes. Pero si había que plantar un arbusto nuevo, de golpe, ya estaba contento: a las seis de la mañana me lo encontraba entre los arriates, dispuesto a proponerme treinta mejoras posibles, ilustrándome con las ventajas y perjuicios de cada una y exhortándome a visualizar el resultado de la intervención mucho después de nuestra previsible fecha de fallecimiento.

Hijo de un obrero belga, nacido en un pueblo donde no crecían árboles y la tierra estaba arrasada por los monocultivos, Gasp tuvo una infancia triste: no le gustaban los niños de su edad, detestaba a los adultos y la escuela no se le daba bien. La madre, desesperada, lo colocó como ayudante de un florista y cuando, tras unos días, éste le pidió que fuera a verle, acudió esperándose lo peor. Pero el único problema era que el chico conocía tan bien los vegetales y ponía tanta pasión en su trabajo que al florista le parecía un desperdicio tenerlo entre rosas Princesa de Mónaco y crisantemos en aquella tienda de pueblo.

Aquí entra en escena un botánico. ¿Cómo? No lo sé, las raras veces que hablaba de su pasado Gasp lo hacía con vaguedades y, en lo más interesante, interrumpía y se iba a dormir. En cualquier caso, el botánico trabajaba en uno de los jardines más grandes de Bélgica. Gracias a él, Gasp acabó bajo la protección de una excéntrica coleccionista (la nombraba y se iluminaba como un David Copperfield que finalmente ha encontrado a su tía): una mujer brillante, capaz de plantar miles de árboles y cultivarlos como es debido; tuteaba a la reina, pero había rechazado ocuparse de los jardines reales y, sobre todo, delante de una larga fila de plantitas de fucsia de un palmo de altura y hojas todavía apenas visibles, te sabía decir, entre decenas y decenas de especies, a cuál pertenecía cada una. Así empezó la carrera de Gasp. Aprendiz, ayudante de jardinero, jardinero y, finalmente, consultor de paisajismo, viajando de aquí para allá, hasta que el agotamiento lo empujó a aceptar la proposición de venir a Marruecos.

De la labor de la jardinería posee la paciencia y la pasión: un poco por perfeccionismo y un poco por ahorrarse el fastidio de dar explicaciones, a menudo era él mismo, provisto de un serrucho y unas tijeras de poda de las que no se separaba nunca, quien recortaba el gran arbusto que había que aligerar o el que trepaba al árbol que tapaba el sol a una de sus amadas flores del desierto. Cortaba deprisa, sin pararse a pensar, como si la maraña de ramas estuviese dentro de él y los brotes fueran una extensión de sus dedos.

Lo hacía con tal frenesí, con tal furia, que, a veces, yo tenía que apartar la mirada—entre nosotros no se hablaba nunca de asuntos personales, para mí era un animal que sólo se apareaba con su sombra y me parecía que aquel involuntario espectáculo traicionaba su pudor—. Había algo de expeditivo y sensual en su modo de vaciar y rellenar los tiestos: pocos gestos decididos donde los míos habrían sido vacilantes; un disparate orgiástico se revelaba en su talento para disponer treinta plantitas donde para mí cabían apenas tres. Pero él sabía que la sombra de las que llegarían a ser altas favorecería el desarrollo de las bajas y que, con los años, algunos troncos crecerían finos en busca de luz y otros se curvarían.

Sembraba constantemente, sumergía esquejes en cazuelas y fregaderos para que echaran raíces, conseguía reproducir las crasuláceas poniendo sus hojas boca abajo sobre papel absorbente, separaba los penachos de las plantas perennes con una cuchilla desinfectada: plantaba a los pies de cada una, resoplando, una pequeña trepadora; con una hebra de rafia sujetaba a las ramas la epifita que le había regalado un vigilante y a cada palmo sembraba una tapizante que había encontrado en la plaza junto a los contenedores de basura. Convivirían durante años, se ayudarían mutuamente y, a la larga, quizá, la una sometería a la otra y la asfixiaría, pero el jardín es eso, un coso de la naturaleza, la belleza y la verdad de la lucha, la muerte por amor, no el cromo de la familia sonriente sobre un césped recién cortado. Yo ya no tenía dudas: con los años, el vergel de Tebarek Allah se convertiría en una selva impenetrable de palmeras, helechos, plantas del dinero y aéreas, rhipsalis, lenguas de suegra, orejas de burro y de elefante, clivias y una plétora de aralias y araliáceas, nuestras begonias predilectas, todas criaturas que tienen miedo del sol directo, pero que en la penumbra húmeda se montan una kermés. Sin embargo, Gaspard estaba cada día más nervioso. Y el día que un gigantesco *Crinum asiaticum* murió por el ataque de un hongo: «Esto no es en lo que habíamos quedado—murmuró entre lágrimas arrancando las hojas amarilleadas—. Aquí lo que hace falta son plantas grandes. Hace meses que no compras nada, así no se puede seguir... Creo que me vuelvo a Bélgica».

TERCERA PARTE

1. SIN BLANCA

Gasp tiene razón: necesitamos plantas grandes. Pero las plantas grandes son caras y a mí no me queda dinero. En Rohuna, medio pueblo depende de mí. Y aquí, en Tánger, tengo que hacer malabares cada mes para pagar los sueldos. Además, como ya he dejado claro, cuando me topo con ciertos objetos, mi naturaleza me condena a hacer lo que sea para reunirlos con sus familiares.

(«¡Para que se reúnan *contigo*, querrás decir!». «¡Cállate, duende patatero!»).

Hago jardines y me pagan bien, pero, aun así, no me llega. Gracias a mis trabajos he conocido a gente simpática—como la joven búlgara tragafuegos, gobernanta de un emir absolutamente decidido a transformar un rincón del desierto en un jardín tropical—, pero no me gusta tratar con los clientes. Tras horas felices plantando en el tajo, duchado, vestido con ropa ya usada, con la esperanza de que parezca limpia, tener que cenar con ellos o acudir a una recepción que, a veces, se celebra en mi honor, es un suplicio a no ser que consiga escabullirme a la cocina para charlar con los cocineros y los criados. Empiezo a tener fama de huraño. Pero, en realidad, soy más bien sociable—depende con quién—.

Desgraciadamente, estos ricos, lejos de mi tarea como paisajista profesional, me plantean exigencias que yo no puedo satisfacer: saudíes, franceses o australianos, a pesar de la legión de expertos y asesores que les acompañan en sus innumerables desplazamientos entre las mansiones que tienen esparcidas por el mundo, siempre es a mí, justo a mí, al que preguntan si sería mejor el cuarzo o la malaquita para la bañera, si el negro me parece el color más elegante para las tapicerías del jet o cuál creo que es la dieta ideal para criar a las gacelas que acaban de regalarle al heredero.

Con una excusa u otra los muy ricos se han ido deshaciendo de mí. Me quedarían los ricos, que, aparentemente, hacen una vida «normal» y, en vez de pedirme opinión sobre una inversión en Alaska, se limitan a preguntarme dónde comprar foie-gras en la medina... Pero, ¡ay de mí!, después de los multimillonarios, también han empezado a deshacerse de mí los millonarios: no me queda más remedio que apretarme el cinturón. He pensado escribir un libro sobre un tío que tiene dos casas y dos jardines y se vuelve loco para conseguir el dinero con que pagar los salarios, el abono, las macetas, columnas, muebles yebalíes, alfombras, frisos, azulejos y otros objetos antiguos, además de las necesidades perentorias. Lo hablé con el guapísimo director de un prestigioso suplemento cultural. «Te regalo el título—me dijo, desplazando la mirada para fijarla en el horizonte (sabe que la nariz bizantina es su punto fuerte)—. Llámalo *Al verde.* ¡Por tus plantas y porque estás sin blanca!». Los italianos decimos que estamos *al verde* cuando estamos pelados.

En realidad, no tener dinero no debería ser un problema *per se.* «Si quieres tus plumitas, apechuga», me decía mi madre cuando, de chavalín, me quejaba de que, para salvar al menos un ejemplar de arte plumario de cada uno de los pueblos llamados primitivos, tendría que viajar de la Amazonia a Borneo, de las praderas de los pieles rojas a los altiplanos del África Occidental, y que ni con toda una vida de paguitas semanales me llegaría para comprar tantos billetes de avión.

Sí, me podría apañar, por ejemplo, restringiendo los gastos superfluos: calefacción, ropa, comida—sin escatimar el vino ni mortificar a Soufiane: si no cocina se deprime—. Por suerte, como me conocen de toda la vida, los anticuarios y chamarileros aceptan que les deje a deber incluso sumas importantes; por suerte, Stephan es un tipo frugal; por suerte, gracias a los e-mail, puedo ahorrar en sellos. En el peor de los casos, podría renunciar a hospedar a extraños y conocidos con ese mínimo de cortesía—una botella de vino decente, pescado hervido, pollo—que hoy en día cuesta un ojo de la cara. Pero, sin plantas nuevas, si no exuberantes al menos bonitas, no puedo vivir.

Estoy al teléfono desde hace un par de minutos y, mientras respondo con monosílabos amables a infinitos formalismos, intento recordar quién será esta Blanca que quiere visitarme con un amigo que está de paso en Tánger. De repente, fulmina mi cerebro la imagen de una chica pequeñita con pelos de punta que ha estado pidiéndome durante meses que participe en los encuentros culturales que organiza en su cuchitril de la medina. Al alivio que me produce constatar que la chica me importa un pepino le sucede un sentimiento de pánico. Preparándome para anunciarle que tengo un compromiso ineludible, vacilo en la tentativa de precisar qué día—incluso la palabra *mañana* nos parece arriesgada cuando pretendemos dotar a la mentira del rigor estratégico que la hará verosímil—. Pero no es fácil encontrar un desfiladero en su cordillera de palabras.

—¿Nunca te había hablado de Sebastián Basta? Está en mi casa unos días, ¿sabes?, tenéis que conoceros, tiene la misma pasión que tú por el Tánger de antaño, por las cosas antiguas, es un erudito, da seminarios, pero no es un soso, ¿eh?, es como nosotros, un poco chiflado, yo lo llamo Bastibasta, imagínate, ¡me río tanto con él! También tiene una pequeña casa de subastas, en fin, abreviando, es un experto en ese Mellor, el dibujante, ¿sabes?, dice que fue el primer propietario de vuestra casa, parece que, incluso, la diseñó él…

—Sólo el pabellón de arriba—se me escapa—. Me suena haber leído su nombre en las escrituras—añado como excusándome (pero ¿de qué? Tengo la sensación de haber metido la cabeza en una soga con nudo corredizo).

—¡Ah, queridooooo, entonces es cierto, es él! ¡Qué genial! Estoy deseando decírselo a Basti, ¡le va a encantar!

—Y él, ¿cómo se ha enterado? O sea… ¿está seguro? —Me ha salido un tono gruñón, siento que la soga empieza a apretarme el cuello.

—¡Sí, seguro, segurísimo! Lo encontró en internet, ¡una casualidad tontísima! Estaba mirando un artículo sobre tu vecino inglés, el coleccionista de la National Gallery, ¿sabes?, y había una foto donde se veía tu torrecita al fondo… Pues parece que hay una torreta idéntica en un dibujo de este Mellor que se llama *Mi casa es su casa*. Lo descubrió Basta, tiene una memoria fotográfica increíble y, además, es un ratón de biblioteca… ¡Ató cabos y….! Total, que está escribiendo la biografía de Mellor, puede que se la financie la Junta de Andalucía.

Siento una punzada atroz que rápidamente desemboca en ansia homicida: ¿celos?, ¿envidia?, ¿cabreo por la intrusión?, ¿rabia por la exclusión?, ¿la venganza de un estupro?, ¿todo a la vez? Dios mío, para estos entrometidos, Tánger, el auténtico Tánger, el de Diego, el mío, el que ellos jamás conocieron, se ha convertido en objeto de estudio. Me parece como si, además de una afrenta intolerable, acabara de recibir una invitación a un funeral.

—Querido, ¿sigues ahí? ¡No sabes las ganas que tengo

de conocer vuestro maravilloso jardín! ¡Qué divertido, por favor! ¡Ah!, en Semana Santa va a venir Dolores, ¿sabes?, estaría bien organizar un reportaje para la fundación... a lo mejor te sale algún cliente, quién sabe... Nos dejarás también ver la casa por dentro, ¿verdad? Estaremos media hora como mucho, no queremos molestar, ¿sabes? Si le dejas hacer alguna foto, te pondrá en los agradecimientos del libro, es un tío muy legal. Entonces, ¿nos vemos mañana por la tarde, a primera hora? Ah, no, perdona, a las cuatro tenemos que estar donde Aziz, el de las alfombras... ¿Y un café a las once? Te llevaré unos buñuelos de los que te gustan, los de la panadería Helvetia...

Todavía estoy aturdido por la llamada, y furioso por haberme dejado liar como un pipiolo. Para distraerme, voy a ver a Gaspard. Está en su zona, en la mesa de zapatero remendón del salón de en medio. Me esfuerzo en infundir a mi entonación el mismo entusiasmo que Blanca y le anuncio la visita.

—¿Son botánicos?—pregunta sin levantar la vista de una montañita de semillas en cuya clasificación por especies está gozosamente enfrascado.

—Casi—arriesgo—. A ella le encantan los jardines, él es un historiador, quieren visitar la casa.

—¿Visitar la casa?—Levanta la mirada—. Me prometiste...

—Tranquilo, la tuya no. Sólo quería pedirte si puedes estar conmigo.

—¿A qué hora vienen?

Se lo digo.

—¡Vaya!—el suspiro es más de alivio que de disgusto—, justo a esa hora tengo que ir al bosque a ver los ruscos. Creo que son una variedad local con la hoja más larga y tendencia rastrera...

—¿No puedes ir más tarde...?—La idea de tener que enfrentarme solo a ésos dos me inquieta.

—Lo siento. Ya sabes que los ruscos no esperan, es crucial que tengan bayas y ahora es la temporada. —Vuelve a concentrarse en sus semillas.

Estoy a punto de llamar a Blanca para cancelar su visita con cualquier excusa, pero no lo hago y no sé por qué. Voy a buscar a Diego, doy vueltas infructuosas por el jardín; de golpe, lo veo de espaldas, está paseando por el sendero de los madroños turcos con las begonias difíciles debajo. Lleva las manos cruzadas en la espalda, un poco inclinado hacia delante, absorto, silba. Le cuento lo de la llamada. Parece más alto de lo habitual, está extrañamente tranquilo, apagado. Indiferente. ¿Cómo es que no siente curiosidad por el interés que suscita?, ¿por haberse convertido en un *trending topic* en Twitter, como me ha dicho Blanca, sea lo que sea lo que signifique eso? En vez de contestarme, se pone a cantar: «*Se guardandote negli occhi sapessi dirti Basti | Ti guarderei...*». Me clava la mirada, le han salido, incluso, los famosos tres lunares de Mina, dos en las mejillas y uno en el mentón. Una sonrisa diabólica le altera las facciones. «Nuestro amor recién nacido...». Me guiña un ojo.

Agarro con tanta fuerza una ramita de *Fuchsia arborescens* que casi la rompo. «¿Te ha gustado la sorpresa?». Otra más de sus malditas bromas, endosarme a este par de pelmas.

La primera media hora, mientras tomamos café en la terraza, todo fluye. El amigo de Blanca es alto, grande, pedante, con el pelo grasiento, un traje beis arrugado, mochilita de cuero y curiosas sandalias frailunas. Conduce siempre la conversación a sus temas favoritos y siempre es el héroe: su solvencia como investigador, la habilidad con la que ha conseguido descubrir detalles poco conocidos de la biografía de Mullor Heredia, el carácter informal y genuino que ha sabido imprimir a su casa de subastas en la que también se venden tebeos, postales, cartas de restaurante, primeras ediciones de libros infantiles ilustrados y otras monerías por el estilo.

Mientras los precedo por el jardín, agradezco a las bayas de los ruscos que me hayan ahorrado la presencia de Gasp, que habría estado menos educado que el que suscribe. Ya no me sorprende que mis vasijas almorávides vidriadas al manganeso pasen totalmente desapercibidas y me he acostumbrado a oír loas a las plantas equivocadas por las razones equivocadas. Tengo que encajar, incluso, un «Es un sitio mágico…, súper mágico…», musitado por Blanca con tono oracular. Respiro profundamente, mientras arranco con violencia, quizá exagerada, unos brotes de laurel, que crecen por todas partes poniendo en riesgo la serenidad de los iris japoneses.

—Pero no veo flores. ¿Es que no le gustan las flores?

—Me gustan mucho. Pero es un jardín de sombra—respondo. Luego, tras la pausa adecuada—: Un jardín de follaje.

Basta asiente con gravedad. Blanca emite un murmullo de devoción. Siempre me sorprende el efecto que producen en los visitantes estas fórmulas de folleto publicitario. Me excuso tácitamente con el grupo de sansevierias en flor que está justo al lado del pie izquierdo de él. Es curioso cómo la grieta de una uña puede delatar con tanta impudicia la miseria de alguien. Gasp y yo venimos al menos dos veces al día a arrodillarnos para admirar, en los tallos de pocos centímetros de altura, las minúsculas inflorescencias verdes con estrías oscuras que podrían tomarse por cintitas enlazadas pero que, si las miras con la debida atención, son haditas maliciosas que se mecen en un columpio. (No, no puedo contar lo que me han respondido).

—¡Una maravilla, una maravilla...! ¡Y todavía no has visto nada!—fanfarronea Blanca, que es la primera vez que viene a esta casa, cuando pasamos por el anfiteatro de helechos que tantos años de duro trabajo me ha costado. Como ya he mencionado, en el salón del pabellón de abajo está el grueso de mis colecciones; pero se me han quitado las ganas de que estos dos sigan posando su mirada sobre las cosas que amo.

—Por desgracia, no podemos entrar—susurro—. Está alquilado.

—¡Ay, qué pena!—exclama ella—.¡Me apetecía mucho que lo viera Bastibasta!

Le hago un gesto para que baje la voz, señalando la persiana cerrada del dormitorio de matrimonio, desocupado desde hace meses.

—Pero, si no me equivoco, éste lo construyó usted, no Mullor, ¿verdad?—pregunta Basta. Asiento—. Entonces, no me interesa.

—Bien dicho. Vamos a subir, el pabellón de Mullor es el que está más arriba.

—Es un auténtico laberinto—observa el erudito. Ésta también la había oído antes. Blanca me coge del brazo:

—¡Lo sabía!, ¡estaba segura de que ibais a tener feeling! Siempre pasa cuando junto a la gente...

Subimos por el otro sendero, pasando por delante de la casa de Soufiane y el almacén. En cuanto vemos la torreta, Basta empieza a hacer fotos. Hace lo mismo con la pérgola, con tanto entusiasmo que no me atrevo a decirle que también la construí yo.

—¡Dios mío!—murmura cuando entramos. Les muestro el comedor y les explico que, en tiempos, había sido salón—. Él… ¿él trabajaba aquí?—balbucea el académico, ninguneando las baldosas enmarcadas que cuelgan de las paredes y dedicando a las de cemento sobre las que caminamos una atención digna de los mosaicos de la Domus Aurea.

—Sí, justo ahí—respondo, apuntando a la mesa de lady Scott que compré hace veinte años. La acaricia con emoción infinita y la fotografía desde todos los ángulos—. Debo tener por ahí algunas postales con caricaturas de Die… de Mullor, si quiere se las enseño…

Me sonríe con suficiencia:

—Gracias, ya las tengo todas. Lo que me gustaría ver son los originales, pero, por desgracia, se han perdido casi todos, hay poquísimos en circulación. Aunque se habla de un misterioso archivo…

—Basti está muy al día de las tendencias del mercado —interviene Blanca—.Como tiene una casa de subastas, ¿sabes?… En España, lo que está arrasando es el arte de principios del XX, después del contemporáneo, claro.

—Mullor ya es un poco cult, pero mi biografía lo va a hacer una estrella…—proclama Basta satisfecho.

—¡Pues brindemos por el boom!—grita Blanca.

—El último dibujo que ha aparecido ha causado furor—prosigue él—. Un perfil espléndido de guerrero rifeño. Se peleaban por él un par de abogados de Madrid, un notario de Alicante y un dentista de Barcelona… Yo también tengo uno, el más bonito, la verdad, de 1942…

—Una obra maestra, muy, muy potente. —Blanca encoge los párpados para adoptar aire de ilustrada y, entre tanto, recorre con su índice un joyero de madera.

—¡Enhorabuena!—digo, apartando el joyero.

—…Hay controversia con las dataciones, pero el mío se publicó en el *España* de agosto de ese año, así que no hay duda. ¡Ya no se hacen revistas así! La obra juvenil gusta menos, claro, aunque tiene alguna aguada… Hay una escena de unos borrachos en una posada, de calidad inferior, que se ha vendido bien; sólo otra, *Mujeres rezando la novena*, no superó el precio de salida: no me extraña, es una chapuza infantil… Mullor no era colorista, se ve claramente que no le interesaba, pero las líneas, los trazos… ¡un gran maestro! ¡Es nuestro Daumier! Lástima que España sea tan provinciana…

—¿Y usted cree que un dibujo original encontraría comprador fácilmente?—dejo caer.

—¿Fácilmente? En una subasta mía… ¡volaría! ¡Seguro!—Y con las manos imita el aleteo de un pájaro.

—¿Y si lo pusiese a usted a prueba?

Me mira con suspicacia:

—¿Tiene alguno? ¡No me diga!

Me estrujo la memoria. Deben estar en el armario de mi despacho. ¿Cuántos habrá?, ¿ochenta?, quizá cien…

—Tengo tres.

Basta y Blanca se cruzan una mirada.

—¿Tres dibujos originales? ¿De qué formato? ¿Y los quieres vender? Pero ¿de dónde los has sacado?

—No sé…—me protejo, regocijado por el repentino tuteo, y respondo, de todas, la única pregunta que me interesa.

—Perdone mi espontaneidad… ¿Está seguro de que son originales? En la última venta he tenido algún problemilla, un comprador me cuestionó la autenticidad de uno…

Lo miro a los ojos, se rasca la nariz y se ruboriza: no me extrañaría que hubiera sido él quien encargó la falsificación.

—Los encontré… hará treinta años, en una almoneda que ya no existe. ¿Te acuerdas de Alí en la rue de Hollande?—pregunto a Blanca.

—Por supuesto que no—replica un poco irritada. Pero, como todos los nuevos tangerinos, no puede resistir la tentación de mostrarse informada de la época dorada de la ciudad que, en estos casos, es siempre la inmediatamente anterior a su llegada—: Ya había muerto cuando me mudé, pero he oído hablar mucho de él a mis amigos. Vació las últimas grandes casas de los españoles, una tras otra... La sopera de María, de estilo Queen Victoria, es uno de los objetos de plata más bellos que he visto, toda cincelada, preciosa, se la compró a él... Dicen que era la cueva de Alí Babá...

—¿Los tiene aquí o en el banco?—pregunta Basta con impaciencia. Está de pie junto a la cuna tetuaní llena de lamparillas de aceite aretinas que tengo sobre la consola Biedermeier de Karim.

—Los tengo aquí.

Largo silencio.

—Y... ¿puedo verlos?

—Sentaos, voy a por ellos. Lo siento, pero ahí detrás estamos con unos arreglos—añado leyendo en sus ojos el ansia por visitar las habitaciones en las que vivió Diego—. El fontanero lo tiene todo invadido, perdonad, tardo un minuto.

El armario de mi estudio está hecho un caos. Los puse abajo, me parece, donde los papeluchos. Me pongo en cuclillas y empiezo a tirar al suelo pilas de extractos bancarios, facturas y demás nimiedades, hasta que, aliviado, mis yemas palpan el bramante que ata una de las carpetas. La saco, deshago el nudo y extraigo los tres primeros dibujos: *La llegada de la electricidad*, *Escena de zoco* y *Carrera de bicicletas*. Rehago el nudo y pongo todo en su sitio. Cuanto más excitado me siento, más me empeño en ralentizar mis movimientos. Vuelvo al comedor, donde encuentro a Blanca sola.

—Ha ido a ver la cocina—me susurra.

Le sonrío con un pestañeo. Probablemente, Basta está ensimismado fotografiando uno por uno los fuegos que recalentaban los garbanzos de Diego. Y las lentejas. Malditas lentejas. Basta aparece un momento después, la mirada frenética.

—Cuidado, son muy delicados.

Los pongo sobre la mesa.

Después de examinarlos detenidamente con un cuentahílos que ha extraído del bolsillo, determina que no sólo son auténticos, sino que están entre los mejor conservados que haya visto nunca.

—¡Y titulados y fechados por detrás, seguramente, por el propio autor!—añade con voz afectada.

Si estoy de acuerdo, querría tenerlos en su próxima subasta. Me pide que firme un documento.

—Siempre llevo encima mis instrumentos de trabajo—empujándolo hacia mí, me hace un guiño—. Los estetas como nosotros tienen que vivir con todo a mano...—Se pasa una por el cabello sudado.

Firmo sin leer. En una página del cuaderno que saca de la mochila extiende un recibo con letra de imprenta torcida. Luego sentencia que ha sido un gran día. Blanca dice tener todavía escalofríos de la emoción.

Cuando Gaspard llega de su paseo por el bosque, le cuento las novedades.

—No tiene pinta de ladrón...—concluyo—. Tampoco de caballero, la verdad. De todas formas, tengo esto—y le tiendo el recibo, fechado y firmado, en el que Basta ha insistido que figure su número de pasaporte.

A falta de una carpeta adecuada, le he entregado los dibujos metidos en un libro de fotos de paisajes franceses muy feo que debía estar aquí desde los tiempos de los Gramont. Gasp echa un vistazo al recibo:

—Escribe como el culo. Para mí, es una estafa.

—Pues yo creo que no. ¿Te das cuenta de que podremos ir a Kenitra y comprar todas las plantas que queramos? Y no me refiero sólo a las Cycas thouarsii de treinta años con una piña así de alta... ¿Te imaginas cómo quedarían veinte o veinticinco Cordyline stricta y alguna licuala en la esquina donde colgaste los rhipsalis, debajo del Ficus lyrata?

—Yo añadiría un par de cuernos de alce para dar volumen...

Han sido siempre los Rolls-Royce de los helechos.

—¿Dos?, ¿y por qué no una docena? También podríamos probar unos Platycerium coronarium... ¡Bien grandes! ¡Y algún cuerno de ciervo! ¡Alquilaremos un camión en el que quepa todo lo que nos apetezca!

—No te vuelvas loco... Es muy difícil encontrar Platycerium coronarium en venta...

—Pues los buscaremos. Y buscaremos vigorosos filodendros, costillas de Adán monumentales, Danae racemosa... También me gustaría un grupo de Hyphaene thebaica para Rohuna.

—Olvídate, si las encontramos tendrán sólo un palmo de altura. Pero, para entonces, seguro que ya nos lo habremos gastado todo. —Se pone pensativo—. ¿Cuántos dibujos has dicho que tienes?

—No los he contado. Serán unos cien.

—No está mal. Para este jardín y el de Rohuna nos llegaría... Por fin podremos encargar a mi amiga Rose algún bulbo de los buenos... Los envía por correo.

—¡De eso nada! Alquilamos otro camión, lo llenamos hasta arriba y regresamos con nuestros bulbos.

—Entonces, mejor la llamo enseguida y veo qué tiene. No te creas que los vende así como así...

—Pero sois tan amigos... Seguro que a ti...

—El problema es el reposo estival. Florecen en Sudáfrica cuando aquí es invierno y llueve, puede ser una catástrofe...

Continuamos así un par de horas. Aprovechando una pausa en la que Gasp medita sobre una eventual importación de jazmines del Tíbet eludiendo los controles fitosanitarios con astronómicas *bakshish*, voy al trastero de debajo de la escalera de caracol y cojo una de las botellas que tengo guardadas para las grandes ocasiones.

Blanca me telefonea unos días después para anunciarme una llamada de Basti.

—¿Quién es Basti?

—¿Cómo que quién es Basti? ¡Bastibasta! Los Mellor han duplicado la estimación máxima y, además, ¡tu libro ha batido el récord histórico del artista!

—¿Qué libro?

—¡El que nos diste! *Paisajes de Francia*... De todos modos, Basti va a llamarte, tiene algo importante que decirte.

El teléfono suena media hora después. Intento aparentar un tono cordial:

—¿Cómo está, señor Basta? ¡Ya me he enterado de que los Mullor han sido un éxito!

—Sí, un éxito... pero no los he vendido. Surgió un imprevisto.

—¿Cómo?... Blanca me ha dicho...

—Sí, estaban a punto de adjudicarse en una suma considerable, pero he hecho un truquito y me los he quedado yo.

—Pero ¿por qué?—Basta se echa a reír. Me estoy poniendo histérico—. Por cierto, perdone, ¿quién le ha dado permiso para vender mi libro? En su recibo...

Gasp tenía razón, no debería haberme fiado de estos dos. Seguro que el recibo no tiene ningún valor legal.

—Déjeme explicarle. Durante la puja yo estaba en mi oficina, me llama una secretaria y me pasa con un abogado inglés que se acababa de enterar de la subasta (qué quiere, por desgracia no podemos promocionarlas como es debido, no somos Sotheby's). En fin, el abogado me somete a un tercer grado sobre los dibujos, quién es el consignatario, si hay más, etcétera, y pienso: ¡ay, ay, ay!, aquí hay gato encerrado… Ya están vendidos, le digo. No sé por qué, pero decido jugar y lo apuesto todo al rojo: llamo rápidamente a Manuel, el subastador, y los compro. ¡Los del sector tenemos nuestros ardides, y para usted será un gran negocio! Debería estarme agradecido, amigo mío.

—¿Amigo suyo? ¿Cómo se atreve?

—No se enfade y escúcheme. Hace tiempo que están ocurriendo cosas raras en el mercado cuando Tánger está de por medio… Un grabado sin márgenes de Delacroix ha alcanzado veinte veces la estimación, un manuscrito de Paul Bowles se ha vendido al mismo precio que un texto autógrafo de Flaubert, la bisutería de Barbara Hutton, más cara que los brillantes de Cartier… No hacía falta ser un genio para imaginar qué había detrás.

—¿Y qué había?

Según él, un hombre de negocios chino que paga cifras exorbitantes por cualquier vestigio del pasado tangerino. En las inmediaciones del nuevo puerto comercial del Estrecho, que ya es el más grande de África, las empresas de un tal mister Chow han adquirido miles de hectáreas de terreno para construir industrias de transformación, depósitos y almacenes desde los que las mercancías del Lejano Oriente inundarán toda África. Obsesionado con la historia de la ciudad donde hace sus inversiones, el chino está reuniendo una colección imponente.

—Tiene fijación por Mullor, ¿entiende? Habría sido una

idiotez permitirle que se quedara con los dibujos por una miseria. Su asesor me ha pedido que le encuentre todos los que pueda. Me he marcado un farol y se lo ha tragado.

Lo que faltaba: el farol. De todas formas, creo que no me he enterado muy bien.

—¡Pero si es muy sencillo! Mire, lo bueno de estos compradores, cuando tienes la suerte de toparte con uno, es que son ambiciosos, no les bastan piezas sueltas, quieren lotes, si puede ser, la colección entera. Pero lo tenemos bien: está el mío, los tres de usted, dos que está dispuesto a cederme uno de mis clientes, y hay un ganadero de Salamanca con el que tengo que hablar, en fin, se puede armar una serie interesante... Quizá podría convencer a Alberto Gómez Font de que me consiga una subvención para mi biografía, me he enterado de que está trabajando para el chino en la investigación de archivos... Naturalmente, la publicaría después de que nuestro magnate haya arramplado con todos los Mullor que haya en el mercado...

—Escuche... ¿Y si yo consiguiera encontrar más dibujos?—tengo el corazón en un puño—, ¿cree que su chino los compraría?

—Multiplique por veinte las estimaciones que le di el otro día.

Intento hacer la cuenta sin conseguirlo. Los números nunca han sido mi fuerte. Luego ya ni lo oigo, de repente estoy en los prados cercanos al puerto, entre escabiosas, amapolas y altramuces en flor, y, ante mí, desfila un cortejo: hasta donde alcanza la vista hay arcones yebalíes abiertos en los que ondean, como flabelos de faraones, hojas de cicas y de plataneras, begonias y helechos raros, transportados por parejas de pequeños Diegos con la frente pálida y las mangas de la chaqueta gris arremangadas hasta los codos que cantan alegremente la canción de los siete enanitos, «Hay-ho, hay-ho, venimos de comprar», y, cuando pasan a mi lado, me guiñan un ojo maquillado con kohl...

—¿Cómo dice? ¿Un centenar?

—...

Basta grita palabras que no comprendo.

—¡Entonces el famoso archivo de los diseños lo tienes tú! ¡Joder! ¡Me cago en la hostia puta! ¡La madre que me parió! Me voy a desmayar.

Intento salir de mi ensoñación, pero ahora los Diegos, que siguen cantando, llevan a la espalda sacos repletos de azulejos antiguos, alfombras enrolladas y, en los brazos, cestos llenos de tejidos bordados marroquíes. Continúan marchando hacia mí, guiñándome el ojo, por la pendiente florida...

—¿Y los quieres vender?

—Pues claro.

Llega mañana en el vuelo de las 11:45. A las 13:30 estará en Tebarek Allah.

2. LAS ALFARERAS

«Relájate, hombre, disfruta del paisaje. Como sigas pensando en el chino vas a acabar en el manicomio de Beni Makada». «Oye, ¿te importaría no leerme el pensamiento?», rebato en voz demasiado alta.

Siento un murmullo a mis espaldas: nuestras pasajeras no entienden lo que digo, un hombre que habla solo nunca causa buena impresión. Diego me mira con aire humillado, me hace sentirme culpable, aunque sé perfectamente que está haciendo teatro. Los fantasmas no se ofenden, y él, menos.

Será el nerviosismo, será el cansancio: anoche no pegué ojo y a las cuatro de la mañana ya estábamos en danza. Conduzco con cuidado nuestro jeep por una carretera tortuosa con mi duende al lado, en el asiento del copiloto.

«Te debo una disculpa, Diego. Creí que esos dos plastas eran uno de tus estúpidos chistes, pero puede que esta vez sí que hayas tenido gracia...». «Puede. Pero habría sido mejor no ponerse tan chulito con el chino. Si, al final, cambia de idea y no te compra nada, ¡no la tomes conmigo!».

En efecto, anoche, al teléfono, Basta estaba verdaderamente indignado: no puede entender por qué le dije al asistente personal de mister Chow que me negaba a recibir a su jefe en mi casa. ¿Y lo de que quiero cobrar al contado? ¿Acaso creo que un hombre de negocios tan importante va por ahí con un fajo de billetes en el bolsillo como si fuera un camello?

—Sí, exacto, como un camello—le corté—. O como un gánster.

—Pero ¿usted se da cuenta de la cantidad de dinero que es?—gritó Basta.

—A ojo serán unos mil metros cuadrados de baldosas dieciochescas de Fez. O unas cien mil plantas, más o menos…

—Exacto. Entonces, ¿por qué un desaire así? Y, encima, a un oriental, con lo susceptibles que son… Pero si iban a ser cinco minutos, ¡este señor está siempre liadísimo!

En este punto, también yo alcé la voz:

—Oiga, primero, modere el tono y, segundo, yo no estoy en venta. Y no lo estarán tampoco los dibujos de Mullor si no se aceptan mis condiciones. Buenas noches. —Y colgué.

Ahora, pensándolo mejor, creo que me pasé. ¿Y si se estropea el negocio? Que Gasp se vuelva a Bélgica me resulta insoportable. Como deje escapar esta ocasión que la fortuna…

«¡*Que Diego*, querrás decir! ¡Y, por ahora, ni gracias!». ¡Cierra el pico!, le ordeno mentalmente. Pero, ¡basta!, no quiero que me arruine el día una cuestión de dinero, lo que me importa es la felicidad que espero me proporcione esta excursión, una felicidad que no siento desde hace tiempo.

Estoy llevando a tres señoras a su pueblo. Las encontré tras una fatigosa búsqueda en un zoco semanal al este de Uezán que descubrí gracias a un mapa en un libro alemán de antropología. Hace cuarenta años que su autor, al que intenté localizar, pero que, desgraciadamente, ya había muerto, como casi toda la gente a la que me hubiera gustado conocer, hizo un censo de todas las ceramistas de la región.

«¿Dónde están las alfareras?», preguntaba en medio del alboroto a vendedores y transeúntes, siguiendo indicaciones contradictorias, haciendo equilibrios sobre maderos para cruzar los barrizales que habían dejado las lluvias recientes, «¿dónde están las alfareras?»; asomándome por encima de hombros cubiertos con chalinas en medio de una multitud de aldeanos, entre tenderetes llenos de albornoces y toallas, «¿dónde están las alfareras?»; soltándome del niño que se me había enganchado a la chaqueta para pedirme una moneda, mientras Diego, excitado por el jaleo, trotaba a mi lado, panza hacia dentro y pecho hacia fuera, lanzando miradas concupiscentes a cualquier hembra, no importaba la edad, gimoteando por cualquier centímetro de piel desnuda, sin ahorrarme sus «¿pero has visto qué manitas?», «esos hoyuelos me vuelven loco», «gallina vieja hace buen caldo», etcétera. «Te daría bromuro si les hiciese efecto a los espíritus—y dirigiéndome al enésimo vendedor de mandarinas; cogiendo del brazo al enésimo charlatán que toma aire después de haber voceado un panegírico sobre su veneno contra las cucarachas; tirando de la manga de la chilaba del enésimo muchacho que hace cola para pegar un puñetazo a un artefacto chirriante que se supone que mide la fuerza muscular; acorralando contra una pila de cajas al enésimo padre de familia cargado de provisiones que se empina por encima de mi hombro para buscar una vía de escape—: ¿dónde están las alfareras?».

Las encontramos bajo un tinglado de palos cubierto con un plástico rajado por el viento que lo hacía parecer un palanquín nabateo. Estaban de pie, entre montones de ramitos de arrayán de los que se llevan al cementerio y sillas de segunda mano para montar mulos. Una era muy gorda. «Mmmm, ¿te la imaginas a cuatro patas? Si la montaña no va a Mahoma...». Puse los ojos en blanco. Desgraciadamente, las tres vestales de la antigua tradición a las que hubiera querido besar la mano en señal de respeto no llevaban vasijas entre sus mercaderías, sólo cubos y bidones de plástico.

Ayudados por un chaval que traducía al árabe el peliagudo dialecto de la región, me explicaron que las vasijas auténticas, las que se hacen a mano, sin torno, y después se decoran con la resina del *tro* o cornicabra—sólo visualizando aquellos motivos, inalterados tras milenios, me quedaba sin respiración—son demasiado frágiles para transportarlas hasta el zoco. Y, además, ¡ruina!, el ama de casa marroquí prefiere los recipientes modernos, más ligeros y duraderos. Los de cerámica los dejan en casa y, si acaso, se los venden a alguna vecina chapada a la antigua.

Se turnaban en las explicaciones las alfareras y, mientras una hablaba, las otras dos corroboraban con gestos de asentimiento. Me ofrecí a llevarlas al pueblo para poder admirar los frutos de su trabajo. Después de conferenciar un buen rato, escupir en el suelo e intercambiar, a veces, palabras gruesas, discutiendo, evidentemente, si era aconsejable o no que unas señoras solas se subieran al coche de un infiel, al final aceptaron. Los cubos y los bidones invendidos los dejarían allí al cuidado de un paisano que tenía un almacén. Aun así, fueron necesarias un par de horas para trasladar y cargar todos los cacharros que se apresuraron a comprar en cuanto se enteraron de que tenía un jeep. Como siempre, el petimetre de Diego no ayudó nada—cuando le conviene, dice que es demasiado débil para mover cosas reales—. Y había bastantes cosas reales que mover: ocho pares de botas de goma, una bala de ropa de niño usada, riendas, esteras enrolladas, un atado de tubos de hierro muy aparatoso, pero, afortunadamente, poco pesado, además de las típicas compras de zoco: kilos de azúcar, paquetitos de carne envueltos en una nube de moscas, algún saco de patatas, una pala y una horca de madera que me provocó cierta envidia. La gorda compró también un tanque de gasolina de treinta litros para la bomba del pozo.

Por suerte, una de ellas se acordó de que una amiga suya tenía una carretilla y me la prestó, pero sólo para el transporte hasta el coche. En el pueblo tendría que apañármelas sin ella. En tres viajes conseguí llevar todo al jeep que, como es habitual, estaba rodeado de chiquillos. A la hora de cargar se esfumaron todos. La giganta, apostada en la baca, ayudó tirando del tanque con todas sus fuerzas mientras yo lo empujaba desde abajo: por poco no quedo convertido en una fritanga.

En el asiento trasero, las señoras de la alfarería tenían, por fin, un aire de satisfacción: no todos los días un caballero las llevaba a su casa en carroza. Cuando la más voluminosa intentó subir delante, Diego se pasó la lengua por los labios y desapareció para reaparecer enseguida empequeñecido y tumbado bocarriba en el reposapiés. Adivinando las intenciones voyeristas de mi fantasmita, hice a la señora un gesto de negación y, resoplando, se resignó a mudarse al asiento trasero, constriñendo a las otras dos a estrujarse contra las puertas. Ahora se ha quitado el sombrero de paja, descubriendo un llamativo pañuelo que le ciñe las sienes, y murmura algo en voz baja, probablemente alguna plegaria. Enmarcada por el retrovisor, la de la izquierda acaricia distraídamente a su gallo. A la tercera, la larguirucha de los tubos, no puedo verla.

—Está dormida—me dice Diego, reapareciendo en el asiento—. Se ve que no come bien, pero ¿has visto cómo te mira la mosquita muerta?

—Toda para ti—mascullo.

Mientras el paisaje montuoso discurre delante de nuestros ojos, intento recordar los nombres de las tribus de estos territorios. Superados ya los Beni Mestara, entramos en la región de los Ghazaoua—un autobús abarrotado nos adelanta a gran velocidad empujándonos al filo del barranco—; me pregunto una vez más por qué, cuando me gusta un sitio, quiero saberlo todo de sus habitantes y de sus historias, animales, plantas, toponimia, clima, pluviometría, geología... Una joven águila de Bonelli planea sobre los cedros. Gasp me explicó que la punta blanca de las alas revela su edad, en las adultas se vuelve más oscura, del color del resto del plumaje. No, por más que lo intento no consigo acordarme del nombre de ese pequeño gamón. Anticipo el placer del hallazgo que me espera, del inminente descubrimiento, tengo en los ojos el color parduzco de esos jarrones de barro sebáceos y rugosos con el periplo del universo dibujado sobre ellos con garabatos de resina; las yemas de mis dedos recorren ya esas superficies curvas y templadas como ubres llenas de leche... El olor de las tres señoras es penetrante a pesar de que llevamos las ventanillas completamente abiertas.

—Huelen a reinas antiguas—dice Diego, en uno de sus raros arrebatos poéticos.

—¿Tú por qué crees que tengo esta manía de saber los nombres de todo?

—Porque estás chalado. Una buena jabonada en la bañera...—Fija la mirada lejos, chapoteando en quién sabe qué recuerdo de pibones en remojo—: ¡Y listas para...!

—Piso el freno.

La gorda me ha tocado el hombro y me hace una señal para que me meta por una pista a la izquierda.

—En vez de decir gilipolleces, dame tu opinión, tú que conoces esta zona desde hace mucho más tiempo que yo: ¿de qué etnia crees que son? ¿Beni Amrane o M'tioua? O sea, ¿descendientes de los masmuda, ghomara, zeneta, ketama o sanhaya?

Diego niega con la cabeza:

—Es la primera y la última vez que te acompaño. Unas

compras más y no cabré en casa ni yo, hay más cosas en el salón que en la feria de alfarería de Puente del Arzobispo. Ya sólo nos faltaban los frascos.

—¡Que no los llames frascos! Se llaman mejmar si tienen forma de brasero; aqdouha si son jarras para agua de dos asas; guedra, cazuela; khabia, con dos asas y sin cuello; abouqal, como en español, bocal; guembour, aguamanil; se llaman...

—Nosotros les decimos trab, 'barro'—interviene la señora del gallo.

A saber lo que ha pensado oyéndome recitar la letanía de recipientes. Le dirijo una sonrisa avergonzada por el espejo retrovisor. Me indica una pequeña mezquita moderna precedida de una plazuela. ¡Así que saben alguna palabra de darija! Tanto mejor, la comunicación será más fácil.

Pero Diego tiene razón, esas terracotas me hacen perder el poco tino que me queda. Si todo va bien, les dedicaré una habitación entera, una casa, una exposición que montaré sólo para mí en la que estarán armoniosamente ordenadas, clasificadas con mimo por etnias, considerando afinidades, costumbres y cronologías. Es apasionante el misterio de este territorio que se articula entre Marruecos, Argelia y Túnez, entre el País Yebala, el Rif y la Cabilia, al norte de Taza y de los montes del Aurés, en el que no son los hombres los que fabrican las cerámicas, como, desde hace siglos, en todo el Magreb islamizado, sino las mujeres, grandes señoras de la belleza como las que ahora están bajando de mi coche, grandes señoras de las formas y las decoraciones, maestras de frisos y grecas, flores y figuras de navegantes que parecen recién desembarcados de la antigüedad fenicia o de las islas del estilo geométrico helénico.

La larguirucha escupe en el suelo. Miro alrededor. Todas las casas del pueblo son nuevas, fachadas alicatadas con baldosas industriales y rejas pretenciosas en las ventanas. Las señoras esperan de pie, quietas, sin mostrar la más mínima intención de descargar ni un paquetito. Sólo el gallo se agita, pero, con un par de sopapos, su dueña le hace bajar la cresta. Suspirando, abro la puerta del coche y empiezo a sacar lo más ligero.

Cuando, por fin, con un ruidoso porrazo, desalojo el tanque de gasolina del jeep, llorando la pérdida de la carretilla prestada, busco en las inmediaciones algún viandante para promoverlo a mozo de cuerda. Diego merodea alrededor de las tres señoras disparando groserías sobre sus respectivos encantos en uno de los dialectos locales que se jacta de conocer a la perfección. Menos mal que sólo le oigo yo.

La Juno yebalí me fulmina con una mirada, mientras la amiga flaca se mira las manos frunciendo el ceño como si contase las monedas de un vuelto.

—¿Entonces, nazrani?—La dueña del gallo, que se ha sentado en el bordillo de la acera, me mira con aire desafiante.

Por el callejón asoman dos chicos. *Hamdullah!* Son grandes y fuertes, pelo engominado, cazadoras de piel y vaqueros a la moda, con el tiro que les bailotea a medio muslo y deja al descubierto el elástico de sus calzoncillos blancos.

—Smahli!, ¡Por favor!—Me ignoran—. ¡Perdonad!

Se acercan a una moto apoyada en el muro. El más alto se monta a horcajadas y, de pie sobre los pedales, comienza a propinarle enérgicas arrancadas para ponerla en marcha y enseña una franja de nalga de color masa de pan cruda.

—Queridas señoras—digo en darija—¿podrían pedir a estos jóvenes que vengan a echarnos una mano?

Las tres gracias permanecen impasibles. El motor pedorrea; unos segundos después los centauros desaparecen tras la curva de la pista.

No me puedo desanimar. Pienso en los recipientes arcaicos que voy a salvar, me parece estar oyendo ya el llamamiento hechizante que brota de sus panzas, de sus redondeadas bocas asombradas, de las dulces y profundas tonalidades de la tierra cocida.

—¿Qué hacemos? No puedo llevarlo todo yo solo.

Me miran con aire inexpresivo, puede que no entiendan bien mi árabe. «Prueba en español», sugiere Diego.

Milagrosamente, la propietaria del tanque me responde en ese idioma:

—No se puede molestar a los hombres.

—Pero ¿por qué?

«Porque tienen cosas más importantes que hacer—contesta Diego con socarronería—como mirar a las chicas y jugar a las cartas en el café».

¡Qué pena que no se pueda estrangular a los fantasmas!

¡Malditas sean las pérfidas mujeres de los ghazoua!

La primera vive cerca y, menos mal, sus tubos metálicos, aunque chocan entre sí generando un ruido ensordecedor, son livianos. Me toca ir y venir varias veces, los voy dejando caer en el cobertizo que me ha indicado.

—¿Y los jarrones de barro, vuestro trab?—pregunto, mientras el estrépito sigue retumbando en mis oídos.

Asiente:

—Luego. —Y apunta con la barbilla a las amigas que esperan.

La segunda vive más lejos, en una calle en cuesta. Después de varias idas y vueltas con fardos, sacos y paquetes, yo, jadeante, y ella, retozona como Judith después de la decapitación, sólo queda el famoso tanque. Pero ¿cómo es posible que este pueblo esté desierto?

—¿Dónde está la gente?—le pregunto, fingiendo, por orgullo, que no me importa estar chorreando sudor, mientras

Diego hace una de sus exhibiciones de danza del vientre.

Ella se encoge de hombros:

—En el café, en el zoco, yo qué sé... Con sus cosas, alabado sea Alá.

Cuando, por fin, de un asa ella y de la otra yo, el tanque es depositado en su destino, decido no mover un dedo más hasta que me enseñen al menos un recipiente. La tercera, que se busque la vida.

—¿Puedo ver una de tus ghorraf?, ¿uno de los guembour que ya no llevas al zoco?—Me mira, se encoge de hombros, abre la puerta, me hace señal de seguirla.

—Bismillah.

—Bismillah.

La vivienda es como tantas que he visto: en el saloncito, las banquetas con su pila de mantas sintéticas de pavos reales y leones, la puerta de la cocina con vista al frigorífico, las habituales fotos enmarcadas del rey y de La Meca, el típico televisor. Tras quitarse los zapatos y pedirme que me los quite yo, avanza hasta la mesita de cristal que está en el centro de la habitación y se vuelve hacia mí tendiéndome un jarrón. Está vidriado en amarillo, sin asas, es un vulgar florero con un dibujo de dos palmeras finitas bajo el rótulo *Souvenir de Fez.*

—Te lo regalo.

El sudor se me hiela en la nuca.

—Madame, creo que ha habido un malentendido...

—¿No te gusta?—pregunta en tono amenazante.

—Claro que sí, es precioso—me apresuro a responder. No puedo transgredir las normas de la buena educación en casa de extraños—. Pero me gustaría ver algún recipiente tradicional de los que seguís cociendo en vuestros hornos...

Suspira.

—Ya no cocemos. Hace años.

—Pero, entonces…

—Haz el favor, nazrani. Estoy cansada. Y todavía quedan todas las cosas de mi amiga.

—¡Mentirosas!, ¡sinvergüenzas!, ¡cerdas aprovechadas del Beni Amrane!—berreaba una hora después mientras, con los hombros y los brazos entumecidos, conducía hacia Tánger.

—No entiendo por qué te acaloras tanto. Deberías estarles agradecido—observó Diego acariciándose los extremos del bigote—. ¿Hace años que vives aquí y todavía no te has enterado de que es desconsiderado decepcionar a los extranjeros?

—¿Y esas brujas no me han decepcionado?

—Por lo menos te han dado alguna esperanza. Piensa en lo triste que estarías si te hubieran dicho desde el principio que nadie hace ya tus cerámicas. Deberías reconocérselo a esas señoras, italiano. Gracias a ellas has podido olvidarte del chino y soñar… ¡Cuánto echo de menos dormir y soñar…!—Sonríe melancólicamente.

—Dime la verdad, Diego, ¿te jode que venda tus dibujos? La verdad es que, a mí, un poco, sí…

—Pobres mujeres, estaban cansadas… ¿Cuándo volverán a encontrar un lacayo que les lleve la compra a casa?—Y mi duende se pone otra vez a mirar la carretera, absorto como un niño nutriéndose de lo que ve. Estamos en las fértiles planicies de los Masmuda, los montes del Beni Gorfet se perfilan oscuros a la luz de la luna. Entre los pedruscos y las bolsas de plástico de la cuneta, los pequeños gamones en flor centellean, parecen cubiertos de estrellitas: *Asphodelus gracilis*, un endemismo bastante raro, por fin me he acordado del nombre.

3. «CHINERÍAS»

Stephan dice que me gusta complicarme la vida. Pero no es cierto, qué culpa tengo yo de que mi día a día sea así: plantar las clivias amarillas y podar la dombeya de hoja redonda para que no asfixie a las flores de miel y a las daturas; hacer que alguien lleve a los dos temporeros a la planicie sobre Gueznaya para que corten los helechos aquilinos con los que hacemos el mantillo; contestar a la cuarta llamada de Portugal orillando el coche en el arcén, con los tráileres pasando por mi lado a la velocidad del rayo, para ver qué hacemos con el camino, demasiado angosto para los camiones que llevan las ceibas (no, en helicóptero no es posible), seguida inmediatamente de la tercera del cliente de Tarudant, furioso porque aún no le he mandado la lista de plantas para un invernadero (su mujer lo quería a toda costa) en el que, fácilmente, se alcanzarán los noventa grados en verano; ir a última hora a recoger a los temporeros y tragarme sus quejas por los ataques de víboras y escorpiones, los callos en las manos y los dolores de espalda; telefonear a los jardineros de Rohuna, desafiando la pésima cobertura, para darles instrucciones precisas sobre los trasplantes—lavándulas y *Tagetes lemmonii* en el Jardín de la Consolación, *Iris orientalis* y estafisagrias en los cuatro parterres de agapantos, sí, tenéis que hacerlo hoy sin falta: solos se aburren, los pobres, ¿no veis que son como los grandes *kora*, como balones azules olvidados en medio de un estadio en el que nunca empieza el partido?—; llevar a alguno al médico, porque estos chicos de campo siempre, siempre, están malos, y me lo dicen cuando están ya en el autobús para que vaya a buscarlos a la estación; seguir a Gaspard en el bosque masacrado por los Caterpilar buscando carrasquilla arbustiva («Si sigues perdiendo el tiempo con los idiotas de tus clientes, no creo que consigas salvar muchas plantas»); aprovechar cualquier momento de tregua para proseguir con el ensayito sobre la vinculación entre los tejidos bordados tetuaníes y los otomanos sin repetir «hojas *saz*» o «tulipán» cada dos líneas; ir corriendo a casa de Sellem para echar un ojo a una lápida romana, a casa de Ahmed en Asilah para examinar la célebre piedra de afilador con inscripciones hamadcha, a casa de Aziz en Chauen porque su mujer se ha decidido, por fin, a vender las insólitas muñequitas de trapo de su abuela (hay que resolver rápidamente antes de que cambie de idea y las queme: tiene miedo de que la suegra le haga un embrujo de magia negra con ellas). Y, por último, pero no menos importante: los números para mister Chow. Los malditos cuadraditos que hay que preparar a toda prisa plegando las páginas del cuaderno en dos, en cuatro, en ocho —«Tienen que estar hoy», ha sentenciado miss Paula—. Acabo de escribir el último numerito y de recontar los dibujos, son ciento treinta y ocho, la suma cabalística es tres, estupendo. «Su excelencia lamenta las molestias, pero necesita sin falta previsualizarlos por teléfono, quiere cerrar cuanto antes».

¿Su excelencia? Pero ¿quiénes se creen que son?, ¿el Vaticano?, ¿el Congreso de Viena?, ¿la Cámara de los Lores?

Por suerte, no había vuelto a poner todos los papeles de seda entre los dibujos, así gano algo de tiempo. Coloco las caricaturas una al lado de la otra, todas con su número. La primera vez, cuando le enseñé tres a Basta en el comedor parecían el mantel de una taberna de pueblo. Ahora, bajo la pérgola del jardín, en la mesa más grande de la casa, son el sudario de *patchwork* de un cachalote o la bufanda de una jirafa. Por desgracia, no caben todas, necesitaría el adarve de la Gran Muralla; lo haré en dos veces. No hay trabajo fácil, me digo, el dinero chorrea sólo sobre Dánae y el Tío Gilito.

—¿Qué es esto?, ¿te estás echando el tarot?—Apareciendo por la escalera que sube de la praderita, Gaspard da una vuelta completa a la mesa.

—Me lo ha pedido la secretaria. Tengo que enseñárselos por teléfono al chino.

—Me encantaría echarte un cable, pero me voy corriendo a Mediuna. Creo que por fin he encontrado el Ornithogalum broteroi, ese que tiene el bulbo pequeño como una mariquita y sólo una hoja; estaba escondido entre las jaras, puede que hoy haya abierto… Perdona que te lo diga, pero estos dibujos son feísimos.

Mueve la cabeza, se encoge de hombros, se mete en la bandolera su palita personal y un pequeño pulverizador y sale disparado, ¡qué suerte!

¡Uf!, pronto y bien, rara vez juntos se ven. Los dibujos son frágiles, hay que manejarlos con cuidado para no estropear las esquinas y los bordes, al fin y al cabo, tienen casi un siglo… Debo asegurarme de que estén bien separados, sería raro que un vendedor de agua sin dientes y un legionario semidesnudo se frotaran mientras bailan un lento apasionado y se fundieran el uno en el otro… Aunque son a tinta y no a carboncillo, menos mal, algunos están tan borrosos como el rastro de un caracol. Contemplo el efecto de mi ringlera: alineados como un ejército de terracotas Tang resultan más escenográficos. Ya que estoy, dirijo una plegaria mental a la enloquecida diosa del Levante para que no se manifieste: una de sus ráfagas mandaría mi tesoro al Marshan o más allá. Podría haberme aprovechado del talento artístico de mi cocinero para que me ayudara, pero tiene que terminar los arbolitos para su exposición en Londres, el director de la galería lleva días acribillándome a recordatorios por e-mail, el pobre Soufiane se pasa las noches retorciendo y puliendo alambres pintados, es milagroso que consiga mantenerse despierto el tiempo suficiente para hacerme un huevo pasado por agua. Podría también salir a la calle, como el otro día, cuando, para cambiar de maceta dos helechos monumentales, auparlos de nuevo a los tocones que uso como pedestales para que queden a alturas diferentes y atajar de raíz las protestas de Nassar Bonita Sonrisa y Mohamed Pequeño (¿que pesaban como un Mercedes? ¡Qué exagerados! Más bien como un R4), me asomé a la calle desde el portón y pedí a dos chicos que pasaban por allí que nos echaran una mano y, ya puestos, que centraran bajo el tapiz flamenco el malhumorado armario de Gdansk en el que reposan mis tejidos bordados. Pero una cosa es la fuerza muscular y otra muy distinta la *patience* de un escaparatista.

Maldito Basta; es muy cómodo cobrar el veinticinco por ciento de comisión («Yo me encargo de Blanca, un ramo de flores y uno de esos samovares que tanto le gustan») y estar todo el rato en Londres… ¿para hacer qué, además? Me lo imagino probándose un suetercito amarillo bajo la Burlington Arcade y chequeando cómo le queda el conjunto… No contento con parecer un pomelo, ¿habrá sucumbido a la abyección de un corbatín escocés? Que le den.

Esta miss Paula me intriga y también me inquieta. Deben haberle advertido que no soy muy cibernético: «Es sencillo, usted acepta la llamada, luego va encuadrando las obras una por una, desplazándose lentamente y asegurándose de que también se vean los números. Soy admiradora suya, ¿sabe? He leído un artículo sobre su jardín, nuestro comité debería tomarlo como ejemplo». Por el acento se ve que no es inglesa, saliva demasiado las sílabas.

—¿Usted también es china?

—¿Por qué?, ¿mi inglés no le parece correcto? ¡Qué gracioso es usted!

Risita ronca, prolongada, hipócrita.

—¿Le gusta la cerámica?, ¿las porcelanas?—Siempre intento encontrar un interés en común con los desconocidos.

—Me gustan mucho, sobre todo las monocromas Song y los blancos y azules Wanli...

Me acaba de conquistar. Desarrollo un afecto sin fisuras por ella, un afecto tan consistente como un puente con tres ojos de medio punto por el que transitan búfalas cargadas con cajones de paulonia repletos de cerámicas delicadamente envueltas en paja de arroz.

—Las cerámicas marroquíes también son bonitas, artesanales, pintorescas...—¡Vaya por Dios! Sus palabras son un misil de jade disparado por un cañón que acaba de hundir el arco central de mi afecto—. Por favor, le ruego que los dibujos se vean nítidamente. Su excelencia tiene que poder apreciarlos en detalle uno por uno y ampliarlos a voluntad. Por eso le hemos enviado el Huawei con una lente especial de mil veinticuatro millones de píxeles, un prototipo que todavía no está en el mercado. Acuérdese de añadir un elemento que denote la proporción.

—¿Un mechero Bic?

—Un mechero Bic puede servir. Y otra cosa, muy importante... La llamada entera se guardará en un file, luego le mando la autorización en pdf para que la firme electrónicamente. Por supuesto, nosotros nos comprometemos a no divulgar el video en ningún caso, y usted, después de la venta, tendrá que destruir cualquier copia física o virtual de cada pieza de la colección... Está todo en el contrato, le ruego que lo lea detenidamente. Mister Chow exige discreción absoluta, no quiere que nadie vea las obras maestras que adquiere para su Madonna...

Largo silencio. ¿Se referirá a la cantante o a la mamá de Jesús? Así que ningún ojo profano podrá mirar jamás los dibujos de Diego. ¡Qué raro, un chino cristiano!... ¿O será una fórmula suya de cortesía?

—Sólo mister Chow tendrá acceso a las obras... Siempre que ambas partes confirmen su voluntad de proceder con la transacción, obviamente. Después de catalogarlos, los dibujos se enviarán al centro de restauración... Pero todo eso no será ya de su incumbencia. Bueno, está casi todo listo. La primera llamada telefónica se producirá a las quince treinta en punto.

Las dos bordadoras hebreas de barbilla puntiaguda inclinadas sobre su labor son la última tesela del mosaico. Tengo el tiempo justo de inspeccionar rápidamente el regimiento en alineación: quito una hojita de plumbago de los incisivos de una campesina que bromea con una amiga y, en el momento en que su sonrisa vuelve a resplandecer, suena el teléfono.

Es una llamada en modo oculto, la pantalla está completamente negra, el audio está activado, pero no se oye nada. Todo como se me anunció. Lentamente, sujetando el teléfono con la derecha, empiezo a moverme alrededor de la mesa encuadrando los dibujos—avanzo con extrema cautela, intentando no transmitir al brazo el más mínimo tembleque: soy un ladrón de pisos con los dueños roncando en la habitación de al lado—. En un momento dado me parece advertir una ligera respiración que proviene del dispositivo. Ando de puntillas, con el brazo apuntando siempre a las caricaturas, voy a tener un calambre. Creo oír por el altavoz una respiración cada vez más audible. Ya he terminado con el marco externo, voy a enfocar los dibujos del centro, oigo un ruido como de alguien estrujando un papel o moviendo cosas: luego, de nuevo, la respiración, más fuerte, más cercana, casi jadeante. Sigo. Ahora son suspiros, el resuello del maratonista que divisa la línea de meta, y, justo cuando estoy encuadrando *Partida de ping-pong*, culminan en un estertor, doliente y profundo, seguido de un gemido ahogado que parece el chillido de una rata.

He acabado, la comunicación se ha interrumpido. Miss Paula me llama unos minutos después. Me agradece mi amabilidad, mister Chow le ha informado de que las tomas son satisfactorias, aunque estaban un poco desenfocadas las número dieciocho, diecinueve, cuarenta...

—¡Cuánto lo siento! He hecho lo que he podido—le interrumpo. No me va el papel del eunuco que, la vigilia de la visita del emperador, es vejado por el maestro de ceremonias ordenando que le propinen cien bastonazos en la planta de los pies por cada vestido o moño lacado que no está en su sitio—. Soy sólo un jardinero, un coleccionista... Si lo desea, diríjase a un proxeneta.

—¿Proxeneta?—Risita adenoidea.

—Quería decir un profesional... En la ciudad hay un par muy buenos...—Se me ha ocurrido que hay un chico de Rohuna que hizo unas bonitas fotos de las rosas. Podría sacarse un pico.

—Como le he dicho, no recurrimos nunca a personal externo... Es nuestra política. Además, nadie tiene que ver los dibujos, ni siquiera yo, si no, le habría ayudado encantada.

—¡Ojalá! ¿Vendría ex profeso desde China?

Otra risa, esta vez más sustanciosa, más mongola.

—¡Pero si estoy en Tánger, señor!, ¡en la sede marroquí de la Silk Road Trading! Uno de nuestros choferes tardaría media hora en dejarme en su casa.

—Entonces la espero, pero dese prisa, por favor. Luego tengo que salir.

—Pero ¿qué dice?... Todavía le queda la segunda sesión.

—Tiene razón, saldré después.

—Como usted quiera. Mister Chow tiene una reunión en Rabat con el ministro de Desarrollo que durará, exactamente, cuarenta minutos. Continuemos con el schedule previsto.

—¿No cree que, después de tantas emociones, sería mejor dejarle echarse una siestecita antes del segundo tiempo?

Una risita. Enseguida, profesional:

—Esté preparado, con el teléfono cerca, e intente mantener el brazo estable. Su excelencia es inflexible cuando está visionando en privado, el mínimo temblor lo pone nervioso. Tenga el pulso firme, se lo suplico...—Y en el más puro estilo Ciudad Prohibida—: El secreto está en el contacto, agárrelo enérgica pero suavemente, proceda con decisión y no altere el ritmo. ¡Feliz travelling!

4. EL INTERCAMBIO NOCTURNO

Con las hojas de adelfa no habrá problema. Nassar Bonita Sonrisa barre tan mal que sólo con las que hay bajo los tiestos de la terraza se podrían llenar dos sacos al día. Conozco al dedillo la flora de la región: incluso siendo una bianual, en esta época, los ejemplares en flor de *Heracleum mantegazzianum* o perejil gigante (el «Giant Hogweed» que cantaban los Genesis; la apiácea real que, desde hace años, los cascos azules de Naciones Unidas calcinan con lanzallamas en los huertos asilvestrados de Serbia) no faltan en los grandes claros de detrás de Slokia. Me ha bastado cortar con cuidado un par de esquejes—sin quitarme los guantes de jardinero, no he traído el antídoto—y envolverlos en una bayeta. Conducir con esos guantes no es fácil, sobre todo, cambiar de marcha, me da miedo que un pelo se desprenda de la planta y me entre por la nariz o en un ojo. Llevo las ventanillas cerradas para evitar que circule el aire.

Ahora viene la parte difícil. Entreveo lo que buscaba colgando de un pino. Por suerte, no está muy alto. Freno y me bajo delante de los *Gynandriris sisyrinchium* (no hay nada como las viejas nomenclaturas) que sonríen en el polvo, entre los matorrales de rigor y alguna lata de cerveza.

Redondeado, blancuzco, parece borra de algodón.

Ajustadas las gafas y expulsado un ciempiés, me pongo a manipularlo con un palito hasta que consigo que el nido de procesionarias caiga al suelo.

«¡Peligro, peligro!», grita un viejecito surgido de quién sabe dónde y escapa negando con la cabeza seguido de un perrillo con la cola despeluchada.

Con mil precauciones recojo un trozo del bulto que he conseguido desprender, parece un jirón de arpillera forrado de excrementos secos, grumosos. Meto mi botín en la bayeta que contiene los esquejes, me voy.

Ahora que ya tengo todos los componentes volátiles, sólo me falta el fijador. Quiero ir a lo seguro. Los cristales de alumbre que he comprado en la tiendecita de semillas y productos de jardinería son el mordiente ideal (el papel de los dibujos de Diego está hecho con trapos y es más absorbente que la celulosa), pero, para mayor seguridad, me paro a recoger unas cuantas resedas. ¡Silencio, lloronas! En casa, en algún sitio, en alguna de las múltiples vasijas, debo tener alguna granada seca.

Menos mal que no tiro nada: el traje de neopreno de George está todavía en el garaje y mis viejas gafas de buceo para mirar los peces me vienen de perlas. Ha sido divertido: hervir, machacar en el mortero de Leila (a lo mejor así consigo quitarle el olor a ajo), exponer al sol, machacar más, añadir, verificar los pinceles, hacer pruebas sobre los cantos de los papeles… Mucho mejor que si lo hubiese comprado por internet—con lo que tarda el correo internacional en Marruecos, siempre que me mandan un plantón escondido en un calcetín, llega seco y me echo a llorar—. Soufiane no ha aparecido, debe estar perdido en su jungla de alambres, así que, después de meter el mono y los guantes en un saco con cerramiento hermético, me caliento un poco de sopa y lo vierto en la col de Sèvres del XVIII. Casi es la hora. Nada de manteles, mi *jobbana* hace las veces de plato hondo y la cuchara es de madroño. Tampoco he visto a Gaspard; últimamente, qué suerte tiene, se pasa el día en la cama y se duerme escuchando podcasts sobre la vida de las arañas.

Oigo golpes en el portón. Ya están aquí. Me levanto, me pongo otro par de guantes. Al pasar, cojo el maletín que dejé en la entrada, bajo por las escaleras. Asaltado por un escrúpulo, me detengo, lo dejo, lo abro: la plica, envuelta en plástico, está sellada con precinto adhesivo. En cuanto lo retiren, las esporas comenzarán rápidamente a liberarse en el aire.

Golpean de nuevo.

«¡Voy!».

No me hace falta linterna, se ve bien.

Es una lástima malgastar la exuberancia paradisíaca de nuestro jardín en esta escena espectral ilustrada por la luna llena: el intercambio de rehenes hubiese requerido un camino embarrado con barricadas de alambre de espino, torretas de vigilancia con francotiradores apostados, la carcasa de un jeep entre los cráteres humeantes de las explosiones... Dejo el maletín sobre la hierba, desatranco el portón.

A la luz del farol, su sonrisa es radiante: «¡Por fin podemos estrecharnos la mano!», sí, es Asia hecha mujer, la piel blanca, brillante y tersa, los pómulos tártaros, las orejas pequeñísimas le sujetan el cabello que apenas roza los hombros, los cauris de los párpados, hinchados de sueño y besos, bajo los que lanzan miradas fulminantes sus ojos...

—Temíamos que se hubiera olvidado... ¿Prefiere que nos quedemos en la calle?

—No, por favor, entren. Siento haberla hecho esperar.

Me he quitado los guantes, me los he metido en el bolsillo, pero ella no me da la mano, pasa por delante de mí, evita un filodendro como si siempre hubiese sabido que estaba ahí. Ahora, uno enfrente de la otra, estamos de pie sobre la hierba; el hombre permanece en un segundo término, detrás de ella. Me reprimo un impulso de despeinarle el flequillo.

Chokucho, dice miss Paula, o quizá *Kochuko*, un sonido breve y duro, increíblemente íntimo, amniótico, y, renunciando por un instante a ser una hembra de panda enamorada, se gira como una mujer de mundo para las presentaciones. Por cómo reacciona el hombro de la chaqueta a la torsión de su busto, me parece que lleva una sahariana de...

—¿Saint Laurent?—sonrío.

Hace una señal de negación.

—El señor Tsu, del servicio de seguridad.

El hombre lleva uniforme, sin quepis, distingo una cola de caballo. Deposita en la hierba dos bolsos de cuero. Le cuelga del codo una especie de cinturón peludo que, al llegar al suelo, termina en un ratón gordo. Reconozco un chihuahua sujeto por una correa de visón.

—La cantidad está justa. Si quiere verificarlo, podemos esperarle aquí.

—No hace falta, me fío.

Intentando no mirar al extraño animal, empujo mi maletín con el pie hacia las dos siluetas.

—Gracias.

A una indicación de miss Paula, Tsu lo agarra con la vehemencia que merecería un Kaláshnikov. El chihuahua emite un gritito parecido al de su dueño.

—¿No los contáis?—Me mira atónita—. Mis dibujos, ¿quiere contarlos?

Miss Paula estalla en una carcajada franca, de chiquilla. Le dice algo a Tsu, que también se ríe cubriéndose la boca con la mano. Observo fascinado la cabeza de pulpo que lleva tatuada en la muñeca, por unos segundos me extravío en las revueltas de un tentáculo.

—Como le dije, nadie puede verlos. Ya no existen. Su excelencia se ocupará personalmente del cotejo y si, por casualidad, faltase algo, sabemos dónde encontrarle. —Sigue un breve silencio—: Su excelencia le da las gracias y le manda saludos.

—Un momento, ¿los dibujos son para él—le pregunto señalando a la bestezuela.

—Es ella—susurra miss Paula—. Nuestra *Madonna* adora las cosas bellas—da un suave tirón a la correa y dirige al chucho un arrumaco cómplice—. ¿Cómo lo ha adivinado?

—Por los gemiditos.

—Adiós.

—Adiós.

Me ha parecido que me guiñaba el ojito kirguiso. Se encaminan al portón. Él, aferrado al maletín, es como un agente de aduanas manchú que acaba de requisar un alijo de heroína, ella es una espía con gráciles movimientos de mariposa, con el perro de juguete detrás, como una tarasca anoréxica en minifalda.

La limusina está aparcada junto a mi tapia, lista para arrancar. En el asiento trasero, a través del vidrio tintado, atisbo una sombra que se abanica. Mientras ella sube, intento ver la cara, pero el reposacabezas me la tapa y, cuando se cierra la puerta, la luz se apaga enseguida. Le sonrío y levanto una mano a la altura del hombro, adivino un ademán del jefe en respuesta. O sea, que su excelencia se ha tomado la molestia de venir en persona, qué honor. El coche desaparece tras la curva.

Si yo fuera mister Chow no podría resistirme, empezaría inmediatamente a sacarlos—me imagino los gestos sarcásticos de los rifeños a la luz del habitáculo—pero sé que no lo hará, en eso tampoco nos parecemos. Cierro el portón. Uno de estos días iré a pasear cerca del puerto, por las campiñas floridas en las que los últimos pastores miran con asombro los muelles nuevos y los transatlánticos tamaño rascacielos. Sobre la rama del eucalipto de Boubana, el último cementerio urbano que queda, imagino al búho real ventilando sus plumas justo en el momento en que la limusina pasa como una exhalación bajo su pico: los ojazos amarillos y apenados perforan la noche… ¿de qué raza será ese animal negro y silencioso?

Mis manos agarran los bolsos con fuerza. ¿Diez kilos? ¿Más? Son elegantes, huelen a cuero, apuesto a que son de jabalí. Puedo venderlos en Casa Barata y comprarme, como poco, seis serruchos y otras tantas tijeras de poda de las buenas, de las de importación que sólo vende el pequeño Laiachi. Su excelencia debe haber llegado ya al final del bulevar, place de l'Étoile, ahora están cogiendo la Ibn Battuta… ¿todavía estará el puesto de caracoles?

En el vestíbulo, no aguanto más y abro uno. Debe ser inglés, tiene cremallera doble de latón. *Tebarek Allah!* Me esperaba un paño de protección, una telita, un papel de seda, un envoltorio hecho con un *mendil*, un fular de marca, pero no, están así, sin más.

«Pzetas, pzetas».

Extraigo un fajo mientras veo la limusina adentrarse en el barrio residencial que ha cubierto de cemento la tumba del gigante Anteo. ¡Qué lisos e inodoros son los billetes de banco, apretados por fajas de cartulina como una remesa de ladrillos a la espera del mortero!… Lo pongo otra vez donde estaba, cierro el bolso y llevo los dos al cuartucho de Diego—si hay algo que detesto es la sensación de precariedad que provocan los equipajes dispersos por la casa—. Los dejo junto a una caja de vino, la última que me queda: pediré seis docenas a París. Y un día de estos tengo que decidirme a eliminar cubos y cascotes. Vuelvo a sentarme a la mesa. Lo veo todo: el ascensor que se abre directamente al salón con ventanales y moqueta; *Madonna*, que salta al sofá de piel, el rabito, del tamaño de un alquequenje, temblando de emoción, Tánger que brilla insolente abajo, mi maletín sobre la cama, el chino que revuelve un compartimento del secreter... Ahora, el chihuahua ha puesto tiesas las orejas. Su excelencia abre la carpeta con movimientos apresurados, saca un puñado de dibujos, advierte que le tiembla la mano, pero no se sorprende, cree que es la emoción, coge uno, se le resbala de los dedos y cae al suelo, bajo la mesita de cristal. Se levanta a recogerlo, tiene un mareo, se vuelve a sentar. Siente una presión en el pecho. Haciendo un esfuerzo, se estira, consigue recuperar la caricatura, se levanta. Tiene los dedos hinchados, la piel se ha puesto cianótica, empieza a respirar con dificultad. Resuena un ladrido agudísimo que le perfora los tímpanos; *Madonna* baja del sofá, sale brincando de la habitación. Jadeante, se le nubla la vista, Su excelencia vuelve a introducir los dibujos, como puede, en el maletín, sin meterlos antes en su carpetita. Mientras aumenta el dolor pectoral, se arrastra hasta un enorme armario lacado (él lo cree Ming, pero es sólo una buena copia) y lo pone en la parte de abajo, entre las cajas de libros, los archivadores con los grabados, las acuarelas, los mapas, todas las adquisiciones recientes que deben mantenerse en secreto. Consigue, incluso, volver a cerrar la puerta. Después, cae boca abajo en la alfombra... ¿Dónde he visto yo ese tono?, ¿ese ciclamen pálido, casi morado, que aflora en sus mejillas y tiende a un pardo rosa de té marchita?, ¿en un arabesco de una mesita de Chauen? Bueno, vale ya. La sopa se ha enfriado, ya no tengo hambre, me pongo una copa de tinto.

Estaba seguro de que la amenaza de inclinarme por un comprador más prestigioso bastaría para que aceptasen hasta la última de mis condiciones, dejar caer un «Bibliothèque Nationale» fue un golpe maestro. Y diga lo que diga Basta, cobrar al contado y no dejar rastro es lo mejor. ¿Cuántas veces me he visto yo sometido al mismo chantaje? Me acuerdo del decorador francés que, según Reduán de

Larache, estaba interesado en un par de candelabros anglo-índios de macasar con incrustaciones de marfil…; del experto que Lawrence Mynott sostenía que estaba dispuesto a pagar una fortuna a tocateja por el retrato isabelino (o victoriano) de dama…; de todos los rufianes que nos quitan el sueño a los amantes mientras damos saltos mortales para salvar lo que amamos. Pero su excelencia no era un coleccionista, sólo era un acaparador, un usurpador de las colecciones de los demás. Y un destructor de campos floridos y cementerios que me suscitaba malos pensamientos.

¿Se puede saber dónde se ha metido Diego? Consigue sacarme de quicio incluso cuando no está. ¿Cuántas copas me habré bebido? Vacío la *jobbana* en la col de Sèvres, la elevo hacia la lámpara de araña hasta que sus amapolas empiezan a destellar como rubíes, juego con la cuchara de madroño y me imagino dos bellos labios yebalíes sonriendo debajo de unos bigotes…

Soy rico. Un adjetivo vacuo cuando se refiere al dinero. Pero los Caravaggio que llegan al mercado son siempre de escuela y los Matisse que me gustan ya están todos en museos—menos mal que adoro las cosas pequeñas—. ¡Benditos sean mis espectros chinos! Ya comienzan a desvanecerse como los frescos en una gruta de Turfán… Hice bien en no encargar el ántrax en la *dark* web. Es muy cierto que las recetas que salen mejor son las que se hacen en casa con un poco de fantasía.

5. MIS LETRITAS

Desde que era un muchacho mi deporte favorito ha sido precipitarme dentro de un muro de mezquita revestido de azulejos de Iznik. La superficie impenetrable y la profundidad abisal coinciden y me permiten conectar con la alegría del abandono. Después de cada caída, me incorporo, me froto los ojos, deambulo entre gigantescas flores que me hablan, me sonríen, me acarician y me explican por qué, de un modo tan misterioso, pertenezco a su reino.

También me pierdo en los azulejos de Damasco y Diyarbakir, donde la flora es más sosegada, más reconfortante para un pobre humano, y en los más orientales y más antiguos de pueblos con denominaciones melodiosas: ilkanitas, mongoles, timúridas, seléucidas. Me pierdo en los mogoles con sus amarillos y sus naranjas que sólo es posible describir repitiendo los nombres de sus colores: amarillo amarillo, naranja naranja; y en los safávidas, en los que una cuerda empapada en grasa impedía que los distintos esmaltes se mezclaran; en los mudéjares, estampados a miles con troqueles de madera en el sur de España, en Cataluña y en Toledo, y después engastados incluso en los techos de iglesias y monasterios del Algarve y el Río de la Plata, del Yucatán y la Liguria, que son como cajas de bombones a las que me asomo deslumbrado, cautivo como una trufa de chocolate al ron en su envoltorio resplandeciente... Y me pierdo en los mamelucos de El Cairo, con aves fénix chinas posadas en ramas de olivo y peonías abiertas como granadas maduras, y en los pequeños tunecinos de Qallaline, fruto de los amores sáficos y tardíos, algo rígidos, entre la vieja tradición otomana, que sigue derramando flores al agónico compás de un laúd, y la norteafricana, que todavía traza figuras geométricas en la arena mientras, en algún lugar, alguien bate perpetuamente un tambor…

De joven, pensaba que mi pasión nacía del sinfín de miradas que estos cuadrados mágicos habían absorbido durante siglos en mezquitas, tumbas, oratorios y pabellones de jardín. Miradas que se aferraban a azulejos aparentemente privados de asideros, miradas de gente llegada para solazarse a la sombra, que confiaba en vender bien la vaca o en que su niña se curara. Empecé a recolectarlos, a comprarlos, en migajas, en fragmentos, enteros cuando me lo podía permitir, centenares, e incluso miles, si descubría una producción desconocida, todavía sin valor mercantil, como los que, en el XVIII salieron de los hornos de Fez. Cuando conseguía juntar cuatro que armaban un único dibujo y, poco a poco—en una alternancia de golpes de suerte y decepciones, incorporaciones forzadas y acoplamientos fatales—, a esos cuatro se les unían doce más y el dibujo crecía desmesuradamente, comprendía que serán azulejos las piezas del rompecabezas con el que todos juntos jugaremos en el paraíso—y que justo eso era lo que hacíamos antes de venir aquí, en esa nada feliz en la que sólo había un palpitar de pétalos dentro de una trama de polígonos y ramas—.

Los frisos epigráficos medievales de Marruecos los descubrí más tarde. Los infieles no pueden entrar en los lugares de culto. Por eso, fue de reojo la primera vez que vi una de esas banditas destellantes discurriendo a lo largo de una pared, mutilada por el borde de la capucha de una chilaba que llevaba calada hasta la nariz. Estaba en una mezquita de Fez. Aún visualizo aquellas letritas cursivas bailando en un corro. Las yemas de mis dedos las rozan todavía, y todavía siento rabia por tener que interrumpir mis caricias: me da miedo el hombre que viene hacia mí con aire amenazante.

Una noche en Tánger, paseando por el viejo cementerio, entré en una capilla. Me las topé de improviso. A la luz de una vela, pude observarlas a mis anchas. Las letras constituían un relieve que los siglos habían ido gastando hasta hacerlo casi tan inapreciable como el seno de una adolescente; eran todo lo que quedaba del vidriado de los azulejos: el resto lo habían rascado. Revoloteaban sobre un cuerpo sin ropa, despellejado.

Bajo las primeras dinastías de la nueva religión, la necesidad de pronunciar el nombre del dios que acababa de revelarse, la exigencia de escandirlo, la urgencia de repetirlo, embriagaron a los artesanos en un frenesí de tautologías y mantras. A la velocidad del sonido, las letras invadieron todas las superficies del mundo musulmán: los tambores de las cúpulas de piedra, los mihrab de estuco, los minbar y las puertas de madera y de bronce, las esteras, las alfombras, las muselinas, los damascos, las grandes tinajas de cerámica y las copas de vidrio y cristal—en todos bullía su danza—. Y hasta en los sitios en los que nadie sabía escribir bastantes chapurreaban ya el nuevo idioma, aunque en sus casas de adobe siguiesen hablando una mezcla de bereber y vándalo con algún chispazo de latín.

Pero ¿quiénes eran estas letritas que yo no sabía leer llegadas aquí hace doce siglos en las cabalgaduras de los conquistadores árabes?

Soñaba con ellas. En el letárgico mediodía norteafricano, formaban un círculo a los pies de la tumba de Anteo, entre viñedos fenicios asilvestrados y riberas cubiertas de palmeras enanas junto al puerto anegado por la arena. En la quietud del aire sólo resonaba el toc-toc de un cincel. Fluidas como la tinta y fluyentes como el cabello de una muchacha al galope, curvilíneas y floridas, espasmos y virajes de anguila, en esta remota aldea pegada a las Columnas de Hércules parecían desubicadas y confusas. A bordo de la voz humana, ahora vagaban por las callejuelas aledañas al decumano, por las inmediaciones del viejo templo de Júpiter trasmutado en mezquita y, más arriba, pasada la explanada del zoco, por los hortales de Souani y Mesnana. ¡Pobres letritas!, ¿cómo habían acabado aquí? Todo abrasado, inhóspito, estancado, salvaje... ¿Qué iban a hacer?, ¿vivir como las cigarras?, ¿rebuznar?, ¿balar?, ¿imitar el rumor de los monstruos marinos? No había tiempo que perder: si no querían morir de inanición, tenían que encontrar rápidamente un albergue, un refugio a la sombra, al fresco, húmedo y apartado.

Llegaron a lo más alto de la colina que domina el Marshan. La vista sobre la bahía era amplia, límpida, solemne—las letritas aguantaron la respiración—. En aquel bosquecillo, los albañiles estaban terminando de construir la tumba de un anciano fallecido en olor de santidad, Si' Bouarrakia, un desharrapado que hablaba con los leones de Boubana y, a base de caricias, había impedido muchas veces sus ataques, salvando la vida a los habitantes de las chabolas del valle del río de los Judíos: el gobernador extranjero de la ciudad había dictaminado nombrarlo campeón de la nueva fe. Intrigadas, las veintiocho hermanas se acercaron a las obras. De pronto, la diáfana *alif* lanzó un grito de alegría: había divisado un alojamiento en el friso que recorría, a la altura de los ojos, el perímetro de la cámara octogonal—un tugurio, es verdad, en comparación con los amplios *iwan* que habían dejado en su patria, pero en el que puede que se durmiera mejor—. Sólo que la superficie de teselas cerámicas que, en estas tierras, desde los tiempos de los romanos, se usaban para revestir las paredes con mosaicos geométricos, era impenetrable: ¿cómo entrarían?

Se quedaron allí un rato mirándolas, mordisqueándose los deditos. Tras un largo conciliábulo, tomaron una decisión.

Alegres y parlanchinas como colegialas en un viaje de estudios fueron a ver al artesano local encargado de embellecer el interior de la tumba. Ya se habían percatado de la destreza con la que los azulejos habían sido cortados y divididos en cuadraditos, trapecios y rectángulos que se combinaban mágicamente en un gran dibujo mosaico sobre el muro.

—Allahu Akbar!—exclamaron, Dios es grande, y llamaron a la puerta—. As-salām 'alaykum, abuelito.

—Wa 'alaykum as-salām, bellas niñas—respondió el viejo (aunque estuvo a punto de decir «Ave»), recibiéndolas con una sonrisa. Después de años y años de ángulos rectos, las curvas y las sutiles extremidades de las jovencitas lo sedujeron enseguida—. Poneos cómodas, queridas, tengo agua al fuego, probad mi infusión de carcadé.

(Habría que esperar todavía unos cuantos siglos para un vasito de té).

Las herramientas estaban alineadas junto a su catre: pinzas, limas, rascadores, estiletes, cuchillitas. Un escalofrío recorrió los aéreos miembros de las visitantes.

—No sé si tendré valor—murmuró una.

—¿Prefieres marchitarte para siempre grabada en el húmero de un carnero?—le replicó otra—. ¡Estos pueblerinos acaban de descubrir a nuestras tías abuelas cúficas!

—Pero nosotras somos cursivas, no tenemos nada que ver con esas solteronas patosas que roncan sobre un pellejo de cabra...

—¡Huelen fatal!—exclamó la tercera, agitando los brazos delgaduchos como cintas al viento. El viejo regresó llevando una bandeja de bronce con una gran jarra.

—¿A qué debo el honor de vuestra visita, bonitas muchachas? Y ¿en qué modo puedo seros útil, animosas andarinas?

Mientras distribuía los cuenquitos con aroma de hibisco, su mirada iba de la una a la otra, tan anhelante, tan enamorada, que de las letras se elevó, coral, un suspiro de alivio.

La sinuosa *sīn* tomó la palabra y explicó al viejo que, con tal de encontrar un refugio en el que seguir bailando enlazadas, permitirían que las labrase con sus extraños bisturís.

—Sois atrevidas—concluyó él—. Tan sólo soy un modesto artesano, pero si Astarté, perdón, si Alá lo desea, haré todo lo posible para hacer felices a mis invitadas... Aunque yo también tengo un favor que pediros. Os ruego que...

—¡No tiene que suplicarnos!—le interrumpió una—. ¡Díganos qué quiere a cambio y lo tendrá!

Él parecía dudar.

—A cambio de mis servicios—dijo por fin—os pediría que no dejéis de hablar. Nunca he oído nada más dulce que vuestra voz.

—¡¿Eso es todo?!—exclamaron las letras a coro—. No hay más Dios que Dios... A Ti adoramos y a Ti pedimos auxilio. Guíanos por el buen camino...

Y, desde aquel día, los sueños del viejo fueron arrullados por su plática, transparente como un riachuelo.

Con ansia renovada, el *mellem* se puso a trabajar en la tumba mientras su ayudante se dirigía al taller del ceramista que ya había terminado la cocedura de una gran cantidad de preciosos azulejos vidriados, de un castaño tendente al berenjena, en el horno del Charf, en los márgenes del bosque oriental. Embutiéndolos en un cesto de fibra de palmera enana, el mozo se cuidaba de que los anversos coincidieran con los anversos y los reversos con los reversos para que, durante el acarreo en mulo, ninguno resultase herido. Largo era el camino de vuelta; hasta una parada corta para comprar un cacho de caña de azúcar que masticar bastaba para provocar la desazón del viejo: había que ultimar el trabajo antes de que diera comienzo el mes de ayuno, el Ramadán, una más de las muchas costumbres nuevas de la nueva religión. Cuando por fin llegaba a la cima de la colina, con mil precauciones, el muchacho se echaba el cesto a la espalda y entraba en la estancia que olía a mortero alumbrada por lamparillas de aceite.

Antes incluso de que el fardo fuese descargado, el *mellem* cogía uno de aquellos recuadros y lo sopesaba, lo observaba como para descifrar su secreto. Desde el día en que hizo la promesa a las muchachas, palabras extrañas y bellísimas se le amontonaban en la mente (las palabras, cuando quieren, saben cómo hacer creer a un mudo que es un orador y a un burro que es un poeta, y viceversa). Sin vacilar, usando el tipo de punzón con el que, por siglos, se había dado forma a estas piezas, comenzaba a percutir el azulejo: el esmalte se craquelaba. Sujetándolo firmemente con una mano, lo rascaba con las uñas de la otra, o con una lima, para después empezar a hacerle incisiones con instrumentos parecidos a unas tenazas en miniatura o a las pincitas que usan hombres y mujeres para depilarse en las termas (que, entonces, ya se llamaban *hammam*).

Y sobre el fondo rosáceo de la terracota desnuda, en el resplandor de las lamparillas, comenzaba a perfilarse una letra oscura; sobre la pared, junto a las otras, compondría una de las maravillosas frases que el viejo seguía oyendo—si eran susurradas por las letritas o surgidas del recuerdo de una nana que le cantaba su madre mientras le mecía, no estaba seguro—. El color que subsistía, reducido a trazos y ligeras volutas, en un suave relieve contra esa masa de carne desteñida, irradiaba una luz negra como de laca.

Las astutas colonizadoras se habían servido del artesano

para agazaparse en su escondite como renacuajos en una charca y, gracias a su pericia, emergían ahora, serenas y brillantes, como ranas con el último sol.

Durante años, todas las noches que vine hasta aquí arriba, contemplándolas a la luz de aquellas lamparillas antiguas, me preguntaba cómo era posible que se hubiera realizado tan pacientemente esta compleja obra sin comprometer la soltura del resultado. En el islam, el nombre de Dios *es* Dios, una inscripción no puede limitarse a decir—tiene que circular y fustigar; su sentido más profundo está en el aire que impulsa—. Fruto de tanta devoción, cada una de mis deslumbrantes chicas era una astilla de significado nacida de una mano movida por el aliento divino… Luego, las excavadoras de los bárbaros destrozaron el gesto, pisotearon los cuerpos, machacaron los fragmentos—del corro y de las voces que me extasiaban—. De su historia quedan sólo silencio y polvo, y esta turbia caricatura a tinta china.

6. LA GRAN VIDA

Quince días de espera comiéndome las uñas: tengo que ser prudente. Pero ya no aguanto más, por nada del mundo renunciaría a ese fragmento de alfombra «de jarrón». Es la ventanita por la que se asomó Diego la famosa noche: el único borde de la gran alfombra en la que las flores que prorrumpen desde el búcaro color hielo con dos asas no son lirios, fritilarias, rosas y rosas silvestres, sino glicinias amarillo oro. Giacomo me ha telefoneado como loco. Por suerte, Herr Kluge fue compañero suyo en Oxford y puede convencerle de que espere unos días, pero tengo que darme prisa: a pesar del precio, a todas luces excesivo por un fragmento de esas dimensiones, han entrado en la liza varios coleccionistas y el Musée des Tissus de Lyon ya está reuniendo los fondos.

Explico en el banco que el dinero procede de la herencia de una tía, propietaria de un melancólico hotel en la brumosa Mogador con nidos de cigüeñas en las torres del tejado... bueno, perdón, un *bed and breakfast* en Esauira. El director de la sucursal me hace firmar un par de formularios y se abstiene de preguntas indiscretas, pero, aunque se esfuerza en mantener la mirada fija en la pantalla del ordenador, sus pupilas, detrás de los cristales de las gafas, no dejan de acechar la bolsa de plástico que, inocentemente, he dejado sobre su mesa.

—¿Cuánto tardará el dinero en llegar a Düsseldorf?—me informo, mientras con el binóculo del futuro lo veo ya cerrando la oficina, corriendo a uno de los cambistas clandestinos del Zoco Chico, negociando el cambio más ventajoso, discutiendo su comisión mientras bebe su habitual té…

—Por una orden ministerial, los fondos en moneda extranjera tienen siempre que pasar por la Oficina de Cambios de Casablanca… Así que, tres o cuatro días… cinco o seis como mucho…—Rápidas y dilatadas, las dos canicas tras las lentes van y vienen de bolsa a pantalla—. Pero… Veo que su cuenta está en descubierto. Quizá sería el momento de… Si contratara el depósito de una suma significativa, podría ofrecerle un interés muy beneficioso… Para un cliente como usted…

—¿Me está insinuando que vaya a otro banco?—Pongo la mano en la bolsa, rápidamente tira de ella hacia él.

—Me he explicado mal, ¡lo solucionamos en un minuto!

Llama a un empleado que se humedece las yemas de los dedos e inicia el conteo. Después de media hora larga (previsor, me he llevado un libro sobre la flora marroquí—el de las plantas tóxicas lo he dejado en casa, mejor no despertar sospechas—y, para evitar una conversación inaugurada con un «a mi mujer y a mí también nos encanta la naturaleza», no he respondido a su «¡Ah!, ¿qué libro está leyendo?»), se levanta y me acompaña a la puerta:

—Tranquilice a Herr Kluge, como máximo tres días… Le recuerdo que estoy siempre a su disposición…—Y, deslizándome en la mano su tarjeta, que dejo caer en el bolsillo para que haga compañía al justificante de ingreso estrujado, un pequeño fósil y una astilla de hueso con un arañazo que sigo confiando en que sea una incisión magdaleniense—: Mi más sentido pésame por su tía.

¡Cómo odio ir al centro!

La prensa dio poca cobertura al crimen, no me extraña. Un suelto en el *Journal de Tanger*, que Mohamed compra todas las mañanas en el quiosco de adobe frente al palacio que los cataríes están transformando en un hotel de lujo, hablaba de un industrial chino encontrado muerto en su ático: paro cardíaco. Un sirviente había descubierto el cadáver. No decía nada de autopsia, ninguna referencia a venenos, dibujos o perritos. Ni siquiera mencionaban el nombre de Chow, los servicios secretos habían hecho un buen trabajo. Si hubiese sido yo el periodista, sin embargo, habría hablado del *Bubo bubo* que, desde lo alto de su eucalipto, había visto, asqueado, pasar el bólido. Desgraciadamente, sé que las campiñas floridas las he salvado sólo de momento; en cuestión de años, quizá de meses, otro hombre de negocios ocupará el puesto del chino. Pero siempre he pensado que hacer lo que se pueda, por poco que sea, es mejor que no hacer nada. Telefoneo a Abdel. Está en la casba haciendo fotos, tarda veinte minutos en subir con la moto—lo justo para prepararle una bolsa también a él—. Le ofrezco un zumo de naranja en la terraza de abajo. Se sienta, el collar de cauris sigue haciendo ruido de sabana. ¡Él sí que hace crujir el silloncito! Cuando, con mucha gracia, se despeja la frente de un par de rastas, tengo una iluminación:

—¡Toboré! ¡Eres idéntico a Toboré, la mujer de mi amigo Pierre Le-Tan!

—¿Es negrita también?

Su actitud tiene tal aire de flirteo—el brillo de los iris, la luna insolente de su sonrisa blanca y rosa—que estoy tentado de contestarle que no, que es una sueca albina que, recién nacida, tuvo una indigestión de lucio con mandioca.

—Nigeriana, urhobo.

—¡Anda! Comme la maman de ma maman!

—Para ti—y le doy la bolsa.

El joven voluntario me da las gracias, la coge, la abre, inspecciona el interior, arruga la frente, me mira y, al verme asentir animándole, introduce la mano otra vez y saca un fajo antes de dejarlo caer de nuevo en la bolsa y arrojarla lejos, como si, por sorpresa, hubiera salido de ella una cobra con la lengua fuera.

—¿Te has vuelto loco?—pregunta. Sus pectorales bajo la camiseta blanca se han hinchado como una coraza.

—No he estado más cuerdo en toda mi vida.

—¿De quién es?

—Mío, bueno, tuyo, siéntate y no seas borde. No te preocupes, no me he hecho traficante de hachís. He heredado de una tía y me acabo de regalar un fragmento de alfombra que me ha costado lo mismo que hay en tu bolsa. Considéralo un donativo.

Me mira con la boca abierta, se levanta, va a por ella y hurga dentro.

—¿Cuánto hay?

—No sé, contarlo es un rollo.

—¿Me juras que no hay nada ilegal? Para nuestra organización sería... Necesito saber la cantidad exacta, te tengo que dar un recibo.

—Cógelo y ya está. A ojo, te llegará para el dispensario que quieres abrir desde hace años... Podrás repartir comida a las familias durante todo el Ramadán... Y cómprate la Nikon de tus sueños.

Mueve el cabezón:

—Estás loco, joder.

—En realidad, es el regalo de un fantasma...—Me lanza una mirada de preocupación—. El novio andaluz de la tía, que también murió, el pobre—me apresuro a agregar—. Me he quedado con lo necesario, el resto es para vosotros. Ya te lo contaré algún día.

—Puedo alquilar algún apartamento… y una casita, para quitarlos de la calle… ¿Sabes cuántos chavales están haciendo «boutique mon cul» con los turistas? A lo mejor monto una escuela…—Mientras sueña, Abdel se retuerce las rastas.

—Muy buena idea, así puedo darles lecciones de historia del arte marroquí. Podría hacer un curso sobre el arte del metal nazarí. ¿Sabes que…?

—Sería genial—me interrumpe—. Si quieres, te consigo alguna vasijita, sin intermediarios… Ayer llegó otro grupo de subsaharianos.

La lógica del comercio y el trueque es implacable.

—No, gracias, ya tengo bastantes.

—¿Estás seguro de que este dinero no te vendría bien para Rohuna? Hay mucho.

—Sí, un montón, la verdad. Soy rico… Cuando se te acabe, ven a por más.

—Lo haré. Gracias. —Parece emocionado—. Ahora que eres rico podría casarme contigo. Me darían el visado y me pegaría la gran vida en Europa…—Se rasca la nariz chata—. Pero me gusta mi vida de negro en este puto continente.

—Claro. Además, a ti te gustan las mujeres y yo ya estoy casado con Stephan, las leyes castigan cualquier tipo de bigamia.

Mete la bolsa en la mochila, se pone la chupa, lo acompaño a la puerta.

—Chao, llama de vez en cuando, amigo. Y saluda a Stephan.

Por fin, puedo dedicarme a Gasp en cuerpo y alma. Está leyendo tumbado en la mortaja del diván.

—Mañana vamos de compras a Kenitra. Podemos ir en nuestra camioneta.

Frunce el ceño:

—¿Camioneta?, ¿no iba a ser un camión?—Su tono es desconfiado—: ¿El español ha pagado menos de lo que pensabas?, ¿o era chino?

—Ha pagado hasta el último céntimo y ha muerto envenenado.

Como me esperaba, ni se inmuta, a Gasp ciertos detalles le dan igual.

—¿Habrá sitio suficiente?

—Quinientas Cycas thouarsii seguro que caben.

—Vale. Puede que, al final, no me vuelva a Bélgica.

Por primera vez desde que nos conocemos, nos damos un abrazo.

Ya estamos camino de Kenitra en un viejo furgón, lo mejor que Soufiane ha podido encontrar. ¿Por qué estoy tan entusiasmado? Al fin y al cabo, no es la primera vez que hago un buen negocio.

Hace algunos años, gracias a una conocida estadounidense, le vendí a un tío de Santa Fe un sarape de Saltillo, un raro poncho navajo de hilado delicadísimo, que me había llamado la atención en el maletero abierto de un automóvil, entre las bagatelas que un vendedor se disponía a extender sobre la acera en un mercadillo dominical. «¡Mamá, mamá, mira, ese señor ha comprado un trapo!», gritó un niño con un helado que le chorreaba por el mentón.

Otra vez, en la tienda de un chamarilero milanés, compré al peso una jarra y una jofaina de plata que, al día siguiente, puse sobre el mostrador a un anticuario de Salónica para cambiarlas, gracias a la *tughra* de Selim III que tenían grabada en la base, por una docena de jarras de Çanakkale conocidas como «Demoiselles d'Avignon». En aquella época, estaba reuniendo mi gran familia de cerámicas de los Dardanelos, dispersa por el Mediterráneo.

Como todos los coleccionistas, nunca he tenido escrúpulos para deshacerme de ciertos objetos si la diosa Fortuna ponía en mi camino otros que quería comprar. Si me cantan, me aferro a ellos como una madre a su bebé en la perenne matanza de los inocentes que es la vida de las cosas en este mundo; pero si, para mí, son mudos, me desembarazo de ellos sin pestañear. De todas formas, tengo que admitirlo: no había visto tanto dinero en mi vida.

Paramos a llenar el depósito. Me muero de ganas de hablar con Diego. Con todas mis fuerzas clavo la mirada, con la atención que sólo dedicaría a la cenefa de rosas de una alfombra de Ghiordes, en el culo de una maciza con pantalones de cuero ajustados que se dirige al servicio: pero ¡ni por ésas!, ya hace tiempo que mi duende altivo se niega a comparecer.

«A la vuelta, tenemos que pararnos a ver mejor ese aloe—dice Gaspard, indicándome un grupo en la mediana—. ¿Te has fijado en la hoja atigrada? Es más alargada que la del Aloe saponaria».

Cuando salimos de la autopista, tomamos la carretera costera que discurre durante kilómetros entre dos hileras ininterrumpidas de tenderetes. Hay plantitas en tiestos, árboles en plena tierra, fontanas feas de la fea piedra caliza local, tierna y porosa, conocida como piedra de Salé, muebles de jardín en oferta, delfines de cemento, piscinitas prefabricadas con agua de lluvia vieja y salobre, cenadores, baldosas... En los invernaderos, bajo telas de plástico agrisadas por el polvo y sacudidas por el viento, languidecen euforbios con perlas de rocío que brillan colgadas de sus púas, un ejército en marcha de aves del paraíso en flor, asientos de suegra y otros cactus, filas y filas de frutales prisioneros en sus bolsas negras a la espera de un rescate, y helechos de Boston, pelargonios rosa y pelargonios zonales, margaritas, petunias, jacarandas, pobres plataneras que sueñan con la libertad... Y, de repente, restallante contra un muro sin revocar, un gran arbusto que es un incendio neroniano... «¿Y esto?... No puede ser un Tecoma castanifolia...». Un instante antes de que una rueda delantera termine en la cuneta, Gaspard tira del freno de mano. El coche que va detrás de nosotros toca machaconamente el claxon, el conductor baja la ventanilla y grita algo mientras nos rebasa. «Debe ser un híbrido..., un Tecoma stans... ¿Y si fuese un híbrido entre el stans y un nyassae?».

Entramos en el vivero y damos comienzo a las compras.

Pasan cinco horas en un suspiro, ya está oscuro como boca de lobo. Desde primera hora, convinimos que dormir cada noche en un hotel de la ciudad sería, además de una pérdida de tiempo y dinero, triste. Al final de una pista, nos prendamos de una casita de adobe rojo ahogada entre acacias en la que vive una familia bereber del Alto Atlas. Aceptan hospedarnos, poniendo a nuestra disposición el cobertizo de los conejos y dos mantas.

Mohamed, el padre, es un experto cultivador de cactus y tiene en el invernáculo una hilera de dragos cuyas semillas consiguió hace veinte años descolgándose por un barranco; su mujer cría animales; los cinco niños comen caramelos. Por la noche nos ayudan a descargar las compras de la jornada, él opina con competencia, nos sugiere alguna dirección para el día siguiente, luego regamos con la manguera y cenamos todos juntos a la luz de una lámpara de acetileno.

Aunque no estamos en el Ritz, nos comportamos como los multimillonarios sudamericanos de otros tiempos que todos los años dejaban sus minas de cobre en las montañas y sus haciendas en la pampa para ir de compras a París. No viajamos, desde luego, en un Jaguar color crema, pero la cortesía con la que los chicos nos esperan sonrientes a la entrada de los viveros y su gentileza cuando corren a abrir las puertas de nuestro furgón, que se llena más y más en cada parada, no tienen nada que envidiar a las de los botones y ordenanzas que daban la bienvenida a los tíos de América a las puertas de sastres y joyeros parisinos.

Además, en el ímpetu de los hallazgos y las adquisiciones—hemos hecho de no discutir los precios a esta buena gente que vive de las plantas una cuestión de honor—descubro el placer de regalar dinero a perfectos desconocidos. Llevo en bandolera una bolsa de tela mexicana llena de billetes revueltos: cuando alguien me cae bien—la mujer que deja de echar maíz a las gallinas para llevarnos a la oficina del encargado, el muchacho que envuelve amorosamente las hojas del filodendro con cachos de cartón, el que empuja la carretilla cargada de pequeñas aralias que hacen que Gasp dé saltos de alegría e impaciencia—arranco tres, cinco, ocho, y se los pongo en la mano. Lo mejor es que nadie me da las gracias: me miran asustados y se van. Sólo el hombrecillo flaco que ciñe sus pantalones con una cuerda y carga carretillas de fucsias magallánicas (las hemos buscado en vano durante meses en Tánger), quizá sorprendido por su crujido, se saca los billetes del bolsillo en que acabo de metérselos y, después de observarlos, con aire perplejo, murmura amargamente:

—Monsieur… Te has equivocado.

—Perdóname, amigo.

Le añado un poco más y nos vamos.

A veces salimos cuando todavía es de noche: a por el dividivi que trepaba el muro de un vivero cerrado y nos dejó sin aliento, a por el sicomoro que nos prometió el aparcacoches que nos invitó a comer habas, a por el amarilis áulico que la señora tendría que pedir a la hermana de una vecina. No siempre se cumplen las expectativas: esperábamos una *Erythrina crista-galli*, y se presentaron con una *Erythrina lysistemon* común; nos hicimos ilusiones de conseguir una alborocera de las Canarias y, después de horas con la boca hecha agua, lo que asoma en la cestita de una bicicleta es un madroño común ictérico de clorosis. Pero ni siquiera Gaspard pierde el buen humor, se ha convertido en el hombre más afable del mundo. Cuando se percata de que el pedúnculo corto de las flores de la gardenia denota su pertenencia a la especie *jasminoides* en vez de a la *volkensii*, se consuela de la decepción encontrando enseguida otras diez plantas. Y cada vez que pasamos por delante de un carrito de golosinas, se para a por caramelos para los niños. Ha hecho bien insistiendo en que compráramos al campesino cuatro sacos de hierba recién cortada, nuestra casera está casi tan feliz como sus conejos que, desde esa noche, duermen con Gasp bajo su manta.

La felicidad es breve, la semana vuela. Nuestras compras, delante del muro rosado, parecen ya un bosquecillo, y Gaspard decreta que ha llegado el momento de marcharse. No hay manera de convencerles de que nos dejen pagarles el alojamiento, dicen que, con toda la fruta y los dulces que les hemos traído, somos nosotros los que tenemos que aceptar un regalo. Pero, con la ayuda del hijo mayor, consigo meter algunos billetes en la cazuela abollada que se alza majestuosa sobre el hornillo de camping.

—Necesitamos un drago, ¿cuál cogemos?

—El más grande.

Mohamed le pone precio, Gasp lo multiplica por treinta. Llegan a un acuerdo que no satisface a ninguno de los dos. No puedo evitar pensar en los prejuicios de los extranjeros sobre el regateo en Marruecos.

Nos ayudan todos a cargar el furgón, incluso los vecinos que duermen en el vivero de al lado, nos despedimos con besos y abrazos. Después de apenas cien metros, Gasp suelta un grito ahogado, frena y se orilla.

—¿Has visto...?

Terminamos cenando, bajo un tembloroso neón, con un señor rifeño y sus hijos en una oficinita en la que hay cantos de río amontonados, cachorros de labrador dormidos y albaricoqueros de un palmo de altura: son especialistas en rosáceas.

—¿Y este ciruelo lo teníais escondido?—bromea Gaspard mientras, entre bostezos, cargan en el furgón, abarrotado hasta lo inverosímil, los últimos melocotoneros y almendros para Rohuna.

Ahora llevo el pimpollo en su plástico negro encajado entre mis pies, el extremo de su palito se dobla graciosamente contra las hojas de la palmera china que me cubren la frente como una visera de plumas. La bolsa mexicana está vacía, sólo me queda algún billete para gasolina que, sabiamente, había escondido en la guantera.

—Gracias, messieurs, ¡que tengáis buen viaje!, ¡volved pronto!, ¡mejor de día!

—Tira de los euforbios characias hacia ti—dice Gasp—, no puedo meter la tercera...—Y después de un breve silencio roto por los chirridos de la caja de cambios—: Soufiane es buen chico, pero, la próxima vez, busco yo el camión.

A pesar de sus cambios de humor, Gaspard es el amigo que todo el mundo querría tener. Esta tarde he descubierto su habilidad para embutir en un espacio limitado todavía más plantas que las que es capaz de plantar en un parterre de dimensiones parecidas. Me maravilla la cortés autoridad con la que ha dirigido las maniobras de los operarios—aunque me diera vergüenza que, para cargar en diagonal el pesadísimo cepellón de una palmera rara con las hojas amarradas, les obligara a descargar primero docenas de anuales o que, para introducir un espinoso cactus entre las ramas de un caqui, les pidiera que empujaran hacia un lado cajas y cajas de culantrillos teniendo más cuidado de no aplastar las solanáceas que de sus propios antebrazos ensangrentados—y su firmeza y rapidez en la evaluación de las formas y en la arcana ordenación de sus encajamientos. Se ha superado a sí mismo. Se lo he dicho.

«No soporto que viajen mal. No somos gentuza peleando por subir al metro». Hojas y ramas me impiden verle la cara. Vamos despacio. La luz de cuento de hadas de la luna, grande como una tajada de sandía, permite a Gaspard avistar, a la altura de la gasolinera, el grupo de aloes en la mediana. Le advierto que pararse en plena noche en el arcén de la autopista con un cargamento que nos impide usar los retrovisores no me parece una buena idea.

«Volveremos un día de estos—concede a regañadientes—. Con un vehículo más adecuado, me encantaría dedicar una semana sólo a los aloes... ¿Viste el otro día aquellos costeros en flor? En Rohuna nos vendrían bien un par de docenas».

Llegamos a Tánger muy entrado el día. La presión que ejerce contra el respaldo de mi asiento el bidón que contiene la más grande de las *Cycas thouarsii*—nos hemos contentado con cinco: como todas sus congéneres, hacen mejor efecto en grupo—mantiene vivo mi entusiasmo por poseer, finalmente, un ejemplar tan augusto. Un orgullo parecido me suscita la visera de la palmera china que, poco a poco, con la oscilación en las curvas, se va transformando en una punzante careta de esgrimista que alguien oprime contra mi cara y los arañazos en los brazos del pequeño euforbio que tengo que mantener derecho hasta donde me lo permite el ciruelo que asoma por un flanco. Calambres, hormigueos, tortícolis y simple extenuación, sin embargo, no son nada comparados con la dificultad de respirar en el habitáculo con las ventanillas cerradas. Gaspard ha sido taxativo: «El aire los daña». Y cuando yo, tímidamente, he objetado que, como cualquier planta, también éstas tendrán que acostumbrarse al viento: «¿Quieres decir al desplazamiento de aire producido por un medio mecánico?». Tengo una idea: la próxima vez que vayamos a Kenitra para nuestro glorioso peregrinaje dedicado al género *Aloe*, lo haremos sentados bajo el toldo de un birlocho tirado por un par de pencos.

—Hasta que no les salen las raíces nuevas, cualquier bache puede ser fatal, ¿por qué crees que insisto tanto en asegurarlas con tutores cuando las plantamos?

Nada de pencos.

Aparcamos y bajamos frente a nuestro portón.

—Has conducido tú todo el tiempo, estarás agotado—digo, estirando por fin las piernas y saboreando la idea de una ducha y una cabezadita.

—Estoy fresco como una rosa—declara, quitándose del cogote una madeja de pelos de conejo—. Vete a descansar tú que puedes... Yo tengo que descargar. Después del trauma del viaje, hay que plantarlas. ¿No ves cómo sufren? Al menos, coge ésta, pero con cuidado. —Me da la caja de poliestireno llena de esquejes del primero, magnífico tecoma con flores del color de las llamas que devoraron la antigua Roma...

—Ah, ¿sí?, ¿el fuego del pastor que se está calentando el té en el bosque te parece de otro color?

Me sobresalto, he abierto el portón, tropiezo.

—¡Eso, rómpelos!—me grita Gaspard. Dejo la caja en el suelo. Justo después de la entrada, sentado en el escaloncito frente a la habitación de Mohamed Pequeño, mi fantasma me hace el gesto de «pzetas, pzetas» que, esta vez, no me irrita.

—¡Diego!, ¡por fin!, ¡mi hada madrina!

—¡Hada madrina, tú! ¡Yo también me alegro de verte!

Me había olvidado de lo pálido que es.

—¡Gracias, Diego!

—¿Pero con quién hablas?—me increpa Gasp—. Vete a dormir, anda.

—No cabreemos a Beljiki, tú y yo tenemos mucho tiempo...

«¡Eupatorium sordidum!, ¡Solandra maxima!, ¡Delonix regia!», declama Gasp como el heraldo en un baile de la corte, y va repartiendo la procesión de las recién llegadas, transportadas por Mohamed Pequeño y Nassar Bonita Sonrisa con la colaboración de Ciniui, Lofti, Nabil, Jelel, Hicham, Kouman, Muehcin, Marwan, todos llegados de Rohuna para una visita al dentista.

Nunca me ha parecido tan bello nuestro jardín. En las sombras misteriosas del mediodía y los remansos de luz, los verdes son como los de mis pintores más amados, pero devueltos a la vida. Mil ninfas se persiguen nadando y jugando, Piel de Manzana salpica a la guapa Lagartija Tumbada, Cedro Glaseado canta con Reseda y Aligustre, Citrina y Esmeralda gorjean acompañando las notas del arpa que pellizca Guisanta del Hollejo bajo la benévola mirada de los mirlos y los bulbules posados en las ramas, de los petirrojos y los chochines escondidos en el follaje, mientras el chirrido de las carretillas que suben y bajan por las vereditas es una tonada celestial y el eco de los palazos y picazos anuncia la liberación del bendito perfume de nuestra tierra. Diego, mi Diego, está de nuevo conmigo.

En este momento va delante de mí, trotando como un niño que, con esa chaqueta antracita pasada de moda, parece salido de una misa en Andalucía; ahora, encaramado a una rama, se balancea con una salamanquesa corriendo de su índice extendido a su hombro; ahora está enganchado a un tronco como a una amante, ahora retoza como un minúsculo elfo achispado entre las más frágiles de nuestras begonias que acogen sus zarandeos, privados de volumen y consistencia, sin ningún reproche, tan sólo con un estremecimiento de felicidad que recorre sus tallos de cristal. Diego no pesa, no pesa...

Ligero como un soplo, salta sobre los helechos, despeina los rizos del culantrillo, se introduce como una exhalación entre las hojas de las aspidistras y hace vibrar las de los lirios sin molestarlos. Le basta un rápido giro y ya está en cualquier punto en que yo haya posado mi mirada, ágil y fresco como nunca, sentado a horcajadas justo en la punta del ciprés y, enseguida, con las piernas cruzadas a lo hindú, al lado de una tórtola, en la horqueta que forman el tronco y la última rama del eucalipto... Y ahí lo tienes, en equilibrio sobre una pierna, una diminuta ele negra en el contraluz, subido a una de las almenas de su pabellón... El tiempo abrasa las conexiones entre los acontecimientos, brillan como culos de botella en la corona del rey moro de un espectáculo de marionetas. Oh, Diego, mi Diego... La brillantez de la verbena de pueblo disimula la hojalata en la que se engarza incluso mi sensiblería. Pero puedo ver cada detalle, los tonos de las plumas—del blanco al rosa pasando por un celeste verdoso—de las alas que te han brotado en los hombros de la chaqueta lamida: las alas de un querubín en una Asunción de la Virgen de Mantegna, uno de mis pintores favoritos.

Oigo los gritos de Gaspard llamándome: «¿¿¿Las Cordyline australis con las Cordyline stricta???», pero tú vuelas, vuelas bajo, eres poco más grande que un abejorro, quiero perseguirte, me lanzo escaleras abajo, te has posado sobre un iris de la fuente, ríes, ríes, pareces un nene de tres años, retomas el vuelo, llegas a la logia, un pequeño misil enloquecido que roza las neguillas en flor, un colibrí ebrio que, revoloteando, deambula por los estantes de hierro repletos de tiestos, y entras en el salón a través del ventanal, embalado, como una golondrina, la pequeña golondrina que un tiempo fue el bigote de tinta sobre la página en blanco de tu cara... Me da miedo que te sientas atrapado, que, como los pajaritos, te asustes y te choques contra las paredes... Corro adentro y te veo sentado en el sofá de rayas:

—Menuda carrerita...—Y te colocas de nuevo a horcajadas mostrándome las suelas gastadas—. Estirarse de vez en cuando es bueno, celebro que hayas conseguido deshacerte de...

—¿De tus dibujos?

—¡Mira que eres stupido!

—¿Del chino?

Por un instante, tus ojos se convierten en dos cuencas huecas, dos agujeros negros en la lava que me succionan, estoy a punto de caerme. Pero tú estiras el delgado cuello que te oprime la camisa, lo estiras hasta que la nuez parece el buche de un ave, alrededor de tu pelo teñido aparece una aureola de plumas de pavo real...

—Sabía que ibas a hacerlo, si no, no te habría permitido que le vendieras mis obras. Acabarán en una galería o en un rastro y, al final, regresarán, es un círculo, estoy contento... Pero me da rabia que estés descuidando el nido. Ni siquiera has intentado comprar el caballito balancín del hermano más pequeño...

—¿Tú también lo has visto?, ¿con la cabeza que parecía

una máscara bambara? ¡Se lo había hecho el abuelo! Estaba lleno de carcoma.

—Pobres vasijas rifeñas, necesitan un poco de compañía.

Me has obligado a hablar de esta ciudad, de esta casa, siempre te has burlado de mí por acumular tantas cosas y, ahora, me señalas la mesa rinconera, donde hay alineados treinta recipientes de terracota. Las plumas de tu aureola están vibrando… Algunas se han roto y, como las del sombrero de aquel adiestrador de halcones, se balancean desconsoladas.

—Y encima de los tres arcones yebalíes que están debajo de la marfa, haría falta un cuarto. A lo mejor de los de ciudad, para que los tulipanes otomanos del último hablen con los del primero, que se sienten solos. Ya puedes volver al campo, a tu paraíso de locos. No lo olvides nunca, todo empezó gracias a mí. Y gracias a mí todo podrá continuar. —Con un ademán circular recorres la habitación.

Miro a mi alrededor. Son centenares, quizá miles, de objetos, cada uno con su historia y cada uno capaz de evocar su vida y el momento en que nos conocimos. Si se pusieran a hablar todos a la vez, yo, que aún no soy un duende, me volvería loco. Afortunadamente, están en silencio. ¿Sepulcral? No, debe ser la emoción con la que esperan la llegada de mi última adquisición.

—Diego, ¡gracias a ti he comprado un trozo de la alfombra de Boabdil!

Pero el sofá está vacío, no hay nadie sentado en ninguna de las molduras ni acurrucado en las vértebras de ballena que están sobre el armario de Gdansk. Nadie. Mi duende, el dueño de la casa, se ha ido para siempre. ¿Para siempre?

EPÍLOGO

Después de cuatro años de convivencia, por una riña de la que me declaro único responsable, Gaspard abandonó nuestro hogar, pero seguimos siendo muy buenos amigos y, con su sabiduría enciclopédica y su avidez de plantas nuevas, Beljiki continúa ayudándome en este jardín y en el de Rohuna.

He aprendido muchas cosas de él, de las que, quizá, la más importante es que un jardín es un drama. Ser consciente de ello, sentir la responsabilidad que entraña cultivar, aunque sólo sea una plantita de albahaca o una tomatera, es esencial para que los jardineros disfrutemos de verdad de nuestra tarea. Nos creemos todopoderosos, pero somos más débiles que el más insignificante de los pulgones. Tenemos manos, cabeza y corazón con los que intentamos promover la vida y, si conseguimos olvidarnos de nosotros mismos tanto durante el trabajo como, luego, en la contemplación de sus resultados, chapoteamos y cantamos felices como ballenas. Ciertamente, Rohuna, con sus precipicios y sus cuestas, sus calveros y su valle del tesoro, es mi supremo y confuso paraíso, pero aquí, en Tánger, fue donde me hice jardinero. En este rincón del mundo subsistirán siempre el perfume y el sabor de la manzana que, ignorando la prohibición, tomé del árbol. Si das el paso, el jardín más pequeño y reseco, aunque sea un modesto alféizar, puede llegar a ser más vasto y profundo que el océano en el que las sirenas anudan sus alfombras.

Pero hay otro motivo por el que estoy agradecido a Gasp: me dio a conocer un mundo de aguerridos vagabundos, mucho más exclusivo que el de la nobleza rural a la que pensé que pertenecía cuando nos conocimos. Son..., ¿cómo definirlos?, los jardineros del mundo. Chicos que viven en una chabola junto al túnel de plástico en el que cultivan centenares de especies de helecho únicas en Europa; exploradores en chanclas de goma que peinan la selva de Borneo buscando begonias nuevas; eremitas autodidactas que han aprendido cómo cultivar rarísimos bulbos sudafricanos a partir de semillas; hombres sin domicilio fijo que desprecian el dinero y el éxito; marginados dichosos que viven para intercambiar información sobre formas de vida diferentes. Las plantas que Gasp trae de sus viajes son, muchas veces, un regalo de alguno de ellos que confía en su capacidad para hacerlas crecer de la mejor manera ya que no en el mejor de los mundos.

Hoy en día, nuestros vecinos labradores, que sembraban y cultivaban la tierra, han desaparecido y donde estaban sus jardines ahora hay chalets de hormigón armado; los fotogramas sobreexpuestos del mito tangerino se fueron abarquillando y terminaron reducidos a cenizas, pero algo de aquella luz perdura todavía en los viveros de los amigos de Gasp, en sus caravanas, en sus viviendas de la periferia llenas de esquejes—los anoraks con agujeros, el tazón de verduras hervidas que almuerzan en medio de la condensación que escupe el humidificador comprado a plazos, el sueño, metidos en un saco de dormir, de un planeta lleno de plantas y animales libres y felices—. Es de ahí de donde nace mi esperanza. Y de una humilde casita de adobe rojo cerca de Kenitra: renacerá, aunque los buldóceres del enésimo constructor la tumben, como a todas sus hermanas; todavía no sé dónde, pero renacerá. Quizá en un relato.

Cuando recorro las terrazas de Tebarek Allah, uno de los jardines más ricos en especies del Reino Encantado, me sorprenden no sólo la densidad de la vegetación y los constantes cambios de atmósfera, sino, también, que sus infinitas combinaciones de plantas provoquen una sucesión de reflexiones en mi cabeza. Todos los días, varias veces al día, mis paseos al aire libre son, como los que doy por la casa, aventuras de las que siempre aprendo algo. Conozco cada escaloncito, cada zócalo embaldosado sobre el que he colocado un tiesto, cada uno de los miles de recipientes de todas las formas y épocas, cada arbusto, cada plantita, cada componente del mantillo que cubre hasta su rincón más remoto, igual que conozco cada estante, caja, tela o vasija de la casa. Y ellos también me conocen a mí. Con todo, si tengo que buscar el mejor sitio para una nueva variedad de colocasia o el rincón idóneo para una lápida o para un almirez de bronce que me he empeñado en salvar, todavía me emocionan los vestigios que siguen apareciendo de la ruinosa construcción y del sediento jardín que, hace más de treinta años, conquistaron mi corazón. Veo en esta casa y en este jardín a los niños que fueron, que fui, que soy.

Las plantas charlan, las raíces ríen, las hojas cantan, las ramas murmuran, los muebles y los objetos susurran o hablan en voz alta, historias y personajes se entrelazan en una trama preparada para cobijarme como una cuna aún más cómoda que la tela de araña que ahora mismo se mece colgada entre dos ramas del viburno bajo el que me he tumbado a echar una siesta... Volver a ser nosotros mismos puede ser tan sencillo como lamer un helado, pero también puede ser un esfuerzo colosal. Puntas de sílex y hachas del Paleolítico al Neolítico, vajillas de todos los estilos y procedencias, mármoles de colores, macetas, azulejos islámicos, retazos de alfombras, muebles pintados, trapos, cestos, fotografías, juguetes y libros de documentación, helechos, begonias, iris, narcisos, semillas, raíces, fábulas...

Siempre he sido un coleccionista, no puedo considerarme otra cosa. Y, como el de todo coleccionista, mi destino se bifurca: soy el tipo hogareño que ama estudiar y soñar en su torre de marfil y soy el viajero inquieto en busca de lo ignoto. Un perro de salvamento que tiene que rescatar huérfanos atrapados bajo los escombros, encontrar a los olvidados con su olfato, identificar a los desconocidos... Reunir familias para, contemplando su felicidad, ser feliz. Una casa no es sólo el abrazo de una madre, no es posible regresar a Ítaca sin emprender un viaje largo y arriesgado.

Algunos amigos me ayudaron a mantenerme a flote: en el jardín, un marroquí sordomudo y un joven belga que se cree vegetal; en casa, un saqueador de tumbas cairota y el último esteta inglés digno de ese nombre.

Nuestra casa y nuestro jardín, por mucho que los ame, no serán nunca un arca de Noé, sólo la espuma y los reflejos de una lancha que pasa sin detenerse. Ítaca no debe estar lejos, pero, por suerte, las fábulas no finalizan nunca, y sé que, cuando llegue a la meta, las venerables sirenas me obligarán a partir de nuevo. «¡Venga!», me dirá Stephan que, en el fondo, siempre me ha alentado.

Algún día vendrán otros a colonizar la concha vacía, inanimada como los ojos de una marioneta a la espera de que alguien le insufle un poco de vida; por culpa de los muchos *Gitanes* que fumo cuando escribo, cada día tengo la voz más ronca, como aquella cantante rubia de mi juventud: «*Para ti yo soy, para ti yo soy solamente...*» una *bambola* yebalí de trapo «*con quien juegas tú, con quien juegas tú...*», que repite en bucle pasajes de una canción infantil hasta que se funden en un arabesco. Desde que sospecho que las cosas son también espejos, tengo un par de ideas sobre los deberes que Stephan y yo, con Diego, pondremos a los próximos «dueños de la casa», en estas estancias vaciadas por el *développement* en las que sólo habrá paredes blancas, pantallas y teclados: los dos con él, para siempre, como tres viejos y diabólicos cangrejos ermitaños atrincherados en una única concha… *Tebarek Allah!*

ADVERTENCIA

Algunos de los personajes de este libro son calcados de los que llamamos individuos «reales». Entre ellos, dos de mis amigos más queridos. Otros, como, por ejemplo, las trepidantes letritas altomedievales de la escritura *nashki* «maghribi», son facetas de esos prismas que suelen denominarse «fenómenos culturales»; a mí lo que me interesaba aquí era su aspecto de jovencitas esbeltas: es decir, he humanizado procesos histórico-artísticos, estilos y objetos que, por un antiguo hábito, son para mí tan queridos, o casi, como las personas con las que recorrí un trecho del camino antes de que me dejaran. Personajes adicionales llegaron desde el mundo de la ficción. Cuáles están de este lado del espejo y cuáles del otro, no lo sé, se me ha olvidado. Ídem la casa protagonista—quizá la he soñado—y la mítica ciudad norteafricana en la que está o estaba. Además, tengo una duda sobre un detalle de ínfima importancia: aunque lo haya deseado con todas mis ganas una o dos veces—y lo haya entendido siempre como un imperativo estético, una necesidad urgente, parecidos a, digamos, suprimir una coma o una consonante eufónica—no estoy seguro de haber asesinado al execrable propietario de cierto chihuahua. Pero si hubiese ocurrido—insólito en alguien que llora si, por un descuido, pisa una hormiga, le pide perdón recurriendo a su nombre secreto y escribe en la tierra con un palito súplicas a sus padres, a sus laboriosas hermanitas y a sus desvalidas hijitas que, al salir del huevo, brillaban como granos de caviar sobre el hielo—, si sucedió, no siento ningún remordimiento. Cero. Menos que cero. Hasta en un *killer* profesional tiene que saber transformarse todo buen lector.

AGRADECIMIENTOS

Gracias a Lauri García Lorca y Andrés Soria por las veladas encantadoras en Rohuna hablando de duendes y del ocaso del reino nazarí de Granada; gracias a Toa Torán Romero por su información sobre las lentejas; gracias a Luis Arias por la lista de nombres españoles de los años treinta y cuarenta y su ayuda con la copla andaluza. Gracias a Teresa Cremisi y a Stephan Janson por sus lecturas iluminadoras. Y, como siempre, pero más que nunca, a Davide Tortorella, cómplice y guía en esta broma tangerina de la que yo mismo podría haber sido la víctima—si no me rompí el alma fue porque, en el último momento, me señaló la trampilla que estaba abriéndose bajo mis pies, me agarró del pescuezo y me empujó hacia adelante—. (Siete amigos reconocidos, como los siete dones del Espíritu Santo y los siete enanitos de Blancanieves, los siete días de la creación y los siete muchachos y siete muchachas sacrificados por Atenas en honor a Minos, como los volúmenes de la *Recherche* y las entregas de Harry Potter; siete, el número que para los budistas simboliza la plenitud: perfecto).

ESTA EDICIÓN, PRIMERA, DE
«ARABESCO», DE UMBERTO PASTI,
SE TERMINÓ DE IMPRIMIR
EN CAPELLADES EN EL
MES DE FEBRERO
DEL AÑO
2026

Colección Narrativa del Acantilado
Últimos títulos

141. BUDD SCHULBERG *¿Por qué corre Sammy?*
142. EÇA DE QUEIRÓS *La capital*
143. BERTA VIAS MAHOU *Los pozos de la nieve*
144. IVO ANDRIĆ *Café Titanic (y otras historias)*
145. G. K. CHESTERTON *Los relatos del padre Brown* (7 ediciones)
146. IPPOLITO NIEVO *Las confesiones de un italiano*
147. ARTHUR SCHNITZLER *Relato soñado* (8 ediciones)
148. RAFAEL ARGULLOL *Lampedusa. Una historia mediterránea*
149. YURI OLESHA *Envidia*
150. NATHANIEL HAWTHORNE *Musgos de una vieja casa parroquial*
151. ALEXÉI VARLÁMOV *El nacimiento*
152. GREGORIO CASAMAYOR *La sopa de Dios*
153. GABRIEL CHEVALLIER *El miedo* (2 ediciones)
154. B. TRAVEN *El tesoro de Sierra Madre*
155. LÁSZLÓ KRASZNAHORKAI *Guerra y guerra* (2 ediciones)
156. JUAN MARTÍNEZ DE LAS RIVAS *Fuga lenta*
157. SHERWOOD ANDERSON *Winesburg, Ohio* (3 ediciones)
158. HEIMITO VON DODERER *Los demonios*
159. HIROMI KAWAKAMI *El cielo es azul, la tierra blanca* (14 ediciones)
160. ANTHONY BURGESS *Vacilación*
161. OGAI MORI *El ganso salvaje*
162. DAVID MONTEAGUDO *Fin* (11 ediciones)
163. B. TRAVEN *La nave de los muertos*
164. DANILO KIŠ *Laúd y cicatrices*
165. JAN POTOCKI *Manuscrito encontrado en Zaragoza.* (Versión de 1810) (2 ediciones)
166. DINO BUZZATI *Las noches difíciles*

167. MAREK BIEŃCZYK *Tworki. (El manicomio)* (2 ediciones)
168. MARIE NDIAYE *Tres mujeres fuertes* (2 ediciones)
169. EMPAR MOLINER *No hay terceras personas*
170. BERNARD QUIRINY *Cuentos carnívoros*
171. PETER STAMM *Los voladores*
172. PÉTER ESTERHÁZY *Sin arte*
173. VERGÍLIO FERREIRA *Cartas a Sandra*
174. JAVIER MIJE *El fabuloso mundo de nada*
175. SŁAWOMIR MROŻEK *El elefante* (3 ediciones)
176. ANDRZEJ STASIUK *Cuentos de Galitzia*
177. RAFAEL ARGULLOL *Visión desde el fondo del mar* (5 ediciones)
178. PATRICK DENNIS *La tía Mame* (8 ediciones)
179. JUAN ANTONIO MASOLIVER RÓDENAS *La calle Fontanills*
180. DAVID MONTEAGUDO *Marcos Montes*
181. BERTA VIAS MAHOU *Venían a buscarlo a él* (2 ediciones)
182. HIROMI KAWAKAMI *Algo que brilla como el mar* (2 ediciones)
183. YURI ANDRUJOVICH *Moscoviada*
184. GERARD REVE *Las noches*
185. FILIP FLORIAN *Dedos meñiques*
186. GREGORIO CASAMAYOR *La vida y las muertes de Ethel Jurado*
187. TANGUY VIEL *París-Brest*
188. JOSEPH BÉDIER *La historia de Tristán e Isolda* (4 ediciones)
189. J. G. FARRELL *Disturbios*
190. EGINALD SCHLATTNER *Guantes rojos*
191. JOSEPH ROTH *Zipper y su padre*
192. BUDD SCHULBERG *La ley del silencio* (2 ediciones)
193. HEIMITO VON DODERER *Un asesinato que todos cometemos*
194. VERGÍLIO FERREIRA *Nítido nulo*
195. PETER STAMM *Siete años*
196. DAVID MONTEAGUDO *Brañaganda* (2 ediciones)
197. VLADIMIR MAKANIN *El prisionero del Cáucaso y otros relatos* (2 ediciones)

198. HIROMI KAWAKAMI *Abandonarse a la pasión. Ocho relatos de amor y desamor* (2 ediciones)

199. HEINRICH VON KLEIST *Relatos completos*

200. FRANÇOIS RABELAIS *Gargantúa y Pantagruel. (Los cinco libros)* (4 ediciones)

201. NATHANIEL HAWTHORNE *Libro de maravillas. Para niñas y niños* (2 ediciones)

202. AUGUST STRINDBERG *El salón rojo*

203. W. B. YEATS *Mitologías* (2 ediciones)

204. MAX JACOB *Filibuth o el reloj de oro*

205. MARTIN MOSEBACH *El príncipe de la niebla*

206. YURI ANDRUJOVICH *Perverzión*

207. ERWIN MORTIER *Cuando los dioses duermen*

208. MARIE VIEUX-CHAUVET *Amor, ira y locura*

209. RENZO BIASION *Sagapò* (2 ediciones)

210. JOSEPH ROTH *El profeta mudo*

211. TEJU COLE *Ciudad abierta* (5 ediciones)

212. DAVID MONTEAGUDO *El edificio* (2 ediciones)

213. GEORGES SIMENON *El gato* (2 ediciones)

214. GEORGES SIMENON *Pietr, el Letón. (Los casos de Maigret)* (2 ediciones)

215. HIROMI KAWAKAMI *El señor Nakano y las mujeres* (2 ediciones)

216. GREGORIO CASAMAYOR & A. G. PORTA *Otra vida en la maleta*

217. EÇA DE QUEIRÓS *El conde de Abranhos. (Apuntes biográficos de Z. Zagalo)*

218. GEORGES SIMENON *El perro canelo. (Los casos de Maigret)* (2 ediciones)

219. GEORGES SIMENON *La casa del canal* (2 ediciones)

220. STEFAN ZWEIG *Novelas* (7 ediciones)

221. PABLO MARTÍN SÁNCHEZ *El anarquista que se llamaba como yo* (8 ediciones)

222. GYÖRGY SPIRÓ *Exposición de primavera*

223. GEORGES SIMENON *Los vecinos de enfrente*

224. ALEKSANDAR TIŠMA *El uso del hombre*

225. HELEN OYEYEMI *El señor Fox*

226. NIKOS KAZANTZAKIS *Lirio y serpiente*

227. HEIMITO VON DODERER *Relatos breves y microrrelatos*

228. GEORGES SIMENON *Las hermanas Lacroix*

229. NADINE GORDIMER *Mejor hoy que mañana* (2 ediciones)

230. GEORGES SIMENON *Maigret en los dominios del córoner. (Los casos de Maigret)*

231. PATRICK DENNIS *La vuelta al mundo con la tía Mame*

232. ELIZABETH BOWEN *El último septiembre*

233. STEFAN CHWIN *El valle de la alegría*

234. HIROMI KAWAKAMI *Manazuru. Una historia de amor* (2 ediciones)

235. STEFAN ZWEIG *Confusión de sentimientos. Apuntes personales del consejero privado R. v. D.* (6 ediciones)

236. H. P. LOVECRAFT *El caso de Charles Dexter Ward* (2 ediciones)

237. H. P. LOVECRAFT *En las montañas de la locura* (2 ediciones)

238. GEORGES SIMENON *La nieve estaba sucia* (2 ediciones)

239. JAVIER MIJE *La larga noche*

240. FERNANDO PESSOA *Quaresma, descifrador. Relatos policíacos* (3 ediciones)

241. GLADYS HUNTINGTON *Madame Solario*

242. GEORGES SIMENON *El círculo de los Mahé*

243. PETER STAMM *A espaldas del lago*

244. FULGENCIO ARGÜELLES *No encuentro mi cara en el espejo*

245. CHRISTOPHER ISHERWOOD *Adiós a Berlín* (3 ediciones)

246. DANILO KIŠ *Salmo 44*

247. ANTHONY BURGESS *Sinfonía napoleónica. Una novela en cuatro movimientos*

248. GIORGIO BASSANI *Intramuros. La novela de Ferrara. Libro primero* (2 ediciones)

249. RAFAEL ARGULLOL *La razón del mal*

250. GAITO GAZDÁNOV *El espectro de Aleksandr Wolf*

251. VLADIMIR MAKANIN *Asán*
252. LÁSZLÓ KRASZNAHORKAI *Y Seiobo descendió a la Tierra* (2 ediciones)
253. ÁLVARO SILVA *Camina la noche*
254. GEORGES SIMENON *El arriero de «La Providence». (Los casos de Maigret)*
255. SÒNIA HERNÁNDEZ *Los Pissimboni* (2 ediciones)
256. ISRAEL YEHOSHUA SINGER *La familia Karnowsky* (10 ediciones)
257. RAFAEL ARGULLOL *Mi Gaudí espectral. Una narración*
258. GEORGES SIMENON *Pedigrí*
259. ANDRZEJ STASIUK *Taksim*
260. GIORGIO BASSANI *Las gafas de oro. La novela de Ferrara. Libro segundo*
261. NIKOS KAZANTZAKIS *Zorba el griego. (Vida y andanzas de Alexis Zorba)* (7 ediciones)
262. A. G. PORTA *Las dimensiones finitas*
263. HIROMI KAWAKAMI *Vidas frágiles, noches oscuras*
264. BERTA VIAS MAHOU *Yo soy El Otro*
265. CHRISTOPHER ISHERWOOD *El señor Norris cambia de tren*
266. KURT TUCHOLSKY *El castillo de Gripsholm. Una historia veraniega*
267. ATTILA BARTIS *El paseo*
268. JAROSLAV HAŠEK *Los destinos del buen soldado Švejk durante la guerra mundial*
269. FRIEDRICH TORBERG *El alumno Gerber*
270. JORGE EDWARDS *La última hermana* (2 ediciones)
271. NATALIA GINZBURG *Y eso fue lo que pasó* (7 ediciones)
272. ZSUZSA BÁNK *En pleno verano*
273. GEORGES SIMENON *Maigret tiende una trampa. (Los casos de Maigret)*
274. PETER STAMM *Noche es el día*
275. TEJU COLE *Cada día es del ladrón*
276. ARTHUR SCHNITZLER *Tardía fama*
277. ZSIGMOND MÓRICZ *Sé bueno hasta la muerte*

278. HELEN OYEYEMI *Boy, Snow, Bird. Fábula de tres mujeres*
279. PABLO MARTÍN SÁNCHEZ *Tuyo es el mañana* (2 ediciones)
280. GEORGES SIMENON *El muerto de Maigret. (Los casos de Maigret)*
281. HIROMI KAWAKAMI *Amores imperfectos*
282. NATHANIEL HAWTHORNE *La muñeca de nieve y otros cuentos*
283. STEFAN ZWEIG *Clarissa* (8 ediciones)
284. ALICE ZENITER *Domingo sombrío*
285. GEORGES SIMENON *La noche de la encrucijada. (Los casos de Maigret)*
286. RAFAEL ARGULLOL *Poema*
287. MARÍA DE FRANCIA *Lais*
288. GAITO GAZDÁNOV *El retorno del Buda*
289. EDUARDO GIL BERA *Atravesé las Bardenas*
290. SÒNIA HERNÁNDEZ *El hombre que se creía Vicente Rojo*
291. RAMSAY WOOD *«Kalila y Dimna» y otras fábulas del «Panchatantra»*
292. ISRAEL YEHOSHUA SINGER *Los hermanos Ashkenazi*
293. INKA PAREI *La central de frío*
294. PATRICK DENNIS *Genio*
295. WILLIAM SAROYAN *Un día en el atardecer del mundo*
296. GIORGIO BASSANI *El jardín de los Finzi-Contini. La novela de Ferrara. Libro tercero* (4 ediciones)
297. LÁSZLÓ KRASZNAHORKAI *Tango satánico* (5 ediciones)
298. A. G. PORTA *Hormigas salvajes y suicidas*
299. GEORGES SIMENON *Maigret en el Picratt's. (Los casos de Maigret)*
300. TOINE HEIJMANS *En el mar*
301. MARÍA IORDANIDU *Loxandra* (4 ediciones)
302. JAKOB WASSERMANN *El caso Maurizius*
303. GEORGES SIMENON *El caso Saint-Fiacre. (Los casos de Maigret)*
304. RUMER GODDEN *El río*
305. COLETTE *Chéri* (3 ediciones)
306. FULGENCIO ARGÜELLES *El otoño de la casa de los sauces*

307. MARTA CARNICERO *El cielo según Google*
308. HAMID ISMAILOV *La historia del prodigioso Yerzhán*
309. NIKOS KAZANTZAKIS *Cristo de nuevo crucificado*
310. ISABEL ALBA *La danza del sol*
311. GREGORIO CASAMAYOR *Los días rotos*
312. JO ALEXANDER *Palas y Héctor*
313. GIORGIO BASSANI *Detrás de la puerta. La novela de Ferrara. Libro cuarto*
314. GEORGES SIMENON *Liberty Bar. (Los casos de Maigret)*
315. FERNANDO PESSOA *El mendigo y otros cuentos*
316. GÁBOR SCHEIN *El sueco*
317. GUZEL YÁJINA *Zuleijá abre los ojos* (5 ediciones)
318. ALEKSANDAR TIŠMA *Lealtades y traiciones*
319. NATALIA GINZBURG *El camino que va a la ciudad y otros relatos*
320. SÒNIA HERNÁNDEZ *El lugar de la espera*
321. SŁAWOMIR MROŻEK *Magacín radiofónico y «El agua (pieza radiofónica)»*
322. DANILO KIŠ *La buhardilla*
323. ÁDÁM BODOR *Los pájaros de Verhovina. Variaciones para los últimos días*
324. KRIS VAN STEENBERGE *Vesania*
325. CHRISTOPHER ISHERWOOD *Un hombre soltero*
326. COLIN THUBRON *Noche de fuego*
327. A. G. PORTA, GREGORIO CASAMAYOR & FRANCISCO IMBERNÓN *PatchWord. Historia de un sombrero*
328. PETER STAMM *Monte a través*
329. ITAMAR ORLEV *Bandido*
330. HELEN OYEYEMI *Lo que no es tuyo no es tuyo*
331. JORGE EDWARDS *Oh, maligna*
332. EÇA DE QUEIRÓS *La ciudad y las sierras seguido de «Civilización»*
333. EMIR KUSTURICA *Forastero en el matrimonio y otros cuentos*
334. JULIANA KÁLNAY *Breve crónica de una paulatina desaparición*
335. MANUEL ASTUR *San, el libro de los milagros* (2 ediciones)

336. MARÍA IORDANIDU *Vacaciones en el Cáucaso* (3 ediciones)
337. ILIJA TROJANOW *Poder y resistencia*
338. ZSUZSA BÁNK *Los días luminosos*
339. PABLO MARTÍN SÁNCHEZ *Diario de un viejo cabezota. (Reus, 2066)*
340. AFONSO REIS CABRAL *Mi hermano*
341. CLARA PASTOR *Los buenos vecinos y otros cuentos*
342. MARTA CARNICERO *Coníferas*
343. NATALIA GINZBURG *Domingo. Relatos, crónicas y recuerdos* (3 ediciones)
344. CHRISTOPHER ISHERWOOD *La violeta del Prater*
345. COLETTE *El quepis y otros relatos*
346. EÇA DE QUEIRÓS & RAMALHO ORTIGÃO *El misterio de la carretera de Sintra* (6 ediciones)
347. ILJA LEONARD PFEIJFFER *Grand Hotel Europa* (5 ediciones)
348. SÒNIA HERNÁNDEZ *Maneras de irse*
349. YANNICK HAENEL *Que no te quiten la corona*
350. GREGORIO CASAMAYOR *Estás muerto, y tú lo sabes*
351. JUDITH SCHALANSKY *Inventario de algunas cosas perdidas* (2 ediciones)
352. NATALIA GINZBURG *Sagitario* (2 ediciones)
353. ISAAC BASHEVIS SINGER *El seductor* (2 ediciones)
354. ISABEL ALBA *La ventana*
355. NICOLA PUGLIESE *Aguamala*
356. ANDRZEJ STASIUK *Una vaga sensación de pérdida*
357. GABRIELA ADAMEŞTEANU *Vidas provisionales*
358. JOAN BENESIU *Seremos Atlántida*
359. ZERUYA SHALEV *Dolor*
360. FULGENCIO ARGÜELLES *Noches de luna rota*
361. MARTA CARNICERO HERNANZ *Matrioskas* (3 ediciones)
362. CLARA PASTOR *Voces al amanecer y otros relatos*
363. GREGORIO CASAMAYOR *Búscame*
364. RAFAEL ARGULLOL *Danza humana*

365. SZCZEPAN TWARDOCH *El rey de Varsovia*

366. ISAAC BASHEVIS SINGER *Keyle la Pelirroja* (2 ediciones)

367. MARÍA IORDANIDU *Como pájaros atolondrados*

368. LÁSZLÓ KRASZNAHORKAI *Relaciones misericordiosas. Relatos mortales* (3 ediciones)

369. MENIS KOUMANDAREAS *El apuesto capitán*

370. GABRIELA ADAMEŞTEANU *Fontana di Trevi*

371. MANUEL ARROYO-STEPHENS *De donde viene el viento. Textos inéditos reunidos*

372. AFONSO REIS CABRAL *Gi*

373. GUZEL YÁJINA *Tren a Samarcanda* (2 ediciones)

374. JESÚS DEL CAMPO *Aguafuertes*

375. LÁSZLÓ KRASZNAHORKAI *El barón Wenckheim vuelve a casa* (4 ediciones)

376. PABLO MARTÍN SÁNCHEZ *Fricciones. (Nueva edición ampliada y revisada)*

377. PETER STAMM *El archivo de los sentimientos*

378. SÒNIA HERNÁNDEZ *Ejercicios de inmovilidad*

379. MIKOŁAJ GRYNBERG *Un brazo muerto del río*

380. ISABEL ALBA *Tortugas*

381. MASSIMO BONTEMPELLI *Gente en el tiempo*

382. COLETTE *La gata*

383. FULGENCIO ARGÜELLES *El desván de las musas dormidas* (2 ediciones)

384. ILJA LEONARD PFEIJFFER *Monterosso mon amour* (2 ediciones)

385. TXOMIN BADIOLA *Mamuk*

386. HELEN OYEYEMI *Pan de jengibre*

387. VLADÍMIR SOROKIN *El Kremlin de azúcar*

388. A. G. PORTA *El invierno en Millburn y otros relatos*

389. MARÍA STEPÁNOVA *Desaparecer*

390. CHRISTOPHER ISHERWOOD *Amigos de paso*

391. CHARLOTTE GNEUß *Los confidentes*

392. OLGA MEDVEDKOVA *La educación soviética*